U0904236

吴姐姐讲历史故事

吴涵碧◎著

明

1368年~1644年

新世界出版社
NEW WORLD PRESS

明宪宗（1447 年～1487 年），选自《乾隆年制历代帝王像真迹》。即朱见深，明英宗长子，明第 8 位皇帝。英宗时立为太子，土木堡事变后，景宗登位，废为沂王，英宗复辟后复立太子。英宗失势期间，宪宗由宫女阿菊看顾，一切所需皆依赖阿菊，阿菊亦悉习以待，两人相濡以沫，感情极深。宪宗即位后，对阿菊依赖之心不减，立为贵妃，待遇在皇后之上。阿菊工心计、性嫉妒，宪宗宠妃、子女不能保全。1487 年春，阿菊去世，宪宗顿感了无生意，不久即崩逝。宪宗性优柔寡断，能力低下，内操纵于阿菊、外迷惑于奸佞，虽有诤臣，不能任用，在位期间，朝政混乱，所建皇庄、传奉官、西厂，皆为弊政。

——见《两字尚书与万岁阁老》，第 38 页。

* 图注内容皆出自《吴姐姐讲历史故事》——编者注

明孝宗（1470 年～ 1505 年），选自《乾隆年制历代帝王像真迹》。即朱祐樘，宪宗长子，明代第 9 位皇帝。孝宗生母纪小娟为内库宫女，偶为宪宗所幸，孕有孝宗，时万贵妃跋扈，纪小娟赖宫中正直太监保护，于冷宫生孝宗。孝宗 6 岁时，方才出见天日，与宪宗相认，生母随即被万贵妃毒死，孝宗自己赖太后顾看，幸免于难。孝宗童年坎坷，九死一生，却心怀悲悯，登位后不事报复，只求报母族之恩，却不可得，一生遭际，殊为可伤。在位 19 年，勤于政事，驱除奸佞，任用正臣，明朝再度中兴，治下称“弘治中兴”。

——见《明孝宗报恩》，第 128 页。

王守仁（1472 年～ 1529 年），佚名绘。即王阳明，浙江余姚人，自幼聪慧，乡中称天才，入学后，以圣贤自励，勤习书剑，15 岁时单骑出塞，企意纵马万里，做一豪杰之士。28 岁中进士，因上书声援正直之臣，遭刘瑾迫害，廷杖后谪徙贵州龙场驿，在边荒苦寂之地，觉出圣人之道的简易广大。后重新受到重用，任上打击盗匪、平定宁王之叛，机变无穷，为当世侧目。王阳明学问渊深，一生谤誉，如影随形，但他不以为虑，只求成就学问，回报当世，1529 年，平定广西土人之乱后，逝于归途，临死时指着胸口，称："此心光明。"他的格物致知思想对后世影响，极为深远。

——见《王守仁的金蝉脱壳计》，第 174 页。

朱厚照（1491 年 ~ 1521 年），选自《乾隆年制历代帝王像真迹》。即明武宗，明代第 10 位皇帝，即位之时，尚不满 14 岁，贪玩任性，受刘瑾等佞人蛊惑，愈发骄顽，流连荒昧，懒理政事。1519 年，朱辰濠反叛，本为王阳明平定，武宗仍率师南下，竟然命王阳明将朱辰濠放掉，好让自己再度捉回，视军国大事如同儿戏。返京途中，于镇江钓鱼游戏之时，落入水中，受到惊骇，回京后数月即逝。武宗一生，行为荒诞，淫乱无耻，人多以为昏暴之君，其实他只是生性急躁，贪玩爱逞能而已，且平易近人，心地善良，并非贪暴之君。

——见《马昂卖妹求荣》，第 217 页。

居庸关，清张若澄绘。又称蠮螉塞、军都关，京北长城沿线上著名关城，在今北京市50公里外昌平区境内，北京西北门户，是明朝极重要关口。

——见《张钦拦阻明武宗》，第220页。

卢沟晓月，清张若澄绘。卢沟桥亦作芦沟桥，处北京市丰台区永定河上，因永定河又名卢沟河，故得名卢沟桥，是华北最长的古代石桥。最初为金人所建。金人入主中原以后，中都（北京）逐渐成为政治中心，但进出中都的门户——卢沟渡口，仍用临时木桥或浮桥，已然不能适应当时形势，于是，自金大定二十九年（1189 年）至明昌三年（1192 年），在卢沟渡口建造了一座永久性大石桥，名叫广利桥，即中外驰名的卢沟桥。1444 年及 1698 年两次重修，现下所见，为 1698 年重修后的景观。

——见《掉落在卢沟桥的玉簪子》，第 251 页。

目录

文华殿前的珠宝展览 …… 1
石亨与石彪的豪赌 …… 4
火烧长安门 …… 7
英宗想吃头脑酒 …… 10
胡惟庸训练猴子供茶行酒 …… 13
明英宗废除妃嫔殉葬制度 …… 16
明宪宗爱上保姆 …… 20
阿菊四岁入宫 …… 23
明宪宗坎坷童年 …… 26
吴皇后责打阿菊 …… 29
万贵妃学习孙贵妃 …… 32
万安的登龙捷径 …… 35
两字尚书与万岁阁老 …… 38
明宪宗巧遇纪小娟 …… 41
吴废后保护纪小娟 …… 44
冷宫里的婴儿 …… 47
明宪宗父子相认 …… 50
纪淑妃的遗恨 …… 54

万贵妃请吃点心 …… 57
黑色怪物入袭皇宫 …… 61
天狗吃掉太阳 …… 64
汪直俊俏狡黠 …… 67
汪直奉命探人隐私 …… 70
汪直成立西厂 …… 73
杨仕伟半夜惊魂 …… 76
覃力朋贩卖私盐 …… 79
韦瑛强取药材 …… 82
商辂检举汪直 …… 85
西厂卷土重来 …… 88
马文升平乱 …… 91
陈钺盗墓 …… 94
王越与家妓 …… 97
阿丑上演模仿秀 …… 101
尚铭暗箭伤汪直 …… 105
曾彦状元及第 …… 108
钱能敲诈槟榔王 …… 112
梁芳搬空金窖 …… 115
怀恩力保太子 …… 118
明宪宗扔砚台 …… 121
明孝宗放弃报仇 …… 124
明孝宗报恩 …… 128
真假太后家族 …… 132
王恕理直气壮 …… 135
明孝宗敬老尊贤 …… 138
明孝宗偷读佛书 …… 141

王华讽刺张皇后 …… 144
梅龙镇上的李凤姐 …… 147
明武宗从小被溺爱 …… 150
刘瑾物色杂耍高手 …… 153
焦芳耍无赖 …… 156
焦芳拜倒刘瑾脚下 …… 159
刘健老泪纵横 …… 163
明武宗逛内市 …… 166
明武宗卖布 …… 170
王守仁的金蝉脱壳计 …… 174
都御史向刘瑾下跪 …… 178
刘瑾广收贿赂 …… 181
虎房变为豹房 …… 184
武宗朝会迟到 …… 188
文武百官集体罚跪 …… 191
鹦鹉相天子 …… 195
张永监军西讨 …… 199
杨一清的锦囊妙计 …… 202
张永活捉刘瑾 …… 205
长柄团扇的秘密 …… 208
双姣奇缘 …… 211
江彬入虎槛 …… 214
马昂卖妹求荣 …… 217
张钦拦阻明武宗 …… 220
明武宗捉弄和尚 …… 224
镇国公朱寿凯旋回京 …… 227
正德皇帝看烟火 …… 231

宸濠送“枣梨姜芥”四色礼 …… 234
宸濠以孙燧祭旗 …… 237
许逵一门俊秀 …… 241
王阳明推崇伯夷叔齐 …… 244
“王失机”与黄石矶 …… 247
掉落在卢沟桥的玉簪子 …… 251
黑老婆殿的刘美人 …… 255
王阳明巧遇张永 …… 258
小哑巴变小神童 …… 261
王阳明扮小将军 …… 264

文华殿前的珠宝展览

夺门成功以后，石亨以第一功封为忠国公，趾高气扬，恃功而不逊（xùn），久而久之，连明英宗都受不了了。

石亨与曹吉祥的态度又不一样。曹吉祥是太监，伺候皇帝惯了，通常采用软磨的手段，一次不成，再试一次，慢慢地达到自己的要求。

石亨是个武人，他每天进宫，要求这，要求那，如果不准，石亨就吹胡子，瞪眼睛，诉说夺门之变的功劳。明英宗是个软弱的人，一看石亨的样子，心里一半是害怕，一半是念旧，最后也只好准了，不过心里颇不痛快。

有一回，明英宗忍不住对李贤说："此辈干政，四方向我奏事者，往往先走此辈门路，你说，这该怎么办？"

李贤回答："陛下只要独断，旁人自然少趋附他们。"

"可是，过去只要不依他们，脸上就马上怫（fú）然不悦。"

李贤温和地回答："慢慢制止吧！"

明英宗决定先向石亨的党羽陈汝言开刀。原来自从上次襄王入京，叔侄二人相谈甚为愉快，英宗下诏为襄王添设护卫，一共增添一千二百人，交给兵部办理。陈汝言是兵部尚书，乘机大敲竹杠。

由于护卫待遇厚，差使轻松，京师中活动这个位置者不乏其人。有人出银一千两，陈汝言答应了，后来有人出银一千五百两，一千两的人就落空了。因为价码不断攀高，人选也一再更迭（dié），所以再三拖延，始终没把事情办成。

最后，明英宗召见锦衣卫密令侦查，陈汝言被抄家，因为家财太多，用了几十辆大车载运进宫，英宗命令把这些个金银珍宝摆在文华殿外，要朝臣们前来参观。

朝臣们被召到文华殿，也不知何事，皇帝还没来，大内怎么出现了庙会，太监请朝臣们参观摆设得像展览会场般的家财，群臣们看到无数的珍珠美玉、金饰玛瑙，还有许多不知名的宝贝，个个瞠（chēng）目咋舌，及至细细欣赏，又有目迷五色之惑，有人大骂陈汝言心黑，有人则佩服陈汝言贪污的本领一流。

英宗驾临文华殿，群臣肃静下来，英宗对大家说："这些都是陈汝言的家财，也是他的赃物，还有十四万两银子摆不下，就没摆出来，你们都看到了吧？"

明代瓷器精品：五彩鱼藻纹盖罐。

"是。"群臣们回答，也都感觉到了皇帝的怒气。

"于谦当了八年的兵部尚书，抄家时竟没有一件值钱的东西，陈汝言才当了八个月的兵部尚书，贪赃所得竟如此之多，你们怎么说？"

英宗疾言厉色，眼睛则瞪着石亨，石亨心里一慌，赶紧低下头去。

其实，英宗最该责问的人是他自己，是谁下令杀了于谦，又是谁任命陈汝言的官位？不都是英宗吗？

吏部尚书王翱（áo）接口："请将陈汝言交三司依律治罪，兵部尚书一职由阁臣速遴（lín）选适当官员调任。"

"就依所奏。"英宗点点头，"不过，继任的人选要慎重。"

三司审判的结果，陈汝言被判死刑。

陈汝言的案子透露了一个讯息，石亨快要失宠了。

没多久，英宗又发了一次脾气，原来石亨几乎每天进宫，烦不胜烦，英宗对李贤说："阁臣们有事，自然当来，石亨是一个武臣，为何也频频入宫？"于是，英宗宣谕，命令左顺门的守卫，除非宫中宣召，否则不可以让总兵官随意入宫禁。如此一来，便阻断了石亨无故入宫之路。

再说，石亨又要求为他祖坟树碑，并且由翰林院撰（zhuàn）文。明英宗认为，自永乐以来，从未有为祖宗立碑之事，这简直是逾格，也让英宗极为不满。

总之，自从夺门之后，石亨仿佛认为，他有要求一切的权利，他所冒滥保荐的人已经多到不可胜数，京畿（jī）内外的武官，几乎个个拜在他的门下，这些人所带的队伍，已经有十万人之多。

凡此种种，都让英宗愈来愈不是滋味，颇有养虎为患之感。

石亨与石彪的豪赌

夺门之后，石亨目中无人，多所要求，连明英宗都觉得尾大不掉，仿佛身后长了一条烦人的大尾巴，甩也甩不掉，渐渐无法控制掌握。

有一天，明英宗与恭顺侯吴瑾（jǐn）一同登上皇宫内的凤翔楼，从楼上远眺宫外有一幢（zhuàng）豪华大宅。英宗指着大宅问吴瑾："你知道这幢漂亮的新宅是谁住的吗？"

吴瑾早就知道那是石亨的新居，石亨的新居以豪华闻名，京城中无人不知，但是吴瑾却故意回答："大概是哪一位王爷的府第吧！"

"哈哈！不是。"英宗笑着说。接着英宗立刻收敛了笑容，用严肃的语气说："石亨蛮横无道，难道没有人敢揭发他的奸谋吗？"英宗也不想一想，他自己如此宠信石亨，谁又敢揭发他的奸谋呢？

英宗终于决定，逐步削减石亨的势力。石亨的侄儿石彪长期镇守大同，石亨叔侄由大同起家，久视此地为禁脔（luán），英宗对于石彪手握重兵，坐镇京师西北方，虎视眈眈，充满了威胁感。

天顺三年（1459年）六月，英宗封石彪侯爵，命石彪返回京师。石彪不愿意离开大同，暗中命令千户杨斌等四十九人联名上奏章，请求留住石彪。英宗觉得杨斌的奏章有疑问，命令锦衣卫逮捕杨斌，杨斌承认奏章是石彪所写的，自己不过是具名而已。

石彪的行为是违抗君命，锦衣卫以商议事情为名，把石彪请了来，一声令下，将他捆得结结实实，以囚车送入京师。

明代北京繁华，出自《皇都积胜图》（局部），明人绘。

锦衣卫大批人马又杀入石彪家中，查到石彪家中藏有绣了蟒（mǎng）龙的衣服以及雕了龙的椅子，这都是只有皇帝才能使用的。杨斌又供出，他曾经奉石彪之命，到苏州去采办天子才能使用的特大号红木床，这些全都是死罪。

石亨听说石彪被逮捕下狱，心中大为恐慌，立刻进宫向皇帝请罪，请求将自己亲戚的官职全部削去，自己也愿意告老还乡。

英宗知道石亨的请求不是出于真心，于是对石亨说："你和你的亲戚都还是照旧任官，石彪的案子命三司重审，希望不要冤枉了石彪。只要与你无关，我不会冤枉你的。"

三司重审的结果，除了保留谋逆、贪污的罪名外，又加了一条凌侮亲王的死罪。

原来石彪镇守大同，代王也在大同，景泰年间，朝廷增加了代王的俸禄。石彪跑去找代王："你能够增加俸禄，都是因为我立功的关系，还不谢谢我。"

代王懦弱无能，虽然贵为王爷，生活享受不错，却不能过问政治，更没见过风险，身边侍卫尽是老弱之辈。今日一见石彪的凶相，就像恶魔一样，吓得双膝一软，跪了下来，口里不断地说："谢谢。"

从此以后，代王常常被逼宴请石彪，代王府中的歌妓也常出来陪伴石彪，石彪则大模大样接受招待，喝醉了酒便责骂代王，让代王吓得发抖。

朝臣们见到石彪案发，纷纷上奏章弹劾石亨，罪名是石亨“招权纳贿，肆行无忌，图谋篡位”。

英宗下诏将石彪暂时入狱，石亨则不许上朝，也不许过问政事，他还是不忍心办石亨。

英宗对着李贤叹气：“石亨自恃有夺门之功，求索甚多，贪得无厌，真正是始料未及。”英宗有些气愤。

李贤有一肚子的话埋在心中，终于开了口：“迎驾可以说得过去，但是‘夺门’二字恐怕不妥，这皇位原本就是陛下的，哪里是夺到的，‘夺’就暗示不是正正当当得来的，陛下该如何向后世子孙交代呢？”

“对啊，朕怎么没有想到？”英宗叫了起来。

“当时南宫迎驾幸好是成功了，万一事机败露，石亨等人死不足惜，可是不知道将置陛下于何地？”

“不错，石亨是把朕当作他们的赌博筹码。”英宗生气地说。

“其实，如果景泰帝真的一病不起，景泰帝又没有儿子，群臣必然会上表给太后，请求陛下复位，如果是那样，老臣耆（qí）旧，依然在职，何至于扰扰攘攘，杀戮大臣，触怒上天，那些人又有什么功劳要求升官厚赏呢？”李贤又引用了一句《易经》中的话，“开国承家，小人勿用。”他一口气分析下来，情词恳切。

“唉，我知道我错了。”英宗站了起来，“你立刻拟一个诏书，自今以后任何奏章不许再用‘夺门’二字，以前那些冒功得官的人，要他们出来自首，否则一经查出，即予严惩。”

诏书颁下，那些冒功的人，不敢不自首，于是，四千多官员被罢黜（chù），石亨死于狱中，石彪等分别处斩，一时之间，舆论称快。

火烧长安门

石亨之死对曹吉祥是一个沉重的打击，两人原本狼狈为奸，石亨死了，曹吉祥有兔死狐悲的感受，每天惴惴（zhuì）不安，提心吊胆，惟恐大祸临头。

曹吉祥家中藏有不少的兵甲武器，又养了许多的门客，培植成为死党。曹吉祥的嗣（sì）子（曹吉祥是太监，不能生子，嗣子是过继门下的儿子）曹钦封昭武伯。

有一天，曹钦问门客冯益说："自古以来，有没有宦官子弟而做了皇帝的？"

"当然有。"冯益答道，"你们曹家的祖先魏武帝曹操便是。"按曹操之父曹嵩，为曹腾的养子，曹腾正是小黄门出身的宦官。曹钦一听大喜，与曹吉祥积极谋划夺取皇位一事。

曹钦的官职是都督，他蓄养了三千多名投降的鞑子，这些人冒着夺门之功而做了官，当时人称之为"达官"，达字乃一语双关，既是发达的达，又是鞑（dá）子的鞑。曹钦希望达官们能够出死力，因此将家中的仓库打开，金钱、布帛、米谷，随他们任意取用。利诱之外又予以威胁，如果曹家步上石家之后，他们的官位就会立刻取消。

曹钦找人算了吉日，择定天顺五年（1461年）七月二日起事，计划由曹钦带兵攻入皇宫，废掉皇帝，曹吉祥以禁兵为内应。

曹钦手下有个达官完者秃亮，汉名叫马亮，认为曹钦造反形同儿戏，犯不着跟他一起蹚（tāng）浑水，在前一晚二更时，趁大伙儿提前庆功，酒兴正浓，借名如厕，悄悄地跑到皇城外的东朝房向吴瑾告密。

吴瑾吓了一跳，连忙唤醒孙镗（tāng）共同商议。这时宫中大门早已紧闭，无法面奏皇帝，此二人又是武将，识字不多，更不会写奏章，着急万分。

“事急了，你随随便便写两个字吧。”吴瑾催促着。

孙镗只得提起笔，在纸上歪歪斜斜写了“曹钦反，曹钦反”六个字，下面署名是孙镗与吴瑾。

西长安门内值班的太监听到急促的敲门声，不敢开门，听到门外孙镗的声音，说是有十万火急的事要奏报皇上，又见门缝里塞进一张纸条，便立刻拿了纸条飞奔入宫报告皇帝。

英宗自睡梦中被叫醒，一见孙镗的纸条，立刻派人把在宫内的曹吉祥绑了起来，并且下令所有的皇宫门不许打开，准备应敌。

过了午夜，曹钦集合人马，发现马亮失踪，心想马亮一定是出去告密了，但事已至此，不能罢手。

由于曹吉祥已被逮捕，皇宫内毫无动静，宫门一扇都未开，此时东方已露出曙光，曹钦下令：“放火，把西长安门给烧了。”

西长安门是三寸厚的木板门，被火一烧便焦了，达官们拿刀七砍八砍去劈烧焦的大门，门被砍开了，却发觉门内的守宫卫士已经拆下御河岸的青砖，将门洞堵死，外人根本进不去。

趁着曹钦攻长安门，孙镗派他的两个儿子快跑出北京城，召集驻扎在城外的西征军。

西征军两千人来到东朝房，孙镗大声说：“你们看长安门烧了火，这是曹钦谋反，能杀贼者必有赏。”

曹钦攻不破西长安门，下令改攻东长安门，仍旧用火烧，不久，东长安门烧了一个洞，达官们正想爬进洞入宫，忽然发觉门内

明代宫廷，出自《宪宗元宵行乐图卷》，明人绘。

堆满了树枝，树枝正在燃烧，一阵一阵浓烟从门洞里吹出来，熏得达官们赶快往后退。

这时天色已亮，孙镗领着西征军和曹钦的人马展开了一场混战。这场战争一直打到下午，达官们死的死，降的降，曹钦带着满身伤痛逃回家中，天气忽然转变，为烈日晒得发烫的街道，让雨水淋起阵阵白气。

曹钦站在走廊上，仰望着天上的乌云，心乱如麻，激动得和堂弟曹铎（duó）抱头痛哭，忽然之间，听到门外军士的呐喊声，知道孙镗的军队已将这一座占地广阔的大宅包围了。

“嘭！”一声巨响，接着人声喧哗，显然官兵已冲了进来，曹钦见到大势已去，独自走到后院，投井而死。

官军进入曹家的大宅，见人就杀，曹家上上下下全部遭殃。

两天以后，曹吉祥也被处以死刑，曹钦和三个堂弟已死，仍要磔（zhé）尸，投降的达官则充军到海南岛。

英宗想吃头脑酒

明英宗重新登上帝位，再掌大权，失而复得，有恩报恩，有仇报仇，快慰之至。

“土木堡（bǎo）之变”任谁都知道这是一大惨败，也是一场绝对不该挑起的战争，但是，英宗虽然下过罪己诏，心中却不肯认错，在他看来，胜负乃兵家常有之事，尤其主战的宦官王振，可是百分之百对他忠心。

因此，英宗找来著名的雕刻大师，为王振刻了一座木像，并且恢复官职，招魂以葬，放在智化寺中供奉，祭祀王振，最让人吐血的是，英宗竟然还为王振建了一所精忠祠。

学士钱溥（pǔ）看准了明英宗的心意，在为王振所写的墓志铭之中，竟然把王振吹捧成为“忠烈”，一直到万历年间，王振的像还供奉在智化寺中，香火不绝，真正是善恶不分。

办好了王振的后事，明英宗龙心大悦，下令交代：“多端些竹叶青来，烧几盘小菜，朕要小酌一番。”

既然是皇上吩咐，绝不可能只是几碟小菜，英宗讲究美食，一顿饭下来，细细品味，慢慢儿享受，真觉快乐胜神仙。

当英宗面对着满桌膏粱罗列，啜（chuò）饮着醇而不腻的美酒，在豪饮酒酣之际，突然想起，当他自瓦剌归来，困居南宫，时时馋得慌，又没事做，老觉得有无数只大大小小的馋虫，上上下下在喉咙之中抓挠，仿佛在哀求，给一点儿好酒好菜吧。

英宗还记得，南宫楼高而家具摆设少，冷冷清清，凄凄惨惨，尤其到了冬天夜晚，更有阴森恐怖之感。有一回，英宗想吃一点儿“头脑酒”，简直想得厉害。

所谓头脑酒，原是宫中规矩，自冬至到立春，把烤得香喷喷的肉放在一个大碗里，再加上热腾腾的烧酒，赐给殿前将军甲士，用以避风御寒，称之为头脑酒。这个名称，看起来奇奇怪怪，其实主要是古人认为，头受不得风寒，否则容易伤风感冒，尤其中国北方，寒风凛冽，出门若是不戴上皮帽，连耳朵都会冻伤，假如来一碗头脑酒，周身温暖，头部就受到保护了。在《水浒传》、《金瓶梅》等小说之中，都曾经出现过头脑酒的名称。

据说，在今天的山西，迄（qì）今还有头脑酒出售，做法是把数块羊肉与藕根放入一个大碗之中，再以黄酒掺入，其味甚美。

头脑酒虽可以御寒，总算是粗食，英宗若不是身处冷宫，不见得会特别喜欢头脑酒。他考虑再三，终于对光禄寺官员开了口：“天气好冷，我想来一些儿头脑酒。”

光禄寺官员冷冷地望了英宗一眼，没好气道：“不错，冷是冷，不过嘛，头脑酒在景泰初年早就废了。”说着，把脸别了过去。

明英宗本来还想加一句：“不然，随便打些酒，弄一碟小菜也好。”看着光禄寺官员一脸不乐意的模样儿，勉勉强强把话又咽了回去，眼中却不禁闪烁着泪光，努力地不让泪珠儿滚落下来。

按“光禄寺”三字起自北齐朝，置光禄卿与光禄少卿，兼掌膳食帐幕，唐朝以后的光禄寺专司皇帝祭品、膳食与招待饮酒。

光禄寺中一名小官，名叫张泽，看在眼中，对英宗有无比的同情。他心忖，这些人真是势利啊，假如英宗现在在位，这些个官员不晓得如何拍马奉承，这一会儿英宗时运不济，毕竟还是太上皇，如此这般对待，未免残忍一些。

于是，张泽自掏腰包，在宫外买了一只烧鹅，再到一家著名的熏肉铺，切了些其薄如纸、熏味扑鼻的烤肉，喷（pèn）香喷香的，又打了几两上好的竹叶青，买通了宫人，偷偷摸摸送了进来。

“上皇趁热吃了吧，也好御御寒。”张泽诚诚恳恳地把酒菜奉上。

英宗自小养尊处优，人人捧着长大，土木堡之变以后，被囚在瓦剌，仿佛一场噩梦，好不容易回到了国门，却还是尝尽白眼，不想竟然还有人为他张罗酒菜，明英宗非但是欣喜，简直是感动万分。

英宗语带哽咽道：“真是难为你，还有这一番忠心，你快告诉我，你叫什么名字？”

张泽心想，告诉你也没用，你困在宫中，也提拔不了我。不过，还是恭恭谨谨地回答了一句：“臣名张泽。”

“可是弓长张，光泽的泽？”英宗追问道。

“正是。”

张泽，张泽，英宗在心中默默记了又记。谁也没有料到，英宗竟然有朝一日真的复位，又当上皇帝，所以，马上擢（zhuó）升张泽为光禄卿。

可想而知的，曾经白眼相向、对英宗恶言恶语的光禄官员就够他消受的了。

胡惟庸训练猴子供茶行酒

上一回，我们谈到，明英宗喜欢喝一点老酒，许多读者来信表示感兴趣，或许佳酿美酒本来是人之所好，不因时空而转变，也不论他是皇帝或是一般大众。

明朝的皇帝，打从朱元璋开始，个个都喜欢饮两盅（zhōng）助兴。

当明太祖舍身皇觉寺，当一个小和尚的时代，出家人当然不能喝酒，事实上，当时在庙里，穷得经常饿饭，哪里能够喝得到酒。

后来，朱元璋投奔郭子兴，入了军队，头一回尝到酒，就爱上了酒，他不但饭量特大，是个大胃王，而且以酒量好出名，带袍泽出生入死，没有点酒量，还不能当领导哩。

后来，朱元璋建立了明朝，当了皇帝，更能放开来大饮特饮，喝一个痛快。朱元璋毕竟起自民间，了解民间疾苦，因此，他得到天下以后，决定与民同乐，在洪武二十七年（1393 年），命令工部在南京东门外，建立了十座酒楼，各取了一些很好听的名称如鹤鸣、醉仙、讴（ōu）歌等，楼成之日，朱元璋下诏文武百官宴于醉仙楼，不醉不归，同时且有歌妓献艺。另外，钱宰等文人又在新楼献诗，颇有太平盛世之气概。

这些酒楼无不是雕梁画栋，富丽堂皇，酒香四溢，菜色精美，凡是来过的人都想来下一回。

明朝的酒楼外，装有酒帘子，或是酒旗，迎风招展，吸引客人，考究的酒帘子，往往请著名的书法家题字，龙飞凤舞的书法在风中摇曳，也是特殊的一景。

明成祖最信赖的智多星姚广孝，曾经有一次奉诏去吴中一带赈（zhèn）济灾荒，忽然发现有一酒帘写的字相当奇伟，苍劲有力，愈看愈欣赏，忍不住开口问道："这是谁题的字？"

酒家的酒保得意地接口："写得不错吧，是个美少年写的哦，他从小书念得好，字写得好，人人都说是天降神童。"

"噢，那我倒想见见他。"姚广孝十分好奇。

酒保热心道："那还有什么问题。"

没多久，酒保果然找来一位少年郎，约莫十二三岁，怯生生，粉嫩嫩，又彬彬有礼，姚广孝看着好欢喜，当场表示："我带你走，带你去见见皇帝，让他也见识见识小朋友的书法。"

姚广孝是个和尚，释名道衍（yǎn）。靖难之后，明成祖即位，为了感谢姚广孝，多次劝他蓄发还俗，并且赐给两名绝色的宫人，但是，姚广孝推拒了颜如玉、黄金屋，每天冠带而朝，退朝以后，仍然换回和尚袈裟，住在庙里。

姚广孝带着书法奇葩（pā）到了京师，见了永乐帝，明成祖也相当中意，当下决定："不如你就拜姚少师为义父，朕赐你一个名字，叫做姚继。"

从此，姚继成为姚广孝的义子，并且负有一个任务——留在文华殿中陪伴太子读书。这也算得上是因酒而产生的一段佳话吧。

说到了酒，还有一桩趣事。明朝初年，胡惟庸谋反，在塞外招集军马，并且勾结倭寇，最后，阴谋拆穿，被处死刑。

在胡惟庸结纳权贵、广收羽翼的阶段，他经常请各路英雄好汉到家里共商大计，除了上等的菜色之外，胡惟庸别出心裁，不知自哪儿弄来一批小猴子。

于是，宾客一进门，两旁站立的小猴子连忙打躬作揖，向宾客问

猴戏，选自《北京民间风俗百图》。

安，礼貌周到，模样有趣，而且还穿上小衣服，戴上帽子，人模人样，真是标准的“衣冠禽兽”。

小猴子虽然装得一本正经，毕竟仍是猴子，抓抓耳，搔（sāo）搔腮，都显得非常调皮可爱，逗得宾客们乐不可支。

小猴子会跳舞，会吹笛子，这些已经不稀奇了，最让宾客感到有趣的是，小猴子会斟酒。中国人吃饭，最喜欢闹酒，非闹得不醉不归，仿佛才能表示诚意。

胡惟庸为了助兴，还帮小猴子们取了一个颇雅的名字——孙慧郎。孙是小猢狲也，慧乃慧黠（xiá）聪明也，郎则是男人的美称也。

于是，猜拳行令之时，往往有人故意输，然后就可以差遣：“孙慧郎，快拿酒来。”一蹦一跳的孙慧郎立刻趋前，小心翼翼把酒斟满，还露出“客人你还满意吗”的愉快笑容，让满座客人开心得拍手叫好。

猴子本来擅长模仿，见到客人开心，干脆也放下酒瓶，跟着拍手，咧开嘴，露出门牙，笑得好乐，众人见猴子同乐，更加开怀，边闹边玩边饮酒，气氛达到最高潮。

众人又高谈阔论，谓胡惟庸定远老家井中生石笋，传为符瑞，又说祖坟上夜有火光烛天，传为异兆，胡惟庸啜饮着美酒，吆喝着孙慧郎，恍惚之间，似乎自己已成为了皇帝。

明英宗废除妃嫔殉葬制度

从石亨叔侄之狱，到曹吉祥父子之反，历史上称之为“曹石之变”。“曹石之变”是“夺门之变”以后的续曲，余波荡漾了五年，纷纷扰扰，是非不明，这一连串的发展主要归咎于英宗的私心太重，总是过分地宠信内监与近臣。

曹石之变过了两年，明英宗生了一场大病，临终之前，英宗倒是做了一件好事，那就是废除以妃嫔殉葬的陋习。

中国人认为皇帝是天子，除了生前享有三宫六院，死后也该有妃嫔殉葬才不寂寞，当然，并非每个朝代都是如此，不过，明朝自太祖、成祖、仁宗、宣宗、景泰帝身后皆有宫人殉葬，甚且受封在外的诸王也不例外。

明太祖是个勤俭的皇帝，相对的，他的后宫嫔妃在生活享受上比起前代逊色不少。洪武三年（1369 年），他还命令工部打造一牌，悬于宫中，规定天子及亲王的后妃宫人必须是良家妇女，也不得接受大臣赠送宫人。不过，他并不反对以嫔妃殉葬。

到了明成祖，明成祖极有雄才大略，却也是个极端好色之君，尤其到了晚年格外荒淫，临死之前几个月，仍然要求朝鲜多送美女。

朝鲜接到命令，精挑细选了一位绝色佳丽韩氏到中国来，没过几个月，成祖死了，这位韩氏与另一位先进宫的朝鲜崔氏，也在殉葬之列，两位美人儿抱头痛哭。

根据朝鲜的《李朝实录》记载，这三十多位殉葬的嫔妃真是红颜薄命好可怜！

殉死的那一天，宫里准备了一顿丰盛的酒菜，谁也没有心情享用最后的一餐。随后，这三十多人被领入一间大堂，大堂之中罗列着许多小木床。

这些平日娇滴滴的美人儿一见小木床，以及一条一条悬挂的绳套，早已哭得不成人样，脚也软了，人也瘫了。小太监一旁冷酷地监视着，宫人们一个一个被迫走上小木床，把脑袋挂在绳套中。

韩氏殉葬时，从朝鲜跟来的奶妈金黑也在场，金黑早已眼泪都哭干了。韩氏颤巍巍走上木床，泪汪汪套上绳索，转过头对金黑哽咽地哭道："娘，我去了。"话还没说完，小太监把木床撤走，脖子套在绳圈里，身子悬空吊着，挣扎了两下，韩氏便香消玉殒（yǔn）了。

虽然，殉葬者的家属被称之为朝天女户，受到优恤，殉葬者也会得到一个好听的谥（shì）号，但是，这又怎能补偿她们被断送的青春岁月呢？

宫中图，明杜堇绘。

明英宗之所以会想要废除陋习，因为在明宣宗过世时，他还不过是十岁不到的小男孩，亲眼目睹了这一幕殉葬的人间悲剧，实在是太可怕了。

由于英宗即位时年幼，因此，殉葬的人数，以及哪些人该殉葬都由孙太后决定。孙太后是貌如仙女、心似巫婆，正好趁机会把一干情敌们一网打尽，因此，宣宗殉葬的规模最大，人数最多，另外，陪葬的宫女更是不可胜计，举凡稍有姿色的，全都逃不过孙太后的魔掌。

孙太后表面的理由是不忍宣宗寂寞，其实，宣宗在世时，孙太后是宁可他寂寞，也尽量干预他去找这些嫔妃。

其中有一位郭嫔最为可怜，入宫才二十天，也在殉葬之列。郭嫔名叫郭爰（yuán），人长得秀丽，气质极佳，而且极有文才，孙太后一见之下就翻了醋坛子，先把郭爰升了一级，成为郭嫔，接着就要她殉葬。

这位“贤而有文”的美丽少女，既委屈又不甘愿，但是，又有什么办法呢？她在向鬼门关迈进之前，留下了一首哀歌，读来十分凄惨：

> 修短有数兮，不足较也，生而如梦兮，死则觉也。先吾亲而逝兮，怜余之失孝也，心凄凄而不能已兮，是则可悼也。

明英宗就是看过了这幕悲剧，不忍心再在自己身后重演，因此，他临终之前，把李贤召来，对他说：“殉葬这一件事，太无谓了，从我开始，永远永远废止。”

李贤听到这一句话，对皇帝自心底泛起敬意，他站起身来，恭恭敬敬地跪下去，磕了个头：“皇上圣德如天，臣不胜钦服欢欣之至。”

英宗这一念之间，多少无辜的后宫嫔妃，得以庆生，英宗也认为自己能够体念“上天有好生之德”，而十分得意。

李贤对太监裴当说：“皇上交代，万年以后，不用妃嫔宫女殉葬，你不妨先宣示圣德，让大家明白皇上天高地厚之恩。”

后宫妃嫔们原先惴（zhuì）惴不安，担心会跟着殉葬，一闻此言，个个笑逐颜开，有劫后余生的庆幸。

明宪宗爱上保姆

明英宗临死之前，废除殉葬制度，“人之将死，其言也善”，英宗对于自己做了这一件好事，觉得十分快慰。但是，转念一想，大明江山将要由太子朱见深继位，又愁上心头。他对太子，实在是不满意的。

英宗皱着眉头，呼唤太监：“召太子。”

于是，太监裴当把皇帝勉勉强强扶下床来，设了一张靠背软垫，给英宗啜了一口提神的参汤。这时，守候在外的太子已经进来，跪在地上。

英宗无神的眼睛，瞄了一眼太子，吃力地说：“自从太祖、成祖以来，我大明朝立长子传位，就成了家法。你的资质各个方面都不如你几个弟弟，但是，我依然遵守家法，让你继承皇位。”

“是，是。”太子哭得泪眼婆娑，抱着英宗的脚，由于太子口吃，发音困难，英宗格外不悦，英宗曾经考虑更换太子，又恐发生政争，只好作罢。

英宗对太子的不满，非只一端，除了太子远不及弟弟们优秀以外，宫中盛传，太子爱上了比自己大十七岁的保姆阿菊，言之凿凿，让英宗非常不悦。

明英宗曾经找周贵妃来问话，周贵妃也就是太子的生母。英宗怀疑地瞅着周贵妃：“我听说，太子与他的保姆，一个叫阿菊的十分要好，可有此事？”

“没错。”周贵妃答得挺爽快。

“这未免太不像话了，他为什么要迷恋一个可以当他妈妈的女子？”英宗的火气不自觉地往上冒，声音也十分急促。

周贵妃依然淡淡地说：“这也没有什么稀奇，像我们家乡昌平县，多的是六七岁的小男孩，娶一个比自己大个十来岁的媳妇，平日由媳妇照料，到孩子成年以后再圆房，不也蛮好的？”

“什么话！”明英宗急着打断贵妃的话，“那是贫家小户不得已的措施，我们是帝王之家，岂可相提并论？”

周贵妃所提的小丈夫习俗，确实是有的，所谓“十八大姐周岁郎”就是。一些个贫苦人家把女儿送去当童养媳，虽说是养女，其实是女婢，必须伺候一家老老少少，包括一个小不点的小丈夫。

童养媳，近人绘。

最奇怪的是，有时小丈夫尚未出生，就先找个媳妇，理由是“以媳召子”，其实是利用廉价的劳动力。有时，嫁过来十多年，小丈夫才出生，若是盼来盼去盼不到，只好另嫁他人了。

无论是小丈夫、大新娘，都

是一件人间悲惨之事，因此才有流传的民歌："十八大姐周岁郎，每天每晚抱上床，睡到半夜要吃奶。"正说明中国旧时妇女受到无理压迫的哀怨。

另一方面，小丈夫是童养媳带大的，心理上依赖自深，很容易演变成为怕太太的局面。

明英宗再看一眼太子，一脸不成熟的怯（qiè）生生模样，实在担心他会成为惧怕保姆的小丈夫，忍不住长长地叹了一口气，用微弱的声音说："见深，我可是要把大明朝的天下交给你了。"

此时此刻，英宗真是百感交集，除了身体的难受，还有心理的委屈，思前想后这一生，历经土木堡之变种种，诸多不顺，连番打击。

每一个人的人生，其实都是坎坷崎岖，一般人总以为，当了皇帝可以呼风唤雨，要什么有什么，殊不知皇帝也有百般不如意啊！

明英宗无奈地摇摇头，太子一方面感激，一方面感伤，抱着英宗的腿，哭得摇摇晃晃。

英宗对太子说："大明江山是祖宗传下来的，你可要好好守成啊。"

天顺八年（1464年）正月，明英宗去世，十八岁的太子朱见深即位，是为明宪宗。

宪宗是胆小懦（nuò）弱之君，再加上有口吃的毛病，愈着急愈说不出话，当宪宗害怕的时候，他第一个念头就是找"姊妈"，所谓姊妈，就是宪宗的保姆阿菊。

因为宪宗过分依赖阿菊，在他即位以后，牵扯出一串鲜为人知的宫闱秘辛，曲折离奇，几乎不像是真的，我们慢慢地从头道来。

阿菊四岁入宫

明宪宗为何爱上比他大十七岁的保姆阿菊？何况阿菊无才无貌，以旁观者看来，这几乎是不可思议之事。

且让我们话说从头。

明英宗的母亲，虽说是孙太后，其实，孙太后（就是当年那貌美如花、心如蛇蝎的孙贵妃）未曾生子，英宗是一个宫女所生，宫女早被孙太后设计害死，历史上并未记载姓名。

孙太后没有生儿子，她倒是生了一个女儿常德公主。依照规定，皇子育于别宫，公主则可以与母亲同住宫中。

宫中规制甚严，又都是尔虞（yú）我诈的成年人，孙太后想为常德公主找一位小姐姐当玩伴，这个小姐姐要比常德公主长两岁，并且要是山东人。

原来孙太后是山东人，口音甚重，除非山东籍的小女孩，否则听不懂她的话。

没多久，孙太后家乡的亲戚果然为她物色了一位小女孩入宫。

这位小女孩，长得水灵灵的，不过才四岁大，已经可以预料得到，将来准是一位大美人儿。

当小美女乖乖巧巧走了进来，小脸蛋白里透着粉红，亮眼睛一闪一闪的，谁看了都暗呼一声："这小女孩好可爱，仿佛上天特别打造的。"

小美女倒也不怕生，天真无邪地不断笑，这一笑更为逗人怜。

不知道谁冒出一句："咱们孙皇后当年入宫，也是一个小仙女。"

孙太后一听这话，脸马上放下来，在她看来，世界上最美最美的女人就是自己，即使是四岁大的小女孩，也绝对不能让她给比了下去。

旁人一看孙太后变了脸，知道孙太后小器，这个小美女当然没被选中，原因在哪儿，大伙心中有数。

孙太后板着脸训道："我是要找一个吃苦耐劳、为公主解闷的，可不是要找个娇娇滴滴，等着被伺候的，你们会不会办事？"

下一回，乡亲们自然知道，应该循相反原则物色人选。这就找来了阿菊，姓万。

山东老乡说阿菊只有四岁，但是阿菊粗手大脚，模样似乎有个六七岁，胖胖的，笨笨的，黑黑的，走起路来仿佛鸭子走路。最奇怪的是，脸上还给抹了胭脂，格外显得土气，一看就是乡下的丑丫头，这就刚好对了孙太后的味。她在阿菊笨拙的模样之中，满足了充分的优越感。

阿菊才不过四岁大，就懂得察言观色，挺会伺候人，常德公主并不喜欢阿菊，倒是孙太后颇欣赏她。阿菊常常呆呆地凝视孙太后，然后摇摇头道："太美了，太美了！"

孙太后就得意地伸长了脖子，一副实在美得自己也受不了的模样，所以，孙太后挺喜欢把阿菊拉在身旁。

阿菊四岁入宫，名义上是陪伴常德公主，却成为孙太后身边得力的宫女。她虽然年纪小，模样傻，看起来憨憨的，却挺会办事，孙太后的歪主意多，阿菊就成为好帮手，孙太后在阿菊之前也毫不掩饰。于是，阿菊看到了孙太后如何在宣宗面前卖弄风骚，也见识到她欺负胡太后时如何凶狠，对阿菊而言，这些都是很坏的教育。

土木堡之变，英宗被俘，景帝即位。此时，英宗之子朱见深已经被立为太子。孙太后想，这个两岁大的太子，可能小命会送掉，于是，找了阿菊前来商量，此时，阿菊已经十九岁，早经孙太后磨练成为能干的心腹。

宫廷仕女，清陈枚绘。

孙太后说："太子的母亲周贵妃，这个人糊里糊涂的，凡事粗心大意，我非常不放心，你不如到那儿，帮忙照料太子。"

阿菊一听，心花怒放，赶紧回答："不过，我人到了那儿，若是周贵妃胡乱下命令，对太子不利，我听还是不听？"

"这话倒是没错，你看，该怎么办？"

"我倒有一个主意，不如说太后想亲自带太子，把太子送到仁寿宫来，这样，我也不必离开太后了。"阿菊回答道。

"你的心思倒细密！"孙太后夸奖道。

于是，两岁的太子，送到了仁寿宫，阿菊，就成为太子的保姆。

明宪宗坎坷童年

土木堡之变，英宗被俘，孙太后担忧两岁的太子的安危，把他交给十九岁的贴身宫女阿菊照料。

阿菊好乐，紧紧地搂着太子，亲着太子，喃喃地说道："我阿菊未来，全都指望小爷了。"

阿菊四岁入宫，她心中最害怕的人是孙太后，最羡慕的人也是孙太后。孙太后的美艳是阿菊可望而不可即的。孙太后的手段，包括她设计让宣宗废掉胡皇后，摇身一变，自孙贵妃而为孙皇后；包括她安排了一场假怀孕，自宫女手中夺来男婴，也就是明英宗……这一些卑鄙的作为，竟都成为阿菊活生生的学习教材。

阿菊颇有自知之明，她知道自己长相普通，而且愈长愈胖，外表条件不佳，不易讨人欢喜，因此她努力扮出老实害羞的模样，让人家以为她是憨憨傻傻，没有什么心眼的笨丫头。

有一天，阿菊听到宫里头有人窃窃私语道："孙太后这个人实在手段太狠了，就算长得美又如何，倒不如阿菊，虽然生得不怎么样，却有内在美，是个忠厚的好人。"

阿菊听了，心中一喜，她正急于建立憨厚的形象。其实，知人知面不知心，外表的美丑与内心的善恶完全是两回事啊。

阿菊的内在，虽然与外表不一，平心而论，她对太子倒的确照顾得无微不至，或许正是因为太周到了，太子显得十分娇弱，并且有严重的口吃。

宫廷仕女，清陈枚绘。

说起来太子也是命运坎坷。景帝景泰三年（1452年），景帝终于废太子为沂王，改立自己的儿子为太子。

依照规矩，被废的太子不能再住在宫中，因为此不但在礼节上有诸多不便，对皇位的安全隐隐然似乎也有威胁。因此，景帝在皇宫外头，为被废的太子——沂王盖了一座王府居住。

后来，明英宗自瓦剌脱险归来，住在孤寂的南宫，太子的母亲周贵妃也在南宫照顾英宗，大家都愁云惨雾，没有谁有闲情去管理太子。

自太子有记忆开始，阿菊就是他的一切，饿了渴了找阿菊，摔了跤膝盖疼也找阿菊；阿菊有时对太子很严厉，过了一会儿太子又破涕为笑，黏着阿菊撒娇。阿菊唤太子为“小爷”，太子则称阿菊为“姊妈”。

怎么会有“姊妈”这一个奇怪的称呼？原来太子口吃，话说不清楚。当英宗自瓦剌归来，阿菊抱着太子去问安，英宗发现太子期期艾艾“姊姊……姊……”个半天没完，不但太子自己发音困难，连一旁观看的人都觉得吃力，英宗便说：“不如改为姊妈，说起来比较顺口一些。”

太子被废以后，人们改口称之为沂王，后来，夺门之变成功，英宗由太上皇又当了皇帝，太子又被称之为太子，这一连串的荣辱升沉，由于他年纪太小，不甚明了，懵懵（měng）懂懂，怀抱着太子的阿菊却为此萦绕于心，天天祈祷，巴望太子早日再复位为太子。

太子记得，景泰八年（1457 年）正月里，他刚玩过灯笼不久，有一天半夜里，忽然之间听到外头吵得不得了，没法子睡觉，他跑去问阿菊：“姊妈，怎么啦？”

“嘘，别吵！”阿菊一个大手掌，盖住了太子的嘴巴，把太子搂入怀中，两只眼睛瞪得好大好大，耳朵竖起，仔仔细细聆听着。

阿菊胖墩墩的，太子躺在怀里，觉得好温暖，好舒服，好安全，又实在是困了，太子就糊糊涂涂地睡着了。

太子睡得十分香甜安稳，到了天刚鱼肚白，突然之间，外头钟声锣鼓，热闹非凡。阿菊大力地摇晃太子，太子睡眼惺忪（xīng sōng）地张开眼，阿菊像发疯似的搂着他又亲又笑，连连说：“老天爷保佑，万岁爷回宫了，你知道吗？你又是太子了。”

十岁左右的太子，不明白当太子有什么好处，见阿菊乐成这副模样，也傻傻地跟着笑。一会儿，阿菊竟然又哭了，哭得天崩地裂，仿佛伤心委屈到了极点，太子搞糊涂了，他擦干阿菊的眼泪，问道：“姊妈？你怎么了？一下子哭一下子笑。”

阿菊收住了泪水，正色地对太子说：“等到你长大，你就会明白了。”

过了几年，太子十六岁了，他果然明白了，也对阿菊油然而生感激之情，毕竟他们相依为命了十多年之久啊。这个太子就是日后的明宪宗。

吴皇后责打阿菊

天顺八年（1464年）正月，明英宗去世，年仅十八岁的太子朱见深即位，是为明宪宗，改元成化，大赦天下。

办完丧事之后，宫中开始积极地筹划明宪宗的婚礼，由宪宗生母周太后挑中吴氏。

对于吴氏，明宪宗是不满意的，只是母命难违。更不满意的则是阿菊，想宪宗自两岁时交入她手中，从来“小爷”都是她一个人的，如今小爷熬成了“万岁爷”，不再属于阿菊一个人所有，阿菊心里怎么样也不能平衡。

早在阿菊担任姊妈的时代，就有宫女们暗中揣度（chuǎi duó）：“阿菊如此宝贝小爷，待将来小爷娶了媳妇，阿菊可要成为吃醋的婆婆了。”

谁也没想到，阿菊决定不当婆婆，她要身兼媳妇，这也许是许多婆婆心中埋藏的愿望吧。

明宪宗新婚不久，阿菊就打翻了醋坛子，她屡次教训皇帝，不可贪恋吴皇后，免得耽误朝政。

这件事被吴皇后知道了，十分不悦，她想，一个小小宫女，岂能如此张狂，显然不明白谁是皇后。于是，皇后把阿菊找来坤宁宫，重重责骂阿菊，问阿菊道：“你知错吗？”

阿菊倔强地把眼睛投向别处，一句话也不吭，脸上的肌肉绷得很紧，仿佛看不起吴皇后似的，并且嘴巴翘得半天高。

皇后也动了气："瞧你一副不以为然的表情，来人啊，给我用力打五十大板。"

接着，宫正司女官拿起紫檀戒尺用力地打了阿菊五十大板。阿菊痛极，却勉强忍耐，绝不让一颗眼泪滚落下来。

阿菊挨了打，回到了长宁宫，刚好宪宗来看她，阿菊立刻告状，哭得昏天黑地，她本来胖，手厚厚的，被打了以后，更肿得半天高。

宪宗自小到大，从来没见姊妈哭得如此伤心，一时之间，六神无主，只有不断地说："阿菊，你别哭，朕有办法。"

"你非帮我出气不可，否则下回我会被打死的。"阿菊夸张地说。

宪宗立刻找来太监怀恩，对他说："你赶快把皇后找来，也狠狠打她五十大板。"

怀恩原是兵部侍郎戴纶的族弟，家世很好，宣宗宣德年间，戴纶被抄家，怀恩就被带入宫中，当了太监，由于自小读过书，与一般太监不一样，极有是非观念与正义感。

怀恩不肯执行任务，他禀报宪宗："自古以来，皇后失德，未闻万岁爷体罚之理，何况，皇后掌管后宫，这是皇后的职责。"

"哼，既然不能责罚，不如废了皇后。"说着，皇帝气咻咻（xiū）地跑去找周太后。

周太后听了，吓了一大跳："你们大婚才刚满月，怎么就要废后，你去找李贤商量看看。"

"这是我自己的事，用不着问李先生。"宪宗赌气道，"皇后打阿菊，不就等于打我？"

周太后摇头："那不一样。"

但是，周太后也拦宪宗不住，何况，宪宗自小只听阿菊的，在宪宗心目之中，保姆比母亲可亲近得多了。

没多久，皇帝就颁下了诏书：“册立礼成之后，朕见吴氏举动轻佻（tiāo），礼度率略，德不称位，不得已请命皇太后，废吴氏于别宫。”

倒楣的吴皇后，才当了一个月的皇后娘娘就被废了。皇帝改立王氏为皇后。

废掉了吴皇后，来了王皇后，阿菊虽然报了仇，对于自己当不成皇后，仍然心中忿忿不平。

明宪宗王后，明宫廷画师绘，台北故宫博物院藏。

皇帝亲切地问阿菊：“这下子，你该如意了吧？”

阿菊默不作声，她心高气傲，野心很大的，只是皇帝不明白。

“阿菊，除了柏贤妃已封为贤妃，你还有七个字淑、庄、敬、惠、顺、康、宁可以挑，朕有意封你为妃。”

“我不要这些，我要贵妃。”

“这……”

宪宗答不上话来了，因为贵妃位于众妃之上，仅仅次于皇后，阿菊出身低，实在够不上格。

阿菊笃定地说：“等我生下一个儿子再说。”

“好，只要你生下儿子，我就封你为贵妃。”

阿菊更笃定地说：“我一定办得到的！”

万贵妃学习孙贵妃

明宪宗自幼由保姆阿菊带大，后来，明宪宗爱上了阿菊，并且答应她，只要生下一个儿子，就封她为贵妃。

阿菊最羡慕孙太后，孙太后当年就是孙贵妃。她多方寻觅“求子秘方”，终于在成化二年（1466年）正月里，如愿以偿地生了一个儿子，明宪宗遵守诺言，封阿菊为万贵妃，同时，派遣太监赴全国各地的名山大川祭祀，感谢天地的保佑与祖宗的恩德。

刚刚生下皇子的万贵妃可神气万分，她头一抬，志得意满道：“谁能料到我阿菊竟然有今天。”

万贵妃心想，只在宫中扬眉吐气还不成，最好能到宫外去显一显，露一露，于是她怂恿宪宗：“皇上好容易才熬出头来，天天闷在宫里多没意思，不如到外头巡幸巡幸，开开眼界。”

宪宗年纪轻，玩心重，立刻就答应：“好啊！”

就这样，胖墩墩的万贵妃，穿上了订制的戎装，威风凛凛地骑在马上当前导，宪宗则坐着轿子跟在后头，前后左右簇拥了一大群侍卫，无论走到哪儿，到处惹来许多民众围观，万贵妃狠狠地出够了风头。

每一回巡幸归来，万贵妃总要绕个道，到安乐堂外打个转，原来，吴皇后被废之后，就被安排住在安乐堂之中。

所谓安乐堂，既不安也不乐，安乐堂旁边是羊房夹道，是皇家动物园，里面有老虎等动物。安乐堂位于夹道的西侧，凡是年迈、生病或者犯了过的宫女都打发到这里来，从此以后，过着暗无天日的生活。

明宪宗与宫中妃嫔元宵行乐图，明人绘。

由于有前车之鉴，因此，吴皇后被废之后，宪宗再立的王皇后，从来小心谨慎，处处让着万贵妃，王皇后文雅娴静，自知绝非万贵妃的对手，在外人看来，倒仿佛万贵妃才是母仪天下的皇后娘娘了。

万贵妃快活的日子没过好久，因为她生下的皇长子没有福气，竟然不到一岁就夭折了。

就在此时，柏贤妃传出梦熊有兆怀孕了，明宪宗自然十分欣喜，万贵妃却愁上心头。

万贵妃找来太监梁芳，梁芳是万贵妃最宠爱的亲信，万贵妃对梁芳说："你知道该如何办的。"

梁芳自然明白，万贵妃希望柏贤妃流产，他点点头："此事不能急。"

“岂可不急，愈早解决愈好。”万贵妃气急败坏。

柏贤妃人很机警，她明白万贵妃的可怕，所以，御医送来的安胎药不敢吃，腰酸背痛，也不敢找宫女按摩，据说懂得指压者可以弄伤胎儿。

万贵妃希望自己能够再怀孕，再生下一个儿子。但是，她与她最崇拜的孙贵妃一般，从此不再怀孕。

愤怒的万贵妃心想，我不能有的，也不允许别人有。于是，她拟订了三套方略。第一，万贵妃尽可能死缠活缠粘紧宪宗。第二，万贵妃只要一听说皇帝在哪个宫中，她就立刻跑去撒泼吵闹，破坏宪宗的兴致。第三，假如防范不严，果真妃嫔传出了怀孕的喜讯，万贵妃就设法把那个胎儿打掉。

在这样的情况下，妃嫔们个个害怕，甚且暗中祈祷，但愿自己别让宪宗给看上，否则，“万胖子”准饶不过的。万胖子是宫中人为万贵妃取的绰号，万贵妃原本就胖，再加上中年发福，愈发壮伟。不仅妃嫔怕，宪宗对这个母老虎，其实也吃不消。

万贵妃具有强烈的占有欲，虽然她极力阻止，她总不能禁止宪宗往外发展，毕竟，皇帝的好色，不仅是权利还是义务，他具有传宗接代的重责大任啊，所以，万贵妃心情郁闷极了。

梁芳为了满足万贵妃的贪欲，报告万贵妃：“小的知道钱能、韦眷（juàn）、王敬极为能干，如果派他们出监大镇，定能为贵妃采办最好最美的珠宝。”

梁芳又进言：“假如把神仙李孜（zī）省、僧人继尧找来，可以帮贵妃不少忙。”

所谓神仙李孜省，其实是妖人李孜省，反正只要万贵妃开了口，宪宗无一不照办，万贵妃仗着脾气大，予取予求，宪宗样样依顺。

万安的登龙捷径

万贵妃牢牢地抓紧明宪宗，宪宗对这位昔日保姆是又爱又怕。万贵妃仍然有两件事引以为憾，一是幼子夭折之后，始终未再怀孕，二是她出身寒微，没有好的家世炫耀，而万贵妃又是个样样喜欢和人比的女人。

万贵妃的父亲名叫万贵，原是在县衙门里的小小差役，非常木讷老实，他做梦也想不到，他四岁送入宫的阿菊，竟然有朝一日飞上枝头做凤凰，当了贵妃，万贵托女儿之福，做到了锦衣卫的指挥使。

万贵对于明宪宗娶了比他大十七岁的阿菊，心中是颇不以为然的，但是，这件事可没有他说话的份儿。不过，每一次，当他收到皇帝颁赐的珍物，总是吩咐："不准用，不准用，把东西登记下来就收藏好。"

万贵接到厚礼，非但没有喜形于色，反而忧愁满面，即使礼物原封未动收藏妥当，万贵仍然不停地唠唠叨叨："福气过去之后，就是灾祸降临的时候。"

万贵妃最气她父亲这么说，她的看法是："你老人家真是有福不会享。"

乡里的人也都嘲笑万贵迂腐，万贵自言自语道："迂腐就迂腐，等到哪一天，皇上发了脾气，想要索回以前赐给我们的赠物，却无法奉还，那才是罪上加罪了。"

万贵其实最想不通的是，阿菊左看右看，实在不漂亮，据说还很像他这个老爸，万贵揽镜自照："像我，还称得上美吗？何况宫中还有三千粉黛啊。"再加上阿菊脾气挺大的，既泼辣又蛮横，一点也不温柔，因此，在万贵的眼中，他的女儿是不可能长久得宠的。

万贵有三个儿子，其中老二万通，人如其名，自认为自己是个万事通，其实只是个没出息的小商人，由于有姐姐万贵妃这一层关系，也在锦衣卫中当指挥使，并且不时进献一些类似九层象牙球的小玩意儿，献给明宪宗赏玩。当然这个做姐夫的，不能太小器，总要自内库之中，搬出许多金子银子赏给万通。

对万贵妃而言，不论是父亲万贵，或者是兄弟万通，全都是不够看的小角色，让好强好胜的她非常难过。

万贵妃曾经请人画过一幅万贵的像，然后请老臣商辂（lù）写一篇赞。所谓赞，是一种文体，用以赞美和歌颂，多半有押韵。

商辂毫不考虑地一口回绝了。

万贵妃派来的使者仍不放弃道："一篇赞，没几个字，却有相当丰厚的润笔。"所谓润笔，指的是请人作书画文字的酬金。

商辂笑笑："老夫文采不佳，不敢应命。"

商辂的文章上下推重，而且当年乡试第一、会试第一、殿试第一，整个明朝，只有商辂是三元及第，很明显，商辂不愿意替万贵妃效劳，莫名其妙乱捧她一无是处的父亲。

商辂不屑做的事，自然有人抢着做，抢得最凶的便是万安。

万安是正统十三年（1448 年）的进士，人长得很漂亮，长身魁伟，眉目如画，虽为翰林，却不学无术，一心一意往上爬，首先他猛拍同年李泰的马屁。

什么叫同年？同年是科举制度同榜的人。中国人喜欢拉关系，因此同年往往是用来拉拢人际的法宝。

万安刻意交结李泰，乃是因为李泰是宦官李永昌的养子。中国人一向看不起太监，身为太监的养子，在社会上并没有什么地位，李泰年纪比万安小，同榜录取分数又比万安差，万安却口口声声李兄长、李兄短，李泰非常不安，总想找机会报答万安。

所以，凡是朝廷之中有任何升迁的机会，李泰总是设法推荐万安，有人看不过去，批评万安："万安这人太会利用李泰，万安不是眉州人吗？与苏东坡同乡，苏东坡怎么出了这么一个同乡？"

李泰的养父李永昌既是太监，李泰当然听到许多宫闱秘辛。有一回李泰就谈到万贵妃急于求子之事。

万安心想："万贵妃姓万，我也姓万，我们是本家啊。"

于是，万安找来一些"求子秘方"呈献给万贵妃，自称为"族侄"。出身寒微的万贵妃，突然自天上降下一个进士出身的侄子，简直是欣喜万分，立刻告诉明宪宗："我有一个侄子叫万安，请你多多提拔。"

万安终于找到了一条登龙捷径。

两字尚书与万岁阁老

万贵妃出身寒微，深以为憾，一直希望能够结托高门，抬高身价。正好有一名万安者，正统十三年（1448 年）进士，一心一意巴结权贵，自称“族侄”……

明宪宗向来习惯听命于万贵妃，因此，马上拔擢万安为礼部侍郎兼翰林学士，入内阁参机务。万安大喜，既然万安自称侄儿，那么，万贵妃三个兄弟万喜、万通、万达，万安一律亲切地唤一声“叔叔”。

在万安三个“叔叔”之中，他与最为狡猾的二叔万通最为投缘，两人凑在一块儿，总有说不完的话。

万通发达了，万通的太太也妻以夫贵抖了起来。万妻有一次与母亲回忆从前的苦日子，母女二人相对唏嘘了大半天。

“你还记得当时咱们家穷，把你妹妹给卖了。”

“怎么不记得呢？妹妹又吵又闹哭了半天。”万妻感慨万千。

“母亲可记得妹妹被卖到哪儿去了？”

“我只知道是一个姓万的四川人，人称他为万编修。”

四川人？万编修？万通的妻子迅速在脑中打转了一下，咦，万安不正是四川人，并且做过编修？

这一打听之下，无巧不成书，万通妻妹果然是万安的小妾，这个小妾貌不惊人，万安原本没有多大的兴趣，现在发现关系不同，加上万安元配正好过世，万安赶紧摆了一桌子酒，大张旗鼓，把小妾扶了正。

从此以后，万通万安由叔侄关系，变成了更亲密的连襟，万安的地位益加的牢固。

万安靠着裙带关系，一步一步往上爬，他自以为得意，当然也少不了有人背后批评，万安的同年，侍郎邢让、祭酒陈鉴就看不过去，他俩经常公开批评："万安靠着万贵妃发迹，真是辱没了我们这一批正统十三年（1448 年）的同年。"

万安也是读过圣贤书的中国士人，内心深处也有矛盾与挣扎，只是利欲熏心，顾不了什么礼义廉耻，所以，愈发不能忍受邢、陈二人的批评。

万通为表示够义气，安慰万安："兄弟我现在锦衣卫中当红，谁不晓得我姐姐一言九鼎，随便弄个案子，他二人就惨了。"

没有多久，邢让、陈鉴先后下狱，同时也被除了官。中国古代司法普遍黑暗，因此人们始终向往包青天，惟有在一片黑漆漆之中，才格外显得青天耀眼，如果到处都是阳光，还需要什么青天呢?

万通的妻子与万通一般，琐琐碎碎，东家长西家短，是个标准的三姑六婆。她与万贵妃很谈得来，经常进宫聊天，一聊就是一整天，回家之后，宪宗的一举一动一言一行，全都告诉了万通，如此一来，万通真是万事通了。万通再一传话，万安更了解了宫中情形。

有一天，万通对万安说："皇上有严重的口吃，你是知道的，因此他不喜欢上朝，也尽量能不开口就不开口，最近施纯彦因为献了小计还升为尚书，你可曾听闻?"

"大伙都羡慕他的机智哩。"万安接口道，"也亏他想得出来。"

按明朝的规矩，皇帝答复朝臣上奏，只须挺威严的一声："是!"但是，换了口吃的宪宗可惨了，脸红脖子粗，憋了个半天，仍然发不出音，既可怜又可笑。

因此，施纯彦建议，不妨改口说"照例"，这两个字比较好发

明宪宗，选自《乾隆年制历代帝王像真迹》。

音，宪宗一试之下，果然如此，大为高兴，立刻升他的官为尚书，所以，有人背后批评施纯彦为“两字尚书”。

不过，天下之事岂能照例以“照例”二字打发过去呢？

成化七年（1471年）冬天里，宪宗上朝，彭时、商辂准备了一大堆的问题，准备请求宪宗裁决，这些全都是要紧的军机大事。

宪宗本是草包，又结结巴巴不擅言词，着实发窘，就在此时，万安突然石破天惊一句“万岁”，表示奏事已毕，接着在地上磕了一个响头，依理万安并不是奏事的头头，他没有资格带头跪安（跪安是跪下来请安，表示报告完毕，叩谢皇帝）。万安突如其来的即兴曲，弄得商辂、彭时二人不知所措，不得不跟着跪下唤“万岁”，然后，退了下去，当然宪宗就不必说话了。

宪宗很欣赏万安的解围，所以，人们称万安为“万岁阁老”。

不论“两字尚书”，或者“万岁阁老”，都代表着同一件事，那就是明宪宗无能无用。

明宪宗巧遇纪小娟

明宪宗爱上保姆阿菊，封她为万贵妃，万贵妃自从幼子夭折，未曾生育，把明宪宗盯得很紧，无论宪宗去找任何妃嫔，万贵妃得到消息，必定前来吵闹，宪宗不胜其烦，却又无可奈何。

久而久之，明宪宗游兴大减，只要想到万贵妃一手叉腰的茶壶状，宪宗就觉得非常扫兴。

有一天，宪宗极其无聊，对太监说："朕想到内库房去走一走。"

所谓内库房，又称之为内藏，此不属于国家的财政收支系统，而是皇帝个人的私人财产，称之为金花银。明朝自英宗正统元年（1436年）起，漕粮以每年一百万两为准，除掉发给武臣俸禄十多万两以外，其余均由御用，因此，天子的私人财产不少。

宪宗闲闲步入内库房，突然眼前一亮，原来他发现一名少女，而且是极美的少女。她的气质远远超过三千粉黛的浓妆艳抹。

宪宗的兴趣油然而生，他盯着少女问道："你叫什么名字，在这儿做什么？"

"婢子名纪小娟，受命掌理内库房账目。"

"噢，你读过书？"宪宗心忖，难怪谈吐应对不一样。

"是的，婢子之父，原是广西贺县土官，小时候，随着家父念过一些诗书。"

宪宗这才想起，大将韩雍，成化初年，曾经火烧藤甲兵，大破两广蛮寇，改大藤峡为断藤峡，并且俘虏了一批人入京，纪小娟大概就是这般入宫的。

“朕要考考你，目前库房存金银多少？”

“存金共十五窖（jiào），每一窖一万二千两，共计十八万两；银子约一千四百八十万两，细数则待婢子取账本。”说完，纪小娟捧来厚厚的账本。

宪宗接过来一看，纪小娟登载的账目收支出纳一清二楚，并且一手蝇头小楷极其娟秀，字如其人同样不俗。

“你做得很好。”宪宗夸奖道。

纪小娟嫣然一笑，眼波流转，宪宗心中怦然一动，情不自禁，把纪小娟揽入怀中，再加上此地没有万贵妃打扰，宪宗更为心醉。

以后，宪宗又悄悄来找过几回纪小娟，一次比一次着迷，没有多久，传出纪小娟怀孕的消息。

明宪宗行乐图，明人绘。

万贵妃气得发抖，牙齿咯咯作响，当下做了三个决定：第一，严密封锁消息，绝不能让皇帝知道。第二，设法让纪小娟流产。第三，把纪小娟赶到安乐堂中，让宪宗再也找不着。

安乐堂位于

羊房夹道，内有虎城，有牲口房，是当时豢（huàn）养禽兽之地，可想而知，必定环境不良，气味不佳。凡是宫女或老或病，就被发配到安乐堂，假如病久不愈，或是犯了更大的过错，则被赶到浣（huàn）衣局，顾名思义，所谓浣衣局就是洗濯（zhuó）衣物的地方。这一大群活得没有希望、没有目标，年华老去的宫女，从早到晚洗洗搓搓，等待死亡，实在是人间一大悲惨之事。

司礼太监怀恩生性鲠直忠诚，是太监中难得见到的好人，深受宫内太监们的敬畏，当怀恩知道纪小娟怀孕的事，心中大感欣慰，他对万贵妃派来的太监李同说："万岁爷还没有儿子，柏贤妃未来生男生女，现在还不知道。如今纪小娟怀了孕，这是天大的喜事，如果生个儿子，难保将来不会继承皇位，万一让万岁爷知道你准备把纪小娟怀中的胎儿打掉，你还要命不要？"

李同问怀恩："那么，依怀公公之见，我回去以后，如何向万娘娘交代？"

"你不会说，纪小娟肚子里是个肿块，不是害喜？"怀恩笃定地回答。

李同想想不妥："万一贵妃知道了，我还要不要命？"

怀恩道："凡事有我，你不用害怕。"

李同心中仍然害怕，不过，他同时也畏惧怀恩。怀恩是司礼太监，这是宫中太监最有权势的职位，怀恩又是宪宗宠信的人，怀恩出身良好，他的族兄戴纶在宣宗时曾任兵部侍郎，因事被杀，怀恩的父亲也被牵连而抄家，怀恩当时年纪尚小，被送入宫，阉割后做了小太监，到宪宗即位，升为司礼太监。

李同心想，怀恩早有防备，想让纪小娟打胎也不容易，只好回去谎报，骗一骗万贵妃，拖一阵子再说了。

吴废后保护纪小娟

明宪宗成化五年（1469 年），宪宗偶尔赴内库，询问内藏收支出纳的情况，巧遇担任内藏典守的纪小娟，小娟年轻貌美，办事机灵，宪宗一见钟情。没多久，传出小娟怀孕的消息，万贵妃差人打胎，被太监怀恩阻止……

纪小娟哭哭啼啼找怀恩谢恩："怀公公，不晓得该如何报答你。"

怀恩长叹一口气："你未来的路还难走着哩，现在万贵妃以为你是长了肿块。但是一会儿肚子日渐隆起，得想法子避人耳目。"

纪小娟无限惆怅地摸一摸肚皮，不晓得该用什么障眼法，才能让别人看不见大肚皮，想到这儿，忍不住又泪涟涟。

怀恩警告道："这不是哭的时候，当心哭多了，动了胎气，对胎儿不好。"

这番话，把纪小娟的眼泪硬是收住了。

怀恩又继续说："你到了安乐堂，可以请吴娘娘帮忙。"

"吴娘娘？"纪小娟眼睛一亮。

吴娘娘就是吴废后，也就是与明宪宗结婚才一个月，立刻被万贵妃赶了下来，以"举动轻佻，礼度率略"为名，被送到安乐堂旁边的玉熙宫这个冷宫中的倒楣皇后。

吴废后青天霹雳，狠狠痛哭过一阵子。但是，没多久，她便想开了。吴废后本性善良，既热情又好助人。到了安乐堂，因为人缘好，大家都尊敬她，喜欢找她聊聊天解解闷，日子过得倒也不寂寞。

吴废后一见纪小娟，清清秀秀、乖乖巧巧，忍不住就喜欢。同时，小娟是被万贵妃迫害，才被赶到安乐堂来，与她遭遇相仿佛，如此一来，更有“同是天涯沦落人”的感受，因此，格外觉得亲近，似乎，保护纪小娟怀中的骨血，成为吴娘娘自己的责任。

在吴废后的登高一呼之下，安乐堂中人人都对纪小娟伸出同情之手。但是，当纪小娟怀胎足月，生下小婴儿，而且是个男孩子的消息，依然传到了万贵妃的耳中。

可想而知，万贵妃怒气冲天，她把李同找了来，一个大耳光甩下去，把李同打得踉踉跄跄。

“你这个狗奴才，居然敢骗我，纪小娟的肚子里是肿块。”说着，万贵妃又甩了一个巴掌过去，李同支持不住，跌倒在地。

“这个不能怪奴才，奴才上回去，遇到怀公公，怀公公告诉我，纪小娟面黄肌瘦，一脸有病的模样，准是肚子里长了肿块。”

万贵妃问道：“你就不会用用脑子，万一是怀孕怎么办？”

李同回答：“奴才也问啦，谁知怀公公说，如果是皇子，有什么不好，奴才也不敢再开口。”

宫廷仕女，清陈枚绘。

对啊，多一位皇子，对明朝，对皇帝有何不好？就独独对一个人不好，那就是万贵妃，万贵妃气得不想再说，又用脚狠狠在李同身上踹了两下："你去把张敏给我找来。"

张敏是乾清宫总管太监，他是福建同安人，虽然是太监，却颇有几分正义感。

万贵妃拉长了脸责问张敏："你倒是聪明，替万岁爷找了这么一个小贱人。"

张敏慌乱地猛摇手："奴才不敢，奴才不敢。"

"那个纪小娟在安乐堂里生下一个小男孩，这件事你知道吗？"

"奴才不知道。"张敏赶紧回答。

"是吗？"万贵妃狐疑地望着张敏，然后一咬牙道，"反正，这件事我就交给你办了，随便你采用什么方式。"

"另外，你总该明白，万一万岁爷知道了，你该了解你的罪名。"

万贵妃的一字一句，听到张敏的耳朵之中，仿佛针扎一般，人人都说万胖子心狠手辣，最毒妇人心，这话一点儿也不错。

张敏离开昭德宫，立刻去找怀恩商量："怀公公，依你看来，该怎么办?"

"你认为呢？"怀恩反问张敏一句。

"万岁爷就只有柏贤妃生的一个儿子，总得多留一个。"

"对啊，这才是。"怀恩开怀地笑道。

于是，张敏向万贵妃回话，就说纪小娟生下的儿子，已经被掐死了，万贵妃不疑有他，冷冷地对张敏说："谅你也不敢撒谎。"

张敏心中忐忑不安，他做了一件他认为自己应该做的事，他也准备为这件事付出惨烈的代价。

冷宫里的婴儿

“哇！哇！”

成化六年（1470年）七月里，闷热的溽暑天，在安乐堂，这一个凄凄惨惨的冷宫里，竟然传出一阵阵小婴儿的啼哭声，真是历史上的千古奇闻。

纪小娟一面挥汗，一面哄着怀里的小宝宝，宝宝被逗弄笑了起来，显出两个可爱的小酒涡，围绕在一旁的宫女，个个伸长了脖子，七嘴八舌地讨论着：“小宝贝长得好漂亮!”“皮肤又白又嫩。”“真是一脸的聪明样儿。”

凡是女人，因为有先天俱来的母性，对小婴儿没有不感兴趣的，更何况这些在安乐堂中的女子，全是悲惨的苦命女子。自从被打入冷宫之后，只有孤孤单单终此一生，或者被发配到浣衣局中洗洗衣服。然而，自从纪小娟生了一个儿子，单调沉闷的生活之中，仿佛出现了希望与乐趣。

纪小娟把小婴儿取名为“阿孝”，阿孝挺乖的，听着妈妈哼唱的摇篮曲，一会儿头一歪便进入梦乡。纪小娟用食指在嘴唇上比了一个“嘘”的手势，意思是：“阿孝要睡了，大家不要吵。”宫女们全都轻声蹑脚地避开了，到了远处，又开始“阿孝今天睡得多”，“阿孝似乎瘦了一些”，谈论不休。

总而言之，阿孝长，阿孝短，阿孝永远是她们最感兴趣的话题，似乎在阿孝身上，让大家充分过足了叨念妈妈经的干瘾。

每一回，当大家谈论得兴高采烈之时，只要有任何一人迸出一句："如果万胖子知道了，不晓得会怎么样？"所有的人都陷入沉默与不安。

"不会的，不会的，我们之中谁也不会把天大的秘密泄露出去的。"

"柏贤妃的儿子，刚被万胖子害死，可怜的万岁爷，竟然无法庇（bì）护。"

这些被贬到安乐堂的，很多是长得漂亮，曾经被皇帝看上，惹恼了万贵妃，被她一脚踢入冷宫的，谈起万贵妃，又气又恨，格外地同情纪小娟母子。

虽然大家敌忾（kài）同仇，毕竟人多嘴杂，太监宫女闲来无事，多喜欢搬弄是非，吱吱喳喳。因此，小皇子一事，竟然没有传到万贵妃耳中，实在是奇迹。这一方面是万贵妃人缘太坏，另方面则是大家担心皇帝无后，大明朝后继无人，人人似乎都体认，保护小皇子，似乎是无上的光荣与责任。

不过，对一个小孩而言，长年累月生长在暗无天日的地窖之中，实在极不卫生，曾经有几次发烧生病，把纪小娟给急坏了，幸而吉人天相转危为安。

因此，有人建议纪小娟："不如早一点把阿孝带出去见万岁爷，安乐堂里养孩子太辛苦。"

纪小娟不知所措，转问吴废后："吴娘娘，你看该怎么办？"

"万胖子心狠手辣，阿孝一出安乐堂，很容易被她害死，总得等他长大些，会走路，能说话，才能离开母亲。"吴娘娘平静地分析道。

纪小娟抽泣地说："我知道，我生了一个儿子，万贵妃总饶不过我的。我死不足惜，可是，如果阿孝也死了，我是不甘心的。"说着，纪小娟抚摩阿孝的脸蛋，万分怜惜与不舍。

"所以啊，你得再熬些时日。"吴娘娘道。

"其实，对我而言，能在安乐堂中，母子多相聚一段时日，也没有什么不好，以前在宫里大家明争暗斗，过得好辛苦，倒不如现在，人人疼阿孝，充分表现人情味，觉得蛮温暖的。”纪小娟感慨万千。

宫廷仕女，清陈枚绘。

吴娘娘轻轻叹了一口气：“你能这样想就好了。”

如此，春去秋来，阿孝一天天地长大。由于终日不见阳光，活动范围有限，阿孝不是十分强壮，但是，纪小娟把他教得很好，极懂礼貌，又有教养，也开始认字，是个挺有气质的小皇子。

纪小娟时时在幻想，假如有一天，皇上知道自己有一个小儿子，不晓得该有多么兴奋，想到这一层，纪小娟就有马上跑出去报告的冲动。可是，一念及万贵妃胖胖凶凶的可怕模样，纪小娟又打了一个寒颤，甚且恨不得永远别让世人晓得这个秘密。

不论白天或是梦中，纪小娟脑中不断地盘旋此事，同时，她也不断地为阿孝裁制皇子的衣服，随时准备让阿孝亮相。

而对未来，纪小娟十分迷惘（wǎng），一切都太戏剧化了，冷宫中竟然养育了一个皇子，未来会如何呢？只有让命运来安排吧！

明宪宗父子相认

话分两头，纪小娟为明宪宗在安乐堂育有一子，但是，明宪宗并不知情，朝野也完全不得而知，只晓得宪宗无后，大明朝后继无人，这一切全是因为万贵妃之故。

因此，以太子太保兼文渊阁大学士彭时为首，率领商辂与万安，联合上了一则奏摺，彭时下笔相当厉害，毫不含蓄，他单刀直入地说："俗话说'子出多母'，今天嫔嫱（pín qiáng）甚多，维熊无兆，必陛下爱有所专，而专宠者已过生育之期故也。"

中国古人认为梦中见熊是生男孩的征兆，后人贺人生子称梦熊之喜。彭时直言，明宪宗专宠一个人，而这个人年岁已大，过了生育期了，那个人自然指的是万贵妃。

万安自称为万贵妃的侄子，他名列三阁臣之一，表面上不得不跟在彭时后面签了名，私底下立刻向万贵妃通风报信。

可想而知，万胖子可气坏了，对着宪宗又叫又吼："听说外面的人怪我不识大体，禁止万岁爷去别的宫找嫔妃。"

"没没没，没的事。"宪宗一着急，原本口吃的他，更加期期艾艾。

"哼，还说没有，彭时不是说我已过生育期了吗？"

"本来就是。"宪宗叹了一口气。

"你说什么？"万贵妃叉着腰泼辣地一推宪宗，"好好，你为了大明朝，赶快去找嫔妃，赶快生儿子去。"

话虽这么说，从此以后，万贵妃把宪宗管得更严，仿佛猫捉老鼠似的，只要宪宗有一点风吹草动，她立刻追杀过去，非闹个惊天动地，才肯甘心。

明宪宗心里也很苦，中国人讲究不孝有三，无后为大，他总不能害大明朝断了后了。何况，任凭宪宗再无能，让朝廷内外、上上下下全知道他是惧内的君主，总是丢脸丢到家的倒楣事。

长期郁闷的心理压力，使得明宪宗未老先衰，看他步履沉重、神情枯槁的模样，活像一个小老头，哪像年方二十九岁的青年人。成化十一年（1475 年）春天里，一个风和日丽的清晨，张敏为宪宗梳理头发，宪宗懒洋洋地斜靠在座椅上，忽地发现张敏的梳子上有几根白头发。

宪宗长长吁一口气："唉，这会儿，头发都白了，到现在还没一个儿子。"

张敏与怀恩二人，互相使了一个眼色，点一点头，双方都认为，这是打开天窗说亮话的时候了。

于是，张敏倒吸一口气，直直跪下，磕了一个响头道："恭喜万岁爷，万岁爷已经有个好儿子了。"

"什么？"明宪宗以为自己昨晚没睡好，八成是想儿子想疯了，连忙追问，"你刚才说什么？我没有听清楚。"

张敏看看窗外无人，立刻叩头道："奴才说了实话就死定了，请万岁爷作主。"

"你说，朕保证你的安全，快说！"宪宗站了起来，显得十分激动。

这时，怀恩也趴在地上，老泪纵横地说："没错，万岁爷的的确确有个小皇子，养在玉熙宫，已经六岁大了，奴才一直不敢禀报皇上。"

明宪宗着急地问："是谁生的？"

“纪小娟。”张敏回答。

宪宗当然记得纪小娟，记得内库房，纪小娟慧黠（xiá）的大眼睛，温温柔柔的一举一动，实在让宪宗怀念不已。他曾经去内库房找过纪小娟，失落空返，不问也知，准是风声泄露，又被万贵妃给撵了，宪宗心中有数，颇为怅惘，怎么，这一会儿，纪小娟又出现了，还为他生了一个儿子，天啊。

宪宗一着急，结结巴巴更严重了：“快，我们立刻前往西苑。”

怀恩先派了人通知纪小娟，纪小娟紧张得两手两脚不住地发抖，怎么也停不下来。

吴娘娘安慰纪小娟：“别慌，我们盼了六年，不就盼望这一天吗？”

“对，对，阿孝一定表现得很好。”纪小娟花了好大的力气，才让自己安静下来。

纪小娟替阿孝换上一件小红袍子，白皙的脸蛋配上红色衣服，越发显得可爱。纪小娟看着孩子，一阵无名的辛酸涌上脑门，泪水像泉水般流了出来：“儿啊，你这一去，娘怕再也见不到你了。”

“娘，那我不要去了，我不要离开你！”阿孝紧紧抱住妈妈。

“乖孩子……”小娟拍拍阿孝的头，“你还没见过你爹，等一下你见到一个穿黄袍、有胡须的人，那就是你爹。”

关于有朝一日，阿孝与皇帝相认，该如何表现，纪小娟教过了一回又一回，如今，正戏即将上演，纪小娟紧张得手心发汗，心脏仿佛随时要跳出口外。

纪小娟牵着阿孝，走出地窖，这是阿孝头一回见天，吴娘娘对怀恩说：“真命天子交给你了，你要小心。”

“是。”怀恩答得响亮。

阿孝生长在冷宫，出生以来，还没有剪过头发，所以头发留得长长的，几乎到地，走起路来，长发飘逸，更显出一份纯真可爱。

阿孝随着怀恩来到了殿上，阿孝不怕生，四下一看，端坐中央，嘴唇上有毛的人正对他笑，阿孝也笑嘻嘻奔上前，撒娇地开口："爹爹，爹爹。"

明宪宗简直乐坏了，一把抱起阿孝，仔细端详，眉清目秀，细致可爱，连忙亲了又亲阿孝的小脸蛋："对，我是你爹爹，你叫什么名字？"

"我叫阿孝。"吐字极为清晰。"太好了。"宪宗笑得合不拢嘴。

从来没有见过天的小皇子，终于见到天日了。这个小皇子就是日后的明孝宗。

纪淑妃的遗恨

由于万贵妃的悍妒，明宪宗一直为无后而烦忧，突然之间，冒出一个小男孩，身穿小红衣，乘着小车子，长发拖地，笑眯眯奔入宪宗怀中，欢欢喜喜对着宪宗喊“爹爹”，宪宗真是惊喜交迸。

他把小皇子抱在膝前，看了又看，忍不住哭了起来：“这是我的儿子，长得多么像我啊。”朝廷群臣听到消息，互相道贺：“大明朝终于后继有人了。”宪宗请商辂为皇子取名字，商辂翻了半天古书，写了“祐樘（yòu táng）”两个字呈给宪宗。

宪宗问：“这是什么意思？”

“樘乃柱子，一柱擎（qíng）天也。”商辂恭谨地回答。

“好一个一柱擎天。”宪宗十分满意。

接着，宪宗召见纪小娟。六年不见，纪小娟依然美丽，由于少见阳光，益发白皙细致，生活的磨练，也让她多了一分成熟与稳重。宪宗目光紧紧盯着纪小娟：“小娟，这几年苦了你。”

纪小娟用力咬住嘴唇道：“万岁爷，我们母子依然恐惧。”

明宪宗贵为皇帝，竟然不能保护心爱的女人与骨肉，这也是历史上罕见的事。宪宗心中不能说毫无愧意，他却只能在打结的眉头再打一个死结，长长地吁一口气：“朕实无能为力。”

自从纪小娟母子出现后，万贵妃就像发了疯似的又吵又闹，她把太监张敏找来拳打脚踢：“你说，纪小娟这个小贱人的儿子不是早就死了吗？原来是你骗了我。”

万贵妃步步设防，自以为做得滴水不漏，竟然出现如此戏剧化的父子相认，她无论如何也不能接受。

明宪宗当了皇帝，阿菊这个比宪宗大十七岁的保姆居然成了万娘娘，不知惹来多少艳羡。但是，她不快乐，她充满了仇恨，每一个年轻貌美的妃嫔全是她的死敌，她恨不得把她们全部消灭。由于心情烦闷，只好用吃来泄愤，愈吃愈胖，她也晓得宫中人暗地里称她为万胖子，这使得她对其他婀娜多姿的妃嫔更加嫌恶到了极点。

纪小娟，纪小娟，当初就该杀了这个纪小娟，万贵妃仿佛成为咆哮的母狮子，谁也不敢亲近她，一向怕她的明宪宗更畏惧三分。

小皇子露脸以后，纪小娟被封为纪淑妃，从安乐堂中搬了出来，迁到永寿宫，她也一样不快乐。纪淑妃看到明宪宗以后，她心里很难过，她常常在心中呐喊："万岁爷啊，六年前，你不能保护我们母子，六年后你依然如此懦弱吗？"

宫廷仕女，清陈枚绘。

王皇后找了纪淑妃

问话：“你搬到永寿宫两个月了，你知不知道，为什么迄今为止，小皇子还没有被立为太子？”

纪淑妃垂着头：“我也不晓得，天天在盼，天天不安心。”

王皇后道：“你想想看，万胖子气得快疯了，如果有一天，你母以子贵，当了太后，万胖子还得向你磕头，以她如此刚烈的性格，这一口气如何能够忍得下去？”

纪淑妃失魂落魄尖叫起来：“天呀，这该怎么办？”

王皇后怔怔地望着纪淑妃，只能叹气。

过了没有多久，纪淑妃暴毙。

关于她的死，有三种说法：

其一，有人说，万贵妃愈想愈怒，干脆找了一个杀手，把纪淑妃给杀了。

其二，也有人说，纪淑妃担心儿子的前程，趁着宫女不注意，悄悄上吊而死。

另有一说，纪淑妃因为压力太大，不支昏倒，万贵妃差遣了一位御医前来诊治，三两下便药到命除。

纪淑妃暴毙的同时，“骗”了万贵妃的张敏，因为不堪万贵妃无尽的折磨，在花园树丛之下吞金而死。

怀恩十分地难过，忍住眼泪向宪宗禀报：“纪娘娘死了。”

“怎……怎么一回事？”宪宗不胜诧异。

“外界有不同的说法。”怀恩哽咽道。

反正，无论是哪一种说法，都与万贵妃脱离不了关系，明宪宗也不想再追究，只是皱紧眉头道：“朕实无能为力。”

好一个无能为力。

万贵妃请吃点心

明宪宗无后，朝野忧心，因此，当纪小娟带着小儿子翩然出现，群臣相贺。可是，等了又等，始终没有传出册立太子的消息，外界不免议论纷纷，猜测原因。

“万岁爷想儿子都快要想疯了，为什么还不赶快册立？”

“因为万胖子会不开心。”

“事关国本，还管她的心情如何？”

“你可以不管，万岁爷不这么想。”

大臣们心中都有一句话，搁在心里不敢开口：“奇怪，天子乃一国之尊，万岁爷怎么这般无能。”

的确，宪宗优柔寡断，平庸无能，他只会锁紧双眉，沉痛地说：“朕实无能为力也。”

纪小娟离奇死亡，明宪宗自不免伤感。但是，想到这样也许可以消减万贵妃的醋意，反而有如释重负的轻松。再说，当初谎报纪小娟儿子已死的张敏也吞了金，宪宗这才鼓起勇气，向万贵妃试探立储一事。

“好啊，这是件好事，愈早办妥愈好。”万贵妃回答得异常爽快，倒让明宪宗十分意外。于是，小阿孝便顺利地被册封为太子。

万贵妃其实心中还有另一层用意，她自认为对带孩子有一套，毕竟是保姆起家的，小孩子懂什么，还不是有奶就是娘，只要她拿出当年对付宪宗的功夫，丧母的太子保管会服服帖帖，叫他往东他不敢往西。

不过，万贵妃忘记一件重要的事，当年，她还是阿菊的时代，人人都误以为她只是个溺爱小孩、忠心尽职的好保姆。现在的万娘娘，狐狸尾巴早就露出来了。第一个对万贵妃起了戒惧之心的就是周太后。

周太后问宪宗："你说，现在纪淑妃死了，你准备让谁来抚养阿孝？"

"自然是王皇后。"宪宗回答。

"不成，王皇后一向是明哲保身，胆小怕事，她接不了这个担子。"太后心忖，以王皇后的性格，只要万胖子一吼，难保她不把太子双手呈上，送给万贵妃宰割。

"阿孝就由我来抚养吧，你要看他，也得来这儿。"

"是的。"明宪宗对这件事没太多意见，对于得来不易的太子，似乎也没有太多的珍惜。

从此，阿孝留在太后的仁寿宫，太后对于年幼失母，自小生长在地窖的乖孙，可是有说不尽的疼爱。

宫廷仕女，清陈枚绘。

万贵妃开始进行拉拢太子的工作。有一天她派人面报太后，就说准备了精致的点心，请太子过来玩一玩，尝一尝。

太后一听，脸都吓白了，又不能不让太子去，只是左一遍右一遍提醒太子："到了那儿，什么都不许沾、不许吃，否则就会中毒而死。"

万贵妃是北方人，擅长做面食，想明宪宗小时候，就对阿菊保姆这身手艺迷恋万分。她力气大，揉出来的面韧性高，口感特别好，如今，贵为万娘娘，老早不下厨，这一回，为了刻意讨好七岁的太子，特别下厨指点一二。

太子一来，刚刚坐定，万贵妃堆着满脸笑容，亲自捧来一个热气腾腾的蒸笼，嘴里忙着说："你来得正巧，刚好蒸熟了包子。"

万贵妃一打开，哇，好香好热，她先示范说明："这包子皮薄，里面有一汪子汤，吃的时候要眼明手快。"

于是，万贵妃先用手抓住包子的皱褶（zhě）处，轻轻咬破包子皮，把其中滋味鲜美的汤吸饮下肚，然后再慢条斯理地吃空包子的皮。

阿孝张大眼睛，一眨也不眨地望着她把包子咬破，汤汁外溢。阿孝不断地咽口水，实在想用手抓一个来尝尝，却是犹犹豫豫不敢动手。

万贵妃惊讶地望着阿孝："你不喜欢吃包子？"

"嗯，刚刚吃饱了来。"阿孝故意拍拍肚子。

"那么，你吃一点炸小丸子，你父亲小时候最爱吃的。"万贵妃转身又捧了一碟小肉丸来。

小丸子看起来好漂亮啊，外面焦焦黄黄的，里面酥酥嫩嫩的，万贵妃把筷子递给阿孝："蘸（zhàn）一点儿花椒盐吃，又松又细。保准你还想来一盘。"

阿孝真是痛苦极了，仿佛所有的馋虫都到了喉咙，他用筷子夹起一个小丸子，正要放入口中，想一想，又把筷子搁下，拍拍肚子，故意说："真的饱了。"

万贵妃无奈，苦笑道："好吧，那我们就来一点杏仁酪（lào）吧，这可是熬了一个早上的。"

万贵妃捧了一个小锅，芳香扑鼻，阿孝狠狠地嗅了两口，那黏糊糊、甜滋滋的甜汤一定很好吃，他最爱甜食了，最好能吃两碗三碗。

可是，万一吃了肚子痛，死翘翘就不妙了，于是，他用力地摇摇头道："不行，不行，我饱了。"

万贵妃火了，她拿起调羹（gēng）准备硬喂："这小小杏仁酪，就是再饱也可以吃的。"

"不成，不成！"阿孝慌了，一手捂着嘴，"我怕里面有毒。"

"你说什么？"万贵妃气炸了，血盆大口张得好大，好像要吃人的样子。阿孝看着害怕，头也不回地往前逃命，一路奔回仁寿宫去找太后去了。

黑色怪物入袭皇宫

万贵妃请太子吃点心，周太后不好意思不答应，虽然千叮咛万嘱咐不能吃不能吃，到底太子还只有七岁大，小小年纪怎有能力应付鸿门宴。

因此，太子一出门，太后就后悔了。她一个人搓着手，走过来又走过去，直懊恼不该答应阿孝去。“万一，阿孝中了毒，我怎么对得起纪小娟？万一，阿孝也被万胖子给害死了，大明朝无后人，我岂不成了国家民族的罪人了？”

想到这儿，太后的心扑通扑通跳个不停，跳得她眼冒金星，几乎昏厥。她在屋里坐不住了，干脆站到园子里等候爱孙。

正在发愁时，阿孝远远奔来，一路跑一路叫奶奶，叫得好悲切，好着急，太后张开手迎接，把阿孝搂在怀里：“不怕，不怕，回来就好了。”

回到仁寿宫，阿孝收干了眼泪，在太后安慰之下，又展开了笑颜，他仰着头得意道：“万娘娘请我吃点心，我一口也没吃。”似乎是个小英雄。

“后来，万娘娘好生气，样子好可怕。”

太后叹气道：“阿孝真乖，我们下次不去了。”

阿孝摸摸肚子：“现在，倒有点儿饿了。”

太后拉起阿孝的小手：“不如去吃甜蜜蜜的百果糕。”

阿孝叫了起来：“好噢！”

太后望着阿孝，一手抓一个糕，糖屑吃得满脸，忍不住笑了起来，心想，毕竟是个七岁的宝宝，难为他了，下一次再也不可冒险。

另一方面在昭德宫，万贵妃大发脾气，自从她贵为万贵妃，没人敢在她面前说一个不字，没料到今天竟栽在一个七岁毛头的手中。

万贵妃气得猛拍桌子，又甩了一个倒楣宫女的耳光。她喜欢戴戒指，五根手指上倒有七八个戒指，凸起的宝石把宫女的脸都刮破了，手腕上的玉镯金镯彼此相碰，更增加了惊心动魄的效果。

“你们说，他才这么小，心眼这么多，将来有一天若是当了皇帝，岂不把我给吃了？”万贵妃恨恨地咆哮着。假如这一刻阿孝还在她的面前，万贵妃很可能亲手把阿孝活活给掐死。

所向无敌的万贵妃，经过这一番折腾，竟然病倒了，而且病得不轻。偏偏这段期间，宫里头不晓得打哪儿飞来一群小虫子，黑压压的一大片，螫（zhē）起人来，肿一个大包，痒得要命，万贵妃火气旺，恨得大嚷：“好啊！连小虫子也来跟我过不去了。”打虫子打不着，她力气大，抓起痒来特别用力，身上、腿上到处一条条血痕，为此，万贵妃脾气更大，病情更恶。

小虫子咬起人来，可不管你是不是皇帝，因此，明宪宗也被咬得遍体鳞伤，夜夜不得安眠。

中国古人是相当迷信的，所以，马上有人禀报宪宗：“万娘娘的病，是由黑眚（shěng，灾难之意）所引起，宫中扰人的小虫，同样也是黑眚在作祟。假如不马上处理，可能还会有接二连三的灾祸。”

“那该怎么办？”宪宗一着急，说起话来又结结巴巴的。

“赶快请法师做个七天七夜的水陆道场。”

宪宗立刻吩咐下去，以后的七天七夜天天数日子，期盼七天之后，一切恢复正常。不料，七天下来，小虫子愈来愈多，多到一张开口，几乎就可以吞入小虫。宪宗烦极，连连唉声叹气："这个黑眚怎么法力无边，阴魂不散。"

就在此时，黑眚出现了！

民间盛传，有一种怪物出没，它有金色的眼睛，修长的尾巴，看起来像一条狗或是一只狐狸，背后笼着一股黑气，趁着夜晚袭入人家。黑眚一出现，全家人都会昏迷不醒。

谣言愈传愈烈，最后传到宫里，并且有人言之凿凿："小黑虫就是黑眚的先遣部队，由此证明，黑眚即将出袭皇宫。"

宪宗听到消息，吓得手脚发软，出于本能地去找万贵妃，万贵妃气息奄奄，也说不出个主张来。

一天清晨，宪宗在朝天门接见文武百官，突然之间，一名侍卫像杀猪般呼喊："不得了，黑眚出现了。"

众人惊成一团，急忙找网子、寻棍子，想要逮捕黑眚，却不见黑眚踪影，吓昏了的侍卫醒来之后却指天发誓，他果然看到民间传说的怪物。

一连串的离奇事件，让明宪宗伤透了脑筋。

天狗吃掉太阳

明宪宗成化十二年（1476 年），宫里接二连三地出事，先是万贵妃病倒，而且病势不轻，继而不知自哪儿飞来一群群小虫，螫（zhē）人肌肤，痒得难受，紧接着黑色怪物黑眚出现，把宪宗吓得死去活来。

无巧不巧，七月九日，北京出现日蚀，朝廷震惊。日蚀的原因是月亮走到太阳与地球之间，形成一条直线，因此，日光被月亮遮住。

中国古人不了解日蚀的道理，以为太阳是被天狗给吃掉了，北京城的居民个个惊惶失措，拿着炒菜锅子铲子就往屋外跑，大声地用力地敲击着，要把天狗赶跑。

过了一阵子，太阳出现了，大家很高兴天狗被赶走了，却也纷纷议论不休，既然日蚀代表上天的警告，显然是皇上的圣明受到了云翳（yì）的遮蔽，同时意味着皇上严重的失德。

明宪宗大惊失色，立刻在二十四日于内宫之中设案行祀，躬祷天地，并且以“用度不节，工役劳民，忠言不闻，仁政不施”自责。

大学士商辂一心为国，他心想，好不容易皇帝有个机会暂时沉潜，晓得检讨自己，因此上了一个奏章，提出了消弭灾祸的八件事，具体地指出皇帝日后应当：“一、不要再对番僧国师法王滥赐印章。二、除了四方例行的贡品外勿再接受呈进上来的珍奇奉献。三、准许诸臣直言。四、减少冤狱。五、停止不急着需要的营造工程。六、充实边境国防的军事储备。七、加强沿边关隘的工事设施。八、设置云南巡抚。”

商辂是明朝惟一连中三元的内阁首辅，他所提的八件事多半是宪宗平日的作为，趁此机会把明宪宗所犯的错误，一股脑儿地全抖了出来。

宪宗岂是虚心纳谏的君主？他看了商辂的奏章，气得脸都白了。但是，宫中接二连三出事，如今连太阳都不见了，毕竟是事实，因此，不得不下令对商辂“优诏褒纳”，但愿老天爷能够息怒。

偏偏就在宪宗努力弥补过失之时，宫里又出事了。

事情是这样的，宫旁北海之中，有一座琼华岛，岛上有一座万岁山，风景优美，地势高亢，站在上面的广寒殿，整个大内尽入眼底，从辽金到元朝，向来是皇帝们最喜欢留驻之处。

万岁山图稿本，元房大年绘。

到了明朝明成祖之时，他曾经再三告诫宣宗：“不许去广寒殿游玩，那儿相当于宋徽宗的艮（gěn）岳，宋徽宗迷恋花石纲，骚扰天下，北宋因而灭亡，尔等应当以此为戒。”

既然是成祖的警告，不论是宣宗、英宗、景帝都乖乖听话，谁也不敢去广寒殿玩耍，久而久之，那儿就逐渐荒废了。

可是，这一段日子，有人远远发现，万岁山上人影幢（chuáng）幢，仿佛又是鬼怪出现。

怀恩老太监不信邪，他跑去找锦衣卫都指挥使袁彬，要求他“务必查一个清楚”。

袁彬是明英宗流落在瓦剌时的恩人，办事十分谨慎踏实，当下就派了一批人马直登万岁山，果然现场逮到一名妖里妖气的道士李子龙，他正一手摇铃，一手舞剑，口中喃喃自语地作法事，另有三名太监鲍石、郑忠、韦寒也在旁边。

经过袁彬等人的彻底调查，发现这个李子龙原名侯得权，小时候出家当和尚，化缘到了河南，遇到一位道士，传授给他符术，所以，侯得权就蓄了头发，改行当了道士。侯得权人如其名，非常想要得到权力，他听说陕西一带，最近出现了一位奇异之士，天赋异禀，有不少神奇的传说，这位奇人名叫李子龙。于是侯得权脑筋一转，把脸一抹，从此改名换姓，成为冒充的李子龙，活动于真定一带，设坛卖符，妖言惑众，倒也招来了不少愚夫愚妇。

后来，李子龙到了京师，闯出了一点名堂，并且在杨道仙的家里认识了宦官鲍石等人。

李子龙装模作样对这几个迷信、无知又头脑简单的宦官说：“大明朝气数已尽，当今皇帝虽有一个儿子，迟早小命不保，我在睡梦之中，屡次得到神仙的指点，特来北京城内寻访真命天子。”

由于宪宗的无能、万贵妃的专权、太子的岌岌（jí）可危，旁人不知道，太监们可一清二楚，所以，鲍石、郑忠等人非但深信不疑，并且尊李子龙为上师，希望借着上师的指点，早一些发现真命天子，以后也好借拥戴之功，多享受荣华富贵。

就是如此这般，宦官们才带领李子龙，鬼鬼祟祟到了万岁山，登临广寒殿，居高临下，观察大内，希望借着李子龙的无比法力，能在茫茫人海之中觅得真命天子。

汪直俊俏狡黠

中国古代的皇帝手握无限大权，威风八面，但是，内心都有一层挥不去的恐惧，那就是害怕有人会夺他的皇位。

明宪宗正为此而忐忑不安。

他先为日蚀而忧心，没多久，又有一个原名侯得权，后来改称李子龙的人，以妖术结交宦官，竟然私入广寒殿，图谋不轨。

明宪宗很着急，他追问锦衣卫都指挥使袁彬："你告诉朕，他们究竟准备如何图谋不轨？"

袁彬不敢据实回答，因为李子龙对外宣称，当今皇上失德无能，明朝气数已尽，该是寻访真命天子的时候了。袁彬心想，他若是诚实以告，器量狭小的宪宗必然恼羞成怒，就算袁彬是明英宗的恩人，宪宗依然会大发雷霆。

因此，袁彬只好淡淡地敷衍："没什么，反正事情过去了。"

宪宗不满意："他们想造反，策划了好久，怎么锦衣卫一无所知？"

"锦衣卫平日不宜过多扰民。"袁彬平静地解释。

宪宗几乎冲口而出："不扰民结果就成了扰君。"转念一想，袁彬到底是先帝的恩人，也就没开口。

关于李子龙等人，没有二话，自然是问斩。但是，去了一个李子龙，若是再来一个李子龙又该如何？宪宗真是忧心极了。

从小到大，宪宗碰到困难，直觉的反应就是找保姆阿菊，所以，阿菊成为万贵妃，依然是宪宗心中依赖的对象。

万贵妃躺在病床上，气息奄奄，但是，脑筋依然活络机灵，她对宪宗说：“万岁爷为何不自己派人出去打探消息，比锦衣卫管用得多。”

宪宗一拍大腿：“对啊！何不仿照东厂故事？”

东厂是明成祖设立的特务机关，负责侦缉与刑狱，上自官府，下至民间，都有他们的踪迹，亲信太监结合地方流氓，设立而成执行屠杀的人间地狱。

对民众而言，东厂是欺压善良、陷人入罪的恐怖机关。对君主而言，东厂可以打探外界消息，防范逆谋，造福朝廷，值得仿效。

宪宗兴致勃勃地追问：“构想虽好，得有得力的人去指挥才行。”

万贵妃立刻接口：“就找汪直吧，他挺能干的。”

“就是那个瑶人？”

“正是。”

提起了汪直，万贵妃就眉开眼笑，连病痛都忘记了。说真的，像万贵妃脾气这么坏，能够让她称心如意还真正不简单，但是汪直

宪宗时明代后宫，出自《宪宗元宵行乐图卷》(局部)，明人绘。

硬是有此能耐。

汪直是大藤峡的瑶族人，与纪小娟一般，都是明朝军队平乱之后，被俘虏到了京师。

汪直生得非常俊俏，一双大眼睛水汪汪的，鼻子也相当英挺端正，很容易就被相中，阉割后送到了昭德宫，在万贵妃跟前当差。

万贵妃表面上是威风八面，其实内心里仍然是恐惧的，万一有一天，宪宗突然醒悟了，不再受她支使，或者，迷上其他的妃嫔，万贵妃手上是一张牌也没有，因此，她的情绪极端不稳，经常没头没脑发脾气。

有一回，一个被责骂的宫女私下里嘟嘟囔囔："老妖怪，万胖子。"冷不防，万贵妃突然出现，戴满了戒指的巴掌左右开弓，宫女的脸颊滴滴流血，跌倒在地，万贵妃胖胖的脚用力踹了又踹，宫女哀哀讨饶，众人相愕，不晓得该如何是好。

这时，汪直一个箭步向前，也踩了宫女一脚，大声地说："万娘娘哪儿是胖，她是丰腴，与唐朝杨贵妃一般雍容华贵。"

万贵妃臃（yōng）肿悍（hàn）泼，从来没有人夸她美丽，而女人没有不喜欢别人称赞她美丽的，因此，她收起了怒气，开始打量眼前这个俊俏的美少年。

汪直献媚地对万贵妃说："宫女当然嫉妒娘娘，娘娘用不着与她们一般见识，娘娘若是戴上了昨天梁芳呈献的玉簪，必定更为艳丽大方。"

万贵妃满头珠翠，叮叮当当，若非她头大，怕早就撑不住了，汪直竟然劝她再戴饰物，她也开开心心再加一支玉簪，汪直频频称美，其他人心中暗骂"缺德"，却也不能不佩服汪直马屁功夫的确是高人一等。

汪直奉命探人隐私

明宪宗接受万贵妃的建议，决定让汪直到宫外刺探隐私。

汪直当时不过是个小小的“御马监太监”，但是，他所得到的命令是：“大政、小事、方言、巷语，悉探以闻。”也就是说，不论任何大大小小的事，全在汪直的探听范围之内。

这下子，汪直可精神抖擞了，他在锦衣卫之中挑了几位与他臭味相投、诡谲（jué）机灵、不安好心眼的年轻校尉，换上了布衣小帽，或骑驴或骑骡，开始在北京城内外闲逛。

汪直一行人在北京城里又吃又玩，快活极了，比在万贵妃跟前当差，伺候她阴晴不定的脾气，相形之下，仿佛到了天堂。

既然是奉命出外打探消息，玩了一整天，汪直总不能空手而返。这可难不倒足智多谋的汪直，他把在烤鸭店里听来的消息，再加油添酱一番，就是一篇精彩绝伦的报告了。

譬如说汪直会禀告明宪宗：“报告万岁爷，奴才今天打探到一件消息，可离奇了，在京城近郊住着一位陈老，终日吟哦诗书，时时教训人们要讲礼义廉耻。”

明宪宗不耐烦地打断汪直：“那岂不与商尚书一般，有什么意思。”

商尚书就是商辂，商辂乃国之栋梁，宪宗却顶讨厌他。嫉妒之心人皆有之，按理说来，当皇帝的，应该没有什么人值得他嫉妒了。但是不然，明宪宗嫉妒商辂的道德人品，看不惯商辂自以为是的神气，更难忍耐商辂的直言上谏。

汪直明白天子被人捧惯了，最恨有骨鲠（gěng）精神的忠臣，所以接口道："对对，陈老貌似商尚书，连说话语气神态都相仿。陈老丧偶多年，一直未曾再娶，最近他儿子娶了媳妇，发生了一件奇怪的事。"

"怎么个奇怪法？"这下子明宪宗有兴趣了，大病初愈的万贵妃也坐直了身体。

汪直嘿嘿地冷笑道："陈老的媳妇生得极美，尤其皮肤又白又细，就像嫩豆腐一般掐得出水来。这陈老经常捧着一本书作幌（huǎng）子，一双眼睛自书本下盯着媳妇打转。尤其是白天儿子外出时，他干脆把书扔在一旁，就这么魂不守舍直直地瞧着媳妇，害得媳妇困窘万分，躲都没有地方躲。"

"哈哈哈！"宪宗笑得前仰后合，"想不到商老也有这一天。"宪宗似乎忘记了商辂和陈老两人之间毫无关系。

万贵妃更乐了："我早知道商辂不是好人。"

万贵妃与商辂还曾经有过一段过节哩。那是宪宗成化十一年（1476 年）五月里，纪小娟戏剧化地翩然自安乐堂出现，手里还牵着万岁爷的儿子——六岁的阿孝，纪小娟被封为纪淑妃，万贵妃气得发疯。

过了一个月，纪淑妃暴毙，死因为何乃千古疑案，一般的看法是万贵妃准脱不了关系。

正直的商辂看不过去，他坚持根据中国人孝顺的传统，刚被封为太子的阿孝应该探视亡母。于是司礼监带着阿孝前往。

阿孝自小与纪淑妃相依为命，当他发现妈妈不会亲他抱他，不会说话，不能动弹，着急伤心得又哭又闹。在旁的人都悄悄地用手背擦眼泪，万贵妃却为之厌恶万分。

后来，纪淑妃葬礼之时，商辂又坚持太子必须披麻戴孝地行礼，万贵妃更火大，她原希望太子年纪小，记不得母亲，将来她笼络笼络，太子就把她当妈妈。这个美梦被商辂破坏了，难怪后来她请太子吃点心，太子竟然说点心里有毒，气得她生了一场大病……

所以，万贵妃抢着说："明天，你再打听打听那个陈老怎么了，他与商辂一般坏。"

于是，第二天，明宪宗与万贵妃以等着看好戏的心情，期盼着汪直归来。

汪直为了不让听众失望，连忙编了一段："这陈老先生真是老不修，竟然搬来一张椅子，从窗户缝里偷看媳妇洗澡，一个不留神，陈老摔了下来，媳妇赶忙穿好衣服跑出来看，发觉竟然是公公在窥浴，真是羞愧难当，觉得活不下去了，只好投井而死。"

明宪宗叹了一口气："没有想到商辂是这种人。"

汪直接口："虽然不是真的商尚书，不过想来商大人私底下也是如此。"

明宪宗、万贵妃与汪直在假的商辂的败行之中得到了满足，宪宗虽然贵为皇帝，在道德上却到达不了高的层次，只好"以小人之心度（duó）君子之腹"，自我欺瞒，把那些有道德的君子"丑化"一下，来纾（shū）解自己的压力。

汪直成立西厂

太监汪直领到明宪宗的命令："大政、小事、方言、巷语，悉探以闻。"从此以后，他每天换上便衣小帽，骑着一匹小骡，带着几名小混混出外打探消息，吃喝玩乐，真是快活极了。

对于明宪宗而言，每天午睡醒来，听汪直报告一些某妻妾争风吃醋、大打出手，或者某公公偷看媳妇洗澡的丑闻，消遣解闷，深觉十分有趣。汪直非但人俊俏机警，同时口才也好，唱作俱佳，连比带演，总把明宪宗与万贵妃逗得呵呵笑。

由于汪直的表现极佳，宪宗在成化十三年（1477 年）一月正式成立了西厂。西厂和原来的东厂都是特务机关，替皇帝刺探外情，防止臣民谋反叛逆。西厂的权势超过东厂。不过，西厂到了明武宗正德五年（1510 年）被撤废，一共存在了三十四年，但是，东厂却始终存在，一直到明朝灭亡。

西厂正式成立以后，汪直认为，目前他所打探的消息，不过是一些三姑六婆的闲言闲语，不容易引起朝野的重视，换句话说，汪直有如现代报纸的地方消息，他心目中却是想弄一个头版头条，让人人侧目，个个震惊，然后，还可能借此敛财。

汪直把他的心意告诉了韦瑛，韦瑛笑嘻嘻道："我一定能把这件事办成。"

韦瑛是谁？韦瑛原是一个市井无赖，因为混不下去，就把自己卖给一个姓韦的宦官，成为韦姓的家人。

汪直与韦瑛年纪相仿佛，臭味相投，很快就成为了亲昵的酒肉朋友，彼此称兄道弟，准备联手大干一场。

过了没有多久，机会上门了。

事情是这样的，有一个名叫杨瞱（xié）的人，原是杨荣的曾孙，他的父亲杨泰性情粗暴，因为细故杀了人，杨瞱也脱不了关系，吓得连夜逃到京师找姐姐帮忙，杨姐嫁给了董序，董序是礼部主事。

在中国古代，司法不独立，中国人始终相信，有钱能使鬼推磨，总是设法打点关说，希望能够减刑甚且无罪释放，而果然也有不少人走这条路走通了。杨瞱来找姐夫，就是想要利用关系为杨泰脱罪。

杨瞱夜半急急敲门，把董家上上下下全都惊醒了。董序一见杨瞱大吃一惊，董序平日对这个小舅子从来没有好感，却没见过他如此狼狈，整张脸涨得像是腐败的猪肝，眼神里有畏惧有不安，一改平日凡事不在乎的调调儿。

“怎么啦？”杨姐急着探出头来询问。

杨瞱直喘气，好半天才压低声音说：“爹杀了人。”

“啊！”董序夫妇相对一望，也都呆住了。

问明原委之后，杨姐心中好不着急，却故作轻松道：“没关系的，船到桥头自然直，姐夫会想办法的。”

一听此话，杨瞱放了心，又恢复了调皮的本色，摸摸肚皮撒娇：“啊！一路赶来，还真是有点儿饿了。”

做姐姐的通常都爱护弟弟，杨姐道：“炉子上炖了一锅羊肉，早就烂了，原是你姐夫要消夜的。”

杨瞱鼻子用力一吸：“果然是好香，刚才吓怕了，没有嗅到。”杨姐见杨瞱好馋的模样，端来了羊肉，又煎了一条鱼端来，杨瞱连喝三碗粥，抹抹嘴巴，然后便去睡了，一会儿，发出了打鼾的声音，显然是放心地睡着了。

董序夫妇却是一夜未眠。董序说："岳父杀人的事，要赶快压住，如果地方真的办起来，我们都会牵连在内。我明天一大早去找韦瑛想想办法吧！"

杨姐握着董序的手："弟弟带来了一万两黄金，数目不小，应该是够了。"

第二天一大早，董序找到了韦瑛，并且献上金子，韦瑛笑眯眯道："放心吧！一切交给我。"

董序也笑了："真是谢谢了。"

董序心中放下一块巨石，回家补睡回笼觉。

可惜，董序高兴得还太早……

杨仕伟半夜惊魂

杨泰杀了人，他的儿子杨䝼跑到京师，找姐夫董序帮忙，希望能够设法脱罪。董序找到汪直身边的红人韦瑛，韦瑛收下了钱，也答应帮忙。

不料，韦瑛这个司法黄牛一转身，直奔西厂，向汪直报告："杨䝼父子杀人畏罪，携带一万两黄金到京城来，藏在礼部主事董序的家里，准备用来行贿逃避刑罚。"

"黄金万两？发财的机会来了。"汪直兴奋地拍着大腿。

汪直立刻派人前往董宅，把正在呼呼大睡的董序、杨䝼逮捕入狱，并且逼着董序交出万两黄金，可怜的董序把所有的钱全给了韦瑛，哪里还有金子？西厂的爪牙搜遍董宅不见黄金，于是把董序和杨䝼押入西厂。

"董大人，"韦瑛在西厂的一个阴暗的房间中，神情严肃地对董序说："你这件案子关系重大，我会设法保住你的性命，不过，你可千万不能说出来那一万两黄金送给我，否则，嘿嘿……"

"是！是！"董序是个胆子极小的人，早已吓得魂不附体，连连应诺。

"你在牢里不许乱说话，问你任何事都回答不知道。"韦瑛用命令的语气说。

汪直在厅堂上逼问杨䝼那一万两黄金的下落，杨䝼是个公子哥儿，从没有见过这等凶恶的场面，吓得面无人色，跪在地上，两腿直打哆嗦。

“我把黄金全都交给姐夫了。”杨諰结结巴巴地说。

“胡说！”韦瑛立刻大声斥责：“我刚才问过董序，他说他不知道有一万两黄金。”

“好，杨諰，你不肯说，我把董序找来对质。”汪直板着脸说：“来人啊，带董序。”

董序披头散发被押了进来。

“董序，杨諰可把一万两黄金交给你？”汪直厉声问道。

董序跪在地上全身发抖，听到汪直冷峻的声音，吓得几乎晕过去，脑海里立刻想到韦瑛刚才的嘱咐，便叩头道：“我不知道，我什么也不知道。”

“董序既然什么都不知道，就带下去吧！”韦瑛对汪直说。

“好，把董序押下去。”汪直挥挥手。

“姐夫！”杨諰回头望着蹒跚（pán shān）而行的董序，大感恐慌。

汪直一点都没有料到韦瑛的诡诈，他只以为杨諰舍不得把黄金拿出来，于是一拍桌子：“杨諰，不用刑谅你也不会招，来人啊，用琵琶刑！”

所谓琵琶刑是一种惨酷的刑具，它的形状可能像琵琶，夹住人的关节，犯人套上“琵琶”，狱卒用力一抽绳索，“琵琶”就收紧，牢牢地夹住犯人身上每一个关节，再抽一次，犯人的关节就会痛得像是脱臼一样，又抽一次，犯人就会痛得汗如雨下，全身骨头像是要散掉。

杨諰被上了三次琵琶刑，痛得死去活来，当要第四次抽绳时，杨諰赶快招供：“别再用刑了，黄金万两藏在我叔叔兵部主事杨仕伟家中。”

韦瑛立刻率领兵卒到杨仕伟家，当时已是深夜，把杨仕伟夫妇从床上拖了起来，然后就是一阵毒打。

杨仕伟夫妇冬天夜半，闭门家中睡，祸从天上来，迷迷糊糊被打得死去活来，呼天抢地，大哭大叫，夜深人静听来，显得格外地恐怖凄惨。

与杨仕伟比邻而居的翰林侍讲陈音被惊醒，急得爬墙过来一探究竟，他骑在墙壁上一看惨状，忍不住大叫："你们擅自侮辱朝臣，难道不怕国法吗？"

那些锦衣卫的兵卒不甘示弱："你是什么人，不怕西厂吗？"

陈音回答道："我是翰林陈音。"

"管你什么翰林，我们是奉旨来捉人的。"锦衣卫的兵卒向来是目空一切的。

杨仕伟被押解到西厂，汪直问案，杨仕伟一无所知，当然是问不出结果来。

"韦瑛，"汪直伸伸懒腰："累死人了，这案子就交给你了。"

韦瑛回到囚房，叫狱卒把那已经被折磨得不成人形的杨晔押来，继续用刑，不久，杨晔便气绝身亡。

"杨晔，"韦瑛用脚踢了踢杨晔的尸体，轻声地说："可不是我杀了你，是那一万两黄金要了你的命。"

这案子最后的结局是，杀人凶手杨泰处死刑，董序、杨仕伟因为亲戚关系连坐而被削去官职。

经过这次莫名其妙的案子，两位主事被削职，使得文武百官对于新设立的西厂刮目相看，东厂仍在，西厂又起，好像是原有一匹狼，又来了一只虎，空气里的血腥味似乎愈来愈浓了。

覃力朋贩卖私盐

汪直自从主掌西厂以后，气焰一天比一天高，更何况他依然身兼御马监太监。

我们平日称宦官为太监，事实上，宦官是一个通名，在明朝，宦官是有各种等级的，最高的一级才能称之为太监，一般人用太监通称宦官，那是以最高的一级来概括全体。

明朝设置在皇宫内的机关，主要是二十四个衙门，其中包括了十二监、四司、八局。御马监在十二监之中，算是相当重要的职务，因为他掌管了羽林军中的骑兵，与司礼监一文一武相提并论。

御马监地方很大，约在今天北京大学一带，平日是用来溜马的旷地。然而到了每个月的四日、十四日、二十四日另有他用。

原来，每月逢四之时，宫门大开，清理垃圾，宦官们趁此机会偷点好东西出来卖，称之为“内市”。这一大片“摆地摊”的，统统归他管辖，因此，汪直对外接触广泛，大小宦官都得要让他三分。

其中有一个南京镇守太监覃（qín）力朋不买汪直的账，果然就吃到了苦头。

覃力朋入京进贡，办完了事，由运河南归，顺便携带了一百艘私盐船，浩浩荡荡，一路骚扰，从山东德州到达武成县，再往前走便是南北货运最大的一个税关——临清关。

武成县典吏素来以正直闻名，早就听说覃力朋沿途打劫，可恶已极。所以，他寒着脸，拦下盐船，冷冷地询问："请问，这批盐船，可有准予运销的凭证？"

"你要凭证？"覃力朋随手拿起一根短棍，对准典吏咧开的大嘴巴，"匡当"一声，敲断三颗门牙，典吏一嘴是血。

典吏身旁的人，挺身而出，口里喊道："你怎么打人？"话还没有说完，覃力朋只一拳，打得他鲜血迸流，鼻子歪在一边，覃力朋举起短棍，又打又捶，把人给打死了。

汪直知道了这件事，把覃（qín）力朋逮捕下狱，宪宗颇为嘉许汪直正直。覃力朋当然是罪有应得，不过，明朝贩卖私盐图利的，绝不止于覃力朋一人。

中国自汉武帝以来，一直到民国初年，都实施盐铁专卖制度。盐是民生必需品，虽低廉，也是最不可或缺。政府实施专卖，往往可以产生数十倍的利润，为历代政府重要的财政收入。

明朝开国之初，便建立了完整的盐务制度与组织，产盐的盐民称之为灶户，凡是灶户一律由政府发给盐田，以及制盐用的盘铁、草荡等用具，免除杂役，发给工资，并且严格规定"将余盐夹带出场以及私煎买卖者，处以绞刑"。

俗话说："赔钱的生意没人做，杀头的生意有人做。"贩卖私盐罪不轻，却有暴利可图，一些人缺乏公德心，对公家事马虎，因此，私盐应运而生。

灶户生产的私盐，大多售给"私枭"，"私枭"又称之为"盐匪"，或者"盐贼"，这些私枭拥有武器，形成一股黑社会的力量。若是遇上社会动乱，甚且揭竿起事，逐鹿中原，我们前面讲过的如唐朝的黄巢、五代的钱镠（liú）、元朝的方国珍都是以私枭起家的。

至于官兵，通常是抓不到强盗的，其中理由很多，包括抓不到，不敢抓，或者干脆包庇盐枭，担任耳目，狼狈为奸。

灶户与盐官也互相勾结，反正只要数量到达标准即可，因此，官盐之中有泥土、有黑灰，甚且故意拌入一些硝（xiāo）石，若不是官盐“沙土参半，味苦不佳”，如何衬出私盐“晶莹洁白，美味入口”？

此外，舟车不便的僻乡之地，商人不愿前往贩卖，自然成为私盐猖獗之地，私盐不用缴税，本轻利厚，又可以物易物，民众乐于购买，私盐生意愈做愈兴旺。

政府官员不但受贿、纵私，偶尔捉几个肩挑背负的小民顶罪。甚且有些人干脆自己下海，也兼差经营私盐买卖。

明成祖迁都北京，为了联络南北，重建漕运系统，漕运粮船回返，利用空船，夹带私盐，皇亲国戚与太监利益均沾。

覃力朋就是插了龙旗，沿途骚扰，他的案子到了刑部，刑部以为“坐以私盐拒捕，当斩”。但是明宪宗依然出面袒护，覃力朋很幸运地免除刑责。

覃力朋贩卖私盐无罪，更加鼓舞了私盐盛行，盐利收入减少，使得财政危机加深。

韦瑛强取药材

西厂成立之后，汪直在锦衣卫之中，挑选了一百多个善于刺探消息的人加入，无论在规模上、在声势上，都远远地超过了以往的东厂与锦衣卫。

这一百多个小汪直，当然也要千方百计赚取外快，他们想出的方法之一，就是查禁妖书，求取官赏。

有一个通判曹鼎，罢职家居。宪宗成化十三年（1477 年）三月里，突然有一天，一大早醒来，发现家中被西厂的爪牙团团包围。

曹鼎大惊失色，披衣而起，慌慌张张地问："发生了什么事？"

西厂爪牙不由分说，把曹鼎架了就走，曹鼎这才知道，原来他"匿（nì）藏康文秀带来的妖书"。

"康文秀是谁？我又把妖书藏在哪儿了？"曹鼎平白受冤，颇不甘心。

"康文秀是个瞎子，他把妖书透过你的同乡王凤交给了你。"

"那我怎么不知道？"曹鼎反问。

"哼，用刑之后你就清楚了。"

曹鼎是信佛的，一看到各式各样的刑具，仿佛想象中的地狱一般，整个人就吓傻了，他也不明白，一辈子行善，为何落此下场？佛教中提出关于十八层地狱的理论，原在告诫世人生前行善，以免死后受到地狱轮回之苦。不想酷吏竟然把地狱中各种残忍手段，如剥皮、炮烙、烹煮、剖腹移到人间现实，大肆作恶。

曹鼎受不住折磨，三两下便命丧黄泉。

曹鼎之后，知县薛方遭到同样的诬陷，一命呜呼。

曹薛两家同声喊冤，轰动朝廷，重新审案的结果，证明曹鼎、薛方的确是清白的。于是，左都御史李宾上奏，希望明宪宗能够“从此以后，明谕规定，凡是谎报妖言者，斩”。但是，一向懦弱怕事的明宪宗不肯，他只轻描淡写说了一句：“法律审判今后应该审慎，以免伤害无辜。”

根据明宪宗的裁示，很显然地，曹鼎、薛方死了就是死了，算他二人倒楣，也不必追究西厂误杀无辜，宪宗这种和稀泥的作风，让西厂得到极大的精神鼓舞。于是，虎狼鹰犬更加猖狂，西厂声势如日中天。

汪直身边的红人韦瑛尤其嚣（xiāo）张，到处强行勒索，谁也不敢不听。有一天，韦瑛遇到了一个硬是不信邪的人，那就是太医院事方贤。

事情是这样的，韦瑛三番两次派人赴太医索取药材，而且要的全是最名贵的药材，如长白山上的千年老参等等，方贤一概不理，并且对人说：“假如人人都如此，我们的药材岂不一扫而空？到时候谁能负责？”

韦瑛火大了，认为方贤看他不起，事实上，他心里也有数，没有几人会尊敬他。所以，韦瑛派了人便直冲方家搜寻，理由是，据人密报，方贤手脚不干净，必然偷偷把太医里的药材往家中搬运。

一群人东搜西寻闹了个半天，全无所得。忽然之间，有个爪牙大呼：“有了，有了，我找到一片沉香。”

所谓沉香，是一种常绿乔木，果实呈卵形，表面长有绒毛，它黑色芳香的脂膏，凝结为块，入水能沉，因此称之为沉香，可用为醒脑顺气之用，属于中等价位。

韦瑛取得沉香，如获至宝，一口咬定：“这片沉香必然是太医院公物，方贤私自取用。”其实，韦瑛并没有证据沉香出自太医院，但是，方贤就因为此事，非但丢了官，并且关入西厂大狱。

最最荒唐的是，太医院事居然由韦瑛接管，韦瑛等于家中开了药店，转卖出售，大赚特赚。

韦瑛尚且如此，汪直更是威风八面了。他每次出外，都有一大票随从，前呼后拥，凡是遇到汪直的，不论是官是民，总是乖乖下马，改为步行，表示尊重。

久而久之，即使是朝中大臣，远远遇到汪直，总是改道而行，避免麻烦，马路成为汪直一人天下，汪直为此十分自得，太监总是这样，自卑混杂着自傲，心理永远不能平衡。

兵部尚书项忠某日早朝时，遥见汪直，却未避道，堂堂兵部尚书，似乎也不用如此窝囊。汪直毫无教养，当场破口大骂：“你瞎了眼啦？也不晓得让路？”

早朝完毕，汪直却余怒未消，又派了几个校卒上前侮辱项忠，又叫又跳，项忠只好报之以苦笑。

项忠乃正统七年（1442 年）进士出身，为朝廷立下汗马功劳，竟然受此侮辱，其他朝臣更不在话下了。

商辂检举汪直

自从西厂建立，汪直权势熏天，恣（zì）意刑杀，从成化十三年（1477 年）正月到五月，整个京城成了恐怖世界，全国亦为之骚乱不安，人人自危。

大学士商辂终于忍耐不住了，他准备联络大臣，亲自起草，数一数汪直的罪状。

商辂的老乡老友张文前来劝阻，他说："商老啊，你老乡试第一、会试第一、殿试第一，三元及第，我朝唯你一人，饱读诗书，难道不晓忠臣总是头一个被杀害的？何必找自己麻烦？"

"唉，读圣贤书，所学何事？人人明哲保身，国家焉得不亡，告诉你，我不但要讲，而且要讲得明明白白，彻彻底底。"商辂依旧坚持。

张文摇摇头："拜托，万岁爷可不比唐太宗，户部主事周轸（zhěn）不就曾经批评今上是神仙、佛老、外戚、女色、货利、奇技、淫巧样样感兴趣，他旁边又有一个凶悍无比的万胖子，你说了也是白说。"

"总得有人一试。"商辂相当固执。

"再说，不了解商老的人，会误以为你好出风头，故意博取直声，求得美名，否则，没有人会做这种吃力不讨好的事。"

商辂泡了一壶茶，好整以暇道："不如，我说个故事给你听，有一段时间，苏东坡颇好佛道，常与佛印一块修行、打坐。某日，苏东坡精神愉快，自觉姿势正确，如入化境，笑问佛印说：‘你看，我像什么？’”

佛印不假思索道：“像一个佛陀。”

苏东坡大乐。

佛印又腆着大肚皮，反问苏东坡：“你看，我像什么？”

“你啊，你像是一块朽木。”说罢，苏东坡哈哈大笑。

晚上回到家，苏东坡把这番话告诉了苏小妹，原以为苏小妹会夸他机智俏皮，没想到苏小妹惊呼：“哥，你才是一块朽木，佛印心中有佛，见你是佛，他把自己的影像投射到你身上，你的境界比佛印差远了。”

张老笑道：“敢情商老骂我是块朽木，我只是希望你事缓则圆。”

商辂长叹一口气：“根据可靠史料，其实并无苏小妹，我只是有感而发。说到圆融，谁又愿意得罪小人，实不忍见国事败在汪直一人手中。”

张老不再多言，沉默地走了，他担心商辂的下场，却也嫉妒商辂，为什么始终坚持正义，绝不同流合污。

商辂果真在宪宗成化十三年（1477 年）五月，联合了刘珝（xǔ）、刘吉等联名上奏，奏稿由商辂亲自起草，条条列举汪直十二条大罪状，结论之中，毫不客气地指出：“陛下一切委之于汪直，汪直又寄耳目于群小，得专刑杀，擅作威福，残虐善良。自汪直用事，士大夫不安其职，商贾不安于途，庶民不安于业，若不早日离去，天下安危未可知也。”

奏章呈了上去，宪宗一看，火冒三丈，他不能忍受朝臣如此批评他身边的人，宪宗对怀恩说：“朕也不过是用了一个太监，何至于一下子就危及天下，你去内阁里查问一下，看看究竟是谁主稿？赶紧回报。”

怀恩到了内阁，转达了明宪宗的愤怒与不满。

“怀司礼，”商辂站出来平静地说：“汪直所有不法之事，样样有案可查，按照规定，朝臣不分大小，有罪皆请旨奉准，方可以逮捕。南京，祖宗根本之地，留守大臣，汪直擅自逮捕，宣府、大同，边城要害，守备不可一日或缺，汪直一天之中，拿问了五员武将，请问，汪直不去，国家如何不危？”

性情激烈、爱国至深的刘珝气得嚎啕大哭：“太过分了，昔日王振用事，尚不至于如此跋扈（hù），怀司礼，你一定要禀报皇上，如果皇上非用汪直不可，不如先罢阁臣。”说罢挺胸痛哭，情绪悲愤到达了极点。

对于汪直所作所为，怀恩知悉不多，见到商辂等人老泪纵横，素来有情有义的怀恩亦为之动容，因此，即刻禀报皇帝。

明宪宗正着急地等着回话，并且预备大发一场脾气。

岂料，怀恩回来，一脸的悲愤，一字不漏地转述了商辂的回话。

“汪直真的如此妄为？”宪宗依然不相信，对怀恩偏向商辂一边也明显地表示不满。

“当然是真的，刘珝的眼泪岂会是假的？这么厚厚一册卷宗，全是汪直不法的行为，岂会是假的？”

怀恩不自觉地愈说愈大声，明宪宗震惊了，愣住了……。

西厂卷土重来

汪直作恶多端，朝野震撼，商辂等人以“近日伺察太繁，政令太急，刑网太密，人情疑畏，汹汹不安”为名，条条列举十二大项罪状，上奏宪宗，宪宗派了太监怀恩去调查，果然证据确凿。

明宪宗被逼得只好下令：“撤销西厂，东厂依旧。”汪直调回御马监，韦瑛则遣发到宣化府当苦差。消息传出，朝野欢声雷动，甚且有人放鞭炮大大庆祝一番。

可惜，鞭炮放得太早了。

明宪宗心中依然相信汪直，疼爱汪直，汪直回到御马监，仍旧担任侦缉的工作。

当然，汪直这次虽然失败，但他是不会善罢甘休的，身为太监天生的自卑，加上累积的仇恨，让他日夜思量如何报复，如何一举击垮商辂。汪直想了半天，终于想到“原来商辂拿了杨繲（xié）的贿款”。

当初杨泰杀了人，他的儿子杨繲跑到京师，找姐夫董序帮忙，董序把一万两黄金交给韦瑛，韦瑛私吞了黄金，却谎报汪直说贿款不见了，汪直虽然杀掉了杨繲，对于这一万两始终是耿耿于怀。

他主意已定，飞报明宪宗，宪宗恍然大悟：“朕还以为商辂真的大义凛然，不想竟然拿了杨繲的钱，难怪！”至于商辂拿取贿款的证据呢？明宪宗没有追问，他也不想追问。

明宪宗对于西厂恋恋难舍，尤其偏爱汪直来往市井之间，探听稀奇古怪的丑闻，明宪宗这种癖好，很快就被有心人加以利用。

有一个御史名叫戴缙（jìn），年年想升官，年年未进一阶，一共熬了九年，发现宪宗心理，于是，他揣摹上意，上了一个奏章：“近年来灾变频繁，没有听说过大臣们追何贤人，退何不肖，只有汪直厘奸剔弊，允合公论，只因为韦瑛行事不轨，革去西厂，实为可惜。”

戴缙所说的，正是明宪宗心中所想的，自然龙心大悦，一扫多日来的阴霾（mái）。既然皇帝心意如此，马上又有那王亿附和，这一回说得更露骨了，他竟然表示：“汪直所行，不独为今日法，且可以为万世法。”简直把汪直给捧上了天。

因此，宪宗顺从“民意”，在六月十五日，下诏恢复了西厂，距离西厂被废，仅仅只有三十四天，汪直卷土重来。

朝臣之中，第一个受惠的就是戴缙，他由九年不升的七品御史，一跃而为从五品的尚宝司少卿，让其他言官羡慕万分，纷纷效尤。

朝臣之中，首当其冲，注定会遭到汪直打击的，那就是史书中形容：“平粹（cuì）简重，宽厚有容，临大事，决大议，毅然莫能夺”的商辂了。

商辂起初听说宪宗罢西厂，倒还私心窃喜：“今上毕竟良知未泯。”继而得到消息，汪直诬赖他拿了杨晔的贿款，不免气极。等到一个月后，西厂竟然又重新设置，商辂彻彻底底地寒了心，从头到脚失望已极。商辂在西厂重设后的第七天，上了一个奏章，要求退休，告老还乡，这正中了宪宗的意思，立刻恩准。

商辂伤心、失望地离开了，刑部尚书董方颇为气馁（něi），跟着自陈去职。董方走了，都御史李宾大受打击，也接着提出辞呈，明宪宗一律恩准，于是，兵部尚书薛远、侍郎滕昭也一个接着一个走了。

一时之间，数十位骨鲠之臣相继离去，朝中好人一空，剩下的，或无奈，或懦弱，都争先恐后巴结汪直。

都御史王越素来与汪直走得近，也是众人羡慕的对象，尚书尹旻（mín）想要透过王越认识汪直，王越答应了，尹旻高兴得不得了，却又惶恐万分，尹旻问王越："请问，见到汪太监，是不是需要下跪？"

王越一脸不屑的神色，申斥道："堂堂六卿，岂可以随便下跪，甘居人下？男儿膝下有黄金。"

尹旻不相信王越的话，买通一个仆人在旁偷看，只见王越一见到汪直，两脚一软，膝盖扑通到地。

一会儿，王越叩头而出，轮到尹旻等人进入。尹旻一踏入门，立刻直挺挺趴在地下，尹旻一跪，其他人跟着一起跪，汪直见到这些年纪比他长，学问、地位比他高的一起矮了半截，真正是心花怒放，对尹旻起了带头作用，特别夸奖了几句。

王越知道了，心里不以为然，拉着尹旻道："你如此做，不嫌过分？"

尹旻甩甩衣袖道："吾不才，效法老兄。"

马文升平乱

西厂复建，商辂告老还乡，明宪宗对于这一位辅弼（bì）多年的老臣，没有丝毫的眷恋，看在其他正人君子眼中，觉得心寒，纷纷提出辞呈。

明宪宗对此喜不自禁，从外表看来，宪宗人高马大，其实内心相当软弱，尤其面对商辂之时。商辂年纪虽然不小，依旧保有翩翩风采，史书中形容为“丰姿瑰（guī）伟”。明宪宗亏心事做多了，总觉得商辂眼中含有怨怼（duì）的不满，这让明宪宗浑身不是滋味。

相形之下，明宪宗看到汪直可就乐了。汪直绝不像人们心目中奸邪小人的模样，他不但年轻俊俏，有白里透红的皮肤，而且笑起来健康又灿烂，仿佛全无心机，天真纯洁。所以明宪宗欢喜听他谈论市井传闻，汪直边说边比画，总能逗得宪宗十分开怀。

西厂恢复了，明宪宗又开始（其实从没中断过）午觉醒来，听汪直报告离奇古怪的新闻。明宪宗对此是乐而不疲，汪直可厌倦了，他到底年轻，他急于想往外闯一闯，掌握更多的权力。

明宪宗成化十三年（1477 年）冬天，辽东发生叛乱。原来，辽东地处北方，有许多边疆民族，辽东巡抚陈钺（yuè）为了冒功，曾经捕杀许多无辜的外族，这种残忍的行为，激起了辽东人的愤怒，遂起而叛乱。

这场叛乱断断续续一直不能平定，成化十四年（1478 年），兵部侍郎马文升（景泰二年，1451年进士出身）上了一个奏章，说陈钺在辽东贪渎虐民，激起变乱，并且一条一条列举了陈钺十五条罪状。

汪直听说了这件事，兴奋无比，闹着要去平抚这件事。

由于兹事体大，明宪宗命令司礼太监怀恩等人召开七人会议讨论，怀恩知道汪直这一去准没干好事，所以一开头便说："仍以派遣大臣前往平乱为妥当。"

宪宗立刻发布命令派马文升前往辽东，汪直好失望，跑去找马文升："我推荐王英与你一块儿去辽东。"

马文升严肃地回答："圣上的旨意要我即刻前往辽东平乱，这是国家大事，我岂可带私人前往？"

汪直碰了一个不小的钉子，却又无法反驳，只好恨恨地回来。

马文升对于兵部之事，如屯田、马政、边备、守御，样样不含糊，为人谦和又厚道，所以，当他疾驰到辽东，向作乱的徒众宣布皇帝的抚慰之意，那些叛乱者受到马文升的感召，个个都愿意归顺。

汪直听说马文升办妥了诸事，准备打道回朝廷了，他心想，我如果立刻赶过去，还可以开开眼界，沾沾功劳，所以，汪直又吵着要去辽东。

俗话说，会闹的孩子有糖吃，何况汪直一向是明宪宗最喜欢的开心果，万贵妃又在旁边为汪直美言，所以，宪宗最后还是答应了汪直，让他带着他的新心腹王英一块前往。

汪直初次出远门，真是开心极了，一天跑个几百里，享受飙（biāo）马的快感，沿途对地方官非打即骂，远近驿站为之骚然。

陈钺接到消息，也开始害怕了，他知道汪直是个面善心恶的小人，为了自保，他赶紧派人贿赂汪直身边的随从，并且下令，当汪直到达辽东地区之时，沿路的居民都要跪在路旁迎接，一直到汪直的队伍走远了，才可以起立。

哇，这一下子，汪直可是大大开了眼界，过足了瘾，看到道路两旁一排排跪倒的百姓，心里那种飘飘然的满足感，真是笔墨所形容不出来的。汪直忽然觉得自己是个皇帝。他以前遇到跪拜的百姓，那是在宪宗的身边，现在可不一样，汪直一路上笑得嘴都合不拢。

尤其让汪直最感到开心的是，不但一般民众趴倒，连陈钺手下的将士也一律下跪，将士身披铠（kǎi）甲，下跪不易，有时连皇帝都会体恤将领免跪拜礼，如今，为了汪直，竟然将士集体匍倒吃够尘土，汪直简直就乐坏了。

等到汪直一行靠近了辽东，陈钺亲自前往郊外迎接，见到汪直的队伍，陈钺干脆自己也矮了半截，跪在道旁。

等到汪直住入行馆，陈钺换了便衣小帽，紧跟在汪直身旁，唯唯诺诺，膝盖打弯，小心伺候，不知情的人，一定以为汪直身旁新添了小跟班。

接着，陈钺搬出了上好的酒宴，除了燕窝、银耳、鱼翅、海参之外，还有驼峰、象筋、鹿尾、熊掌，全是难得一见的山珍海味，连用餐的器皿，也是选用全国最著名的哥窑出产的上好瓷器。

陈钺的殷勤，让汪直真正感动到极点，想他自幼在万贵妃身旁当差，受够了窝囊气，譬如伺候万贵妃吃顿饭，就是一大苦刑，除了要忍耐她随时爆发的坏脾气，而对着佳肴（yáo）美食，非但吃不到，还得小心咽口水，别吞得太大声，真正是活受罪啊。

汪直瞅一眼陈钺，感受到前所未有的满足与得意，似乎也弥补了身为太监的遗憾。

陈钺盗墓

明宪宗成化十四年（1478 年），陈钺（yuè）为了冒功邀赏，无故骚扰边部，惹起祸端，汪直很想前往讨平，立下边功。后来，朝廷派遣马文升到辽东慰抚，汪直大大不高兴，汪直请求派他的亲信王英跟着马文升一块去，马文升又婉言拒绝，惹得汪直更加不高兴。

马文升的任务很成功，汪直则念念不忘，朝思暮想，在宪宗面前再三请求，终于如愿以偿，到了关外，再一次招抚，明摆着是想抢马文升的功劳。

由于陈钺对汪直百般殷勤，同时，陈钺也派人分头贿赂汪直的随从左右，当汪直酒足饭饱之后，和随从聊天，随从们都因为拿了陈钺的红包，猛夸陈钺如何贤能。

第二天，汪直带着陈钺和随从来到开原，在开原见到了马文升。

“马大人，我奉皇上的圣旨前来安抚叛乱。”汪直向马文升拱拱手。

“汪公公一路辛苦。”马文升也拱手还礼：“我把汪公公带来的旨意再向大家宣布。”

其实，乱事前几天就平定了，马文升再度向叛乱者宣布皇上的赦免旨意，实在是重复的事。马文升再宣布一次圣旨，不过是给汪直一个面子而已。“汪公公，我已向大家宣布皇上圣旨，赦免他们，大家都很感激，高呼万岁。”马文升在宣布旨意后，回来对汪直说。

“那很好，皇上希望太平无事，所以既往不咎。”汪直装模作样地说。

“皇恩浩荡。”马文升说：“汪公公远道宣慰，才能服众，这一次平乱的首功应当归汪公公。”

“马大人，我怎敢居首功，哈哈。”汪直满意地笑着，谁都看得出来，他心里的谦虚是假的。

“汪公公，你该居首功，马大人说得对。”一位随从扮着一副笑脸向汪直拍马屁。

“你是谁？”马文升板着脸申斥马屁精：“这里没有你说话的份，还不滚下去！”

“他是我的随从。”汪直赶紧解释道。

“汪公公的随从按理也没有资格在这里讲话。”马文升不屑地说。

“你看不起我的随从，还看得起我吗？”

回到住处之后，汪直怒气未消，陈钺进来请安，知道马文升得罪了汪直，便立刻在汪直面前诉说马文升如何霸道、如何骄傲。

“好，我回京以后，好好收拾马文升。”汪直恶狠狠地说。

为了答谢陈钺的献媚，也为了治一治马文升的负才使气，对汪直手下不够恭敬，汪直把陈钺在辽东所犯的错误，一股脑全部栽到马文升的头上去，汪直上奏：“文升行事乖方，禁止边区互相买卖农器，因而酿成边患。”

事实上，马文升是禁止在边区出售军器，绝对不是农器，一字之差，差得远矣。总之，马文升得罪了汪直，明明有功于朝廷，却被关入锦衣卫的大牢之中，至于罪魁祸首的陈钺，反而是平步青云，一跃而为尚书。

面对如此不公平的裁决，对文武百官而言，产生一个启示，得罪了汪直，该死，巴结汪直，升官。于是朝廷大小官员无不对汪直百般取悦。当时人流行一句谚语："都宪叩头如捣蒜，侍郎扯腿似烧葱。"都宪、侍郎指朝廷大臣，他们对汪直的恭敬就像对神明一样。

陈钺马屁功夫奏效，再接再厉，怂恿汪直发兵，讨伐东北的建州，那是女真族居住之地，明宪宗很快就答应了。于是汪直监军，陈钺参赞军务，大张旗鼓前往塞外。

汪直一路之上仿佛出了笼的小鸟，又叫又跳，兴奋极了，不住地嚷着："我这一回得多立边功，一显身手。"

他们一行，来到了辽东塞外，恰巧遇到六十名贡使，汪直与陈钺互相挤一挤眼睛，突然下令，把这六十名贡使全给杀了。这些贡使面露笑容，携带厚礼，原本存心示好而来，竟然糊里糊涂被送上了西天，汪直给这六十名冤死鬼定下一个罪名："窥（kuī）探边境，别有图谋。"

汪直终于立了一桩边功。

汪直算一算，贡使只有六十人，不过六十个骷髅，他觉得数目太少了，不够看，脑筋一转，他对陈钺说："不如我们多掘一些坟墓，多砍几个脑袋。"

"汪公公你真是聪明绝顶，佩服佩服。"

陈钺眉开眼笑道："这叫做不择手段争取边功。"不择手段原是骂人的话，陈钺却拿来当马屁话，汪直竟然也颇为受用。

既然是躺在坟墓里的死人，当然毫无反抗的能力。于是，汪直好整以暇，轻轻松松，掳获不少"敌人首级"，兴奋地"凯旋"而归。

这一场东征战役，明宪宗加汪直岁禄，陈钺晋升为户部尚书，随行的两千六百余人个个有赏，圆满地完成了"伟大"的任务。

王越与家妓

汪直是太监，对军事一窍不通，但是，他希望借着辉煌的战功，巩固一己的地位。成化十五年（1479 年）十月，陈钺怂恿汪直出兵建州的西女真，结果汪直等人先杀掉贡使，又挖掘坟墓盗取死人首级报功，凯旋还朝。

陈钺因此升为户部尚书，为了这件不公平的事，王越气得几天吃不下一粒饭，他愤愤地抱怨："就凭陈钺那个小子，偷了几个死人脑袋就立了大功。那么，我这种沙场老将，冒着生命危险，砍了一批活人首级，岂不是更应该加官封爵？"

王越原是能征善战的官员，却是进士出身。景帝景泰二年（1451 年）廷试之日，王越应试，写了一半，忽然吹起一阵怪风，把王越的卷子给吹走了，他重新领了一份，时间已经过了一半，可是，王越仍然在预定的考试时间之内答卷完毕，并且拿了最高分，由此可见，王越的确是肚子里很有墨水。

英宗天顺七年（1463 年），大同巡抚都御史韩雍被召还回京，英宗找不到可以替代韩雍的人，忍不住喟然而叹气道："怎么样才能再找到一个韩雍？"

李贤推荐了王越，英宗在殿上召见王越，王越生得又高又帅，那天又特别伟服短袂（mèi）打扮，一举一动，干脆利落，英气勃发，漂亮得不得了。英宗相当满意，立刻拔擢他为副都御史，前往大同。

从此，王越走向了边防，王越很能打仗，也很会带兵。

有一回，他率领一万骑兵，出了榆林关，昼夜不停走了八百里。忽然之间，起了暴风，灰尘弥漫，军士们用手挡住眼睛，又饿又困，士气低落到达极点，甚且有一个初上战场的小兵，忍不住嘤嘤地哭了起来。

突然，一位老兵向前，对王越行了一个军礼：“天赞我军也，去时顺风，敌军不觉，回返时，遇到追来的敌寇，处下风，乘风击之，战无不胜也。”

正在一筹莫展，准备找个地方挡风的王越，听到识途老兵这一番话，立刻下马，对老兵深深作揖：“多谢指点，我现在升你为千户。”

老兵一听，以为自己的耳朵太背，听错了，等到确定无误，连连在地上叩头。

老兵提供了经验，王越的说赏就赏，立刻鼓舞了军队的士气。王越将部队分为十队前进，果然在暴风雨之下，大破敌营，获得大批驼马器械，从此以后，河套一带完全平靖。

王越的性情豪迈，表现于另一件事：

有一次，王越准备带兵西征，行前，面谒秦王，秦王大乐，不但摆出最好的筵席，并且请出家妓，奏乐助兴。

王越酒酣耳热，半醉半醒地对秦王说：“下官为大王效犬马之劳久矣，不知大王该如何酬谢？”

“噢，那么你想要甚么？”秦王顺口问道。

“喏。”王越一指家妓：“这一群年轻貌美的女娃儿，我全想要。”

秦王有些儿舍不得，但是为了表示够意思，大腿一拍道：“好，全给你。”甚至连依偎在秦王身边，秦王平日最宠爱的小艳，秦王也大手一挥，让王越全数给带走。

明代皇帝身边的太监和武骑，佚名绘。

中国古代社会一直有奴婢，家妓是奴婢的一种，早在唐代，富贵之家就有蓄养家妓的习惯，这些家妓都是年轻貌美的女孩，能歌善舞，当主人宴请宾客之时，主人会命令家妓出来献歌献舞。客人看中某个家妓，主人如果大方的话，会把家妓当礼物般送给客人，这是中国古代不合人道的习俗。

有一天晚上，大风大雪，天气酷寒，王越拥着诸妓们，正在享用涮羊肉，另有十来个家妓则在弹奏琵琶助兴，王越心血来潮，引吭（háng）高歌，痛快极了。

就在此时，一名小校刺探敌情归来，小校报告得很仔细，王越听得很乐。

王越一拍小校的肩膀道："真有你的。"接着，捧起金卮（zhī），咕噜咕噜喝个痛快。

然后，王越又斟满了酒，递给小校："喝啊！"

小校先是不好意思，继而一饮而尽。

王越再斟酒，小校仰起脖子猛灌，突然之间，小校呆住了。原来，他发现正在弹琵琶的小艳，小艳手里抚弄着琵琶，一对水汪汪的眼睛，斜着朝上看，嘴角似笑非笑的，似乎也正定定地望着小校。

小校被此绝色震慑住了，酒在唇边淌下而不觉，整个人仿佛失魂落魄。

王越大喝一声："这金卮赐给你。"

小校不料王越有此一着，手里捧着金卮，呆呆站住。

王越又用手指着小艳："你想得到这个小女子是吗？赏给你了，你要好好办事！"

小校一听，简直乐疯了，趴在地上连连磕响头，王越大笑，就这么让小艳跟着小校走了。

由于王越作风豪迈，慷慨大方，因此将士们都愿意为他效死力。但是，王越虽有汗马功劳，官运却不济，怎么也升不上去，王越急了，改走汪直路线，不但连续送厚礼，甚且不惜跪在地上伺候汪直，果然，马屁功夫管用，王越终于获得升官，他准备与陈钺一较长短。

阿丑上演模仿秀

成化十六年（1480 年）三月，王越谎报亦思马因骚扰边疆，宪宗下令，王越领兵，汪直监军。他们到达边疆，虚晃一招，立刻凯旋班师而还。汪直春风得意马蹄疾，一路嚷嚷："这次回去，又该加禄米了。"

所谓禄米，指的是薪俸，中国古代官吏薪俸以米计算，所以称之为禄米。

果然，汪直因为边功，再加禄米，计算下来，汪直每年已达到四百八十石（dàn），而明朝当时一个正一品的文武官禄米岁加，不过仅仅有七十石，也就是说，汪直一个人抵得上七位一品官。

汪直好神气，辉煌的军功，弥补了他身为太监的强烈自卑心理，但是，汪直忘记了他的边功全是假的，其他的人可没有忘记啊。

有一位巡按辽东御史强珍忍了又忍，实在忍不下去，他上了一则奏章，源源本本指出汪直作假，谎报军功，并且把实情一条一条详详细细地罗列。

汪直倒也不慌不忙，赶紧指使辽东巡抚王宗彝上书指摘强珍胡言乱语，强调汪直的的确确战功彪炳。

因为汪直是明宪宗身边的人，宪宗虽然心中有点疑问，依然恼怒强珍"打狗也不晓得看主人面"，于是，强珍被扣上"诬陷"的罪名，关入锦衣卫大狱。

强珍用强硬的手段对付汪直，汪直完全不在乎，倒是另一位宪宗身边的人——阿丑，上演了一出讽刺剧，结结实实正中了汪直的要害。

阿丑也是一位宦官，有一回，阿丑在宪宗与万贵妃面前表演模仿汪直，穿着汪直的衣服，学着汪直的走路姿态，以及夸张的一边走路，一边拍手，一边哈哈笑。

阿丑一出现，明宪宗与万贵妃就拍手鼓掌，阿丑笑眯眯地走上前，那个卑躬屈膝的模样，完全是汪直的再版，万贵妃笑得受不了，满头珠翠不断发出碰撞的声音。

阿丑走到明宪宗跟前，竟然手里拿着两柄钺（yuè），钺是一种像斧头的兵器。旁边的小宦官问阿丑："你来到万岁爷驾前，干什么还带着两柄钺？"

"不带不成啊，我出外带兵，就靠着二钺。"

"什么二钺？"另一个小宦官问。

阿丑左右摇着脑袋，看着手上的武器道："当然就是王越与陈钺啊。"

语毕，全场哄堂大笑，明宪宗也莞（wǎn）尔一笑，其实，汪直

宪宗时明代宫中的杂耍表演，出自《宪宗元宵行乐图卷》（局部），明人绘。

哪里是带兵的将领，汪直只是用王越与陈钺作幌子来骗军功，明宪宗岂会不清楚?

阿丑的表演功夫让宪宗与万贵妃乐得心花怒放，命令阿丑以后要常表演。

这一回，阿丑表演的是酒鬼的故事。明宪宗与万贵妃半坐半躺在柔软的长椅上面，等待着阿丑的表演。

阿丑一出场，立刻引起两旁看戏的宦官与宫女一阵哄笑，只见阿丑帽子是歪的，衣襟没有扣好，手执酒壶，口里念念有词，却没有人听得懂，他东倒西歪地走到台前，那种醉鬼的模样，看了真让人忍不住要笑。

醉鬼走着走着，忽然被一块石头绊倒，摔了一跤，醉鬼坐在地上，破口大骂："你知道我是谁?我是京城里的小霸王，谁敢惹我?你这小子竟敢不让路，你一定是活得不耐烦了，我要杀了你!"

醉鬼的舌头打卷，说起话来让人听了就好笑，接着醉鬼爬起身来，抡起拳头，准备去打石头。

这时，一个小宦官扮成市井小民的模样，急忙跑到醉鬼身边，拉住醉鬼的袖子道："大哥，你喝醉了，你父亲来了，赶快走吧!不然，你父亲要教训你。"

"什么父亲?"醉鬼高声嚷着："天王老子我也不怕，快，切一盘猪头肉来下酒。"

醉鬼提着酒壶，不时用口吸着酒壶里的酒，摇摇晃晃在地上走着。

突然，一群路人急奔过来，经过醉鬼身旁，其中一人对醉鬼说："你别在路上东摇西晃，皇上御驾到了，你赶快让路回避啊。"

"皇上驾到，你还不回避，你不要命啦?"路人好心地说。

"皇上也不能管我喝酒。"醉鬼提着酒壶，又灌了一口酒："我知道皇上是个好人，好人不会要我的命的。"

醉鬼说着，又咕噜咕噜喝了三口酒，身子一歪，竟然倒了下去，似乎是真醉了。

这时，一个路人过来，蹲下身来，在醉鬼的耳朵旁说了一句话，醉鬼突然一跃而起，提起酒壶直往前跑，口里一面大嚷："赶快跑啊，汪太监来了，我要是挡住他的路，我就死定了。"

看戏的人笑得前仰后合，明宪宗也在笑，但是，笑得可不太自然。阿丑的戏，很明白地指出，现在的人只知有汪太监，而不知有皇帝，也只怕汪太监，而不怕皇帝。

尚铭暗箭伤汪直

明宪宗看完阿丑模仿汪直的戏，一个晚上辗转难眠，他当然知道汪直在外面张牙舞爪。事实上，他也并不反对汪直狐假虎威，大家对他身边的人敬重三分，也就代表时时刻刻不忘他是皇帝。

可是，如果像阿丑所模仿的汪直，难道人们已经不怕皇帝，反而畏惧汪直？在狐假虎威的情况之下，老虎并不会讨厌狐狸，不过，若是狐狸误以为自己威势已成，不需要老虎在后面撑腰之时，老虎可就不能忍受了。

这种被汪直给比下去的感觉，让明宪宗相当不舒服。

当然，阿丑胆敢挑拨明宪宗和汪直的感情，也是吃了熊心豹子胆，阿丑的背后另有高人指点，那就是太监尚铭。

尚铭原是汪直的心腹，生得憨憨厚厚，傻头傻脑，似乎话也不会说，只晓得点头称是。由于汪直俊俏聪明，特别欢喜呆呆的尚铭，似乎可以凸显自己的机伶。

汪直近日醉心于建立边功，经常远走塞外，汪直就把伺候明宪宗与万贵妃的差事委托给尚铭。

汪直对尚铭说："许多事你也办不来，你就老老实实谨慎当差，如果有甚么状况，随时通知我。"

尚铭点点头，又恭恭谨谨地再三点头，仿佛是个哑巴。

汪直拍拍尚铭的肩，有点嫌他蠢，又高兴他有点蠢。汪直可没那么笨，提拔一个聪慧的太监，万一与他抢风头，那还得了。

不过，汪直这一回可看走了眼，尚铭可不像外表一般愚鲁啊！

明宪宗万般不舍批准了汪直出兵塞外，原以为这段日子可沉闷了，汪直不在，谁来讲宫外的闲言闲语解闷？

明宪宗瞅了一眼尚铭，笨笨的模样，不禁叹了一口气，宪宗人胖，又贪吃，午觉醒来，揉揉肚子，好像又饿了，他问尚铭："有甚么点心，先端几碟子来。"

尚铭不出声，赶紧端来好几色点心，都是宪宗平日最喜欢的，宪宗夸奖道："看不出你这么细心。"

尚铭接口："万岁爷听奴才说一段最近京城里传得满天飞的怪事。""噢！你还会说话？朕以为你不开口的。"宪宗好意外。

等到尚铭一开讲，不但宪宗吓了一跳，连万贵妃都一脸不可置信的表情。原来，外表忠厚的尚铭，竟然一肚子的男盗女娼，言语低级，表情下流，简直是汪直没法比的。宪宗觉得好新鲜好刺激，他惊喜交迸（bèng）地指着尚铭说："看不出，看不出，你哪儿学来的？"

尚铭表演过一段，一抹脸，又回到原先憨厚的模样，并且绞了一把热毛巾让宪宗敷脸。

万贵妃一向说风是风，说雨是雨，可是看到尚铭变脸之快速比一流演员犹有过之，忍不住轻声说道："汪直一定没有看过你的本事。"

尚铭摸不清万贵妃的话是赞赏还是讽刺，只得向万贵妃叩头行了一个礼，又不讲话了。

老实说，汪直那一套公公偷看媳妇的戏，已经讲了太多回，宪宗有些腻了。因此，尚铭的新玩意，正好掌握了宪宗喜新厌旧的心理，于是，在宪宗的心目之中，尚铭的行情逐渐上涨。

正在此时，有一个盗贼潜入皇宫，被尚铭逮着，宪宗大为高兴，厚厚地奖赏尚铭。

汪直回到京城，听说尚铭逮住侵入皇宫的盗贼，皇上给予厚赏，心中大为不乐，立刻差人把尚铭找来，铁青着脸训斥尚铭："你是我的人，大内发生这么大的事，你不先向我报告，居然直接当面禀报万岁爷，你还要不要命？"

尚铭知道汪直在怀恨自己抢了捕盗之功，这事如果让汪直去报告皇上，功劳当然归汪直所有。于是，尚铭赶紧低下头，装出一副无辜和茫然的样子。

尚铭知道背叛汪直的后果严重，不过，尚铭也早就学会了汪直的心狠手辣，他指使阿丑演戏，还搜集了汪直不法的证据，尤其是汪直在有意无意之中，不小心泄露的宫中隐秘，全部报告了宪宗，使得宪宗十分恼火。

汪直的噩运开始降临。

成化十七年（1481 年），汪直在北方巡边完毕后，请求班师还朝，意外地，宪宗不许汪直回北京。兵部尚书陈钺再度请求，宪宗还是不许。

明宪宗已经不再宠爱汪直，他也不愿意汪直回来，又噜哩噜苏前来抗争，干脆，眼不见为净，就让汪直留在外头吧。

成化十八年（1482 年），在尚铭、万安一再请求之下，宪宗批准罢西厂，接着，陈钺被免职，王越调至延绥镇守。

这时，朝廷都嗅到了汪直失势的气息，于是，言官上奏宪宗，弹劾汪直八大罪状："一、负恩欺罔（wǎng），二、冒功滥杀，三、侵盗帑（tǎng）金，四、诬善奖奸，五、擅作威福，六、招纳无籍，七、朋邪乱政，八、妄开边衅（xìn）。"于是，明宪宗把汪直调为南京御马监，汪直的力量正式瓦解。

曾彦状元及第

阿丑上演模仿秀，让明宪宗清清楚楚看到了汪直的嘴脸，促成了汪直的下台。

这件事带给阿丑莫大的鼓舞，阿丑虽然是宦官，却是宦官中少见具有道德勇气的人，他决定逮着机会，好好点一点明宪宗，希望能把这个迷糊的皇帝点醒。

有一回，阿丑扮演一个儒生，他手里拿着一卷诗书，缓缓地走出来，阿丑那一本正经、煞有介事的模样，与阿丑平日嘻嘻哈哈的调调完全不同，因此他一出场，大伙全笑开了。

阿丑伸长了脖子，高声吟哦："六千兵散楚歌声。"

西楚霸王项羽麾下有八千子弟兵，而不是六千，所以，立刻有人冲口而出："错了，是八千，而不是六千。"

"没错，原该是八千，不过，有两千兵在保国公家盖房子，正忙着哩。"阿丑笑眯眯地加以解释。

保国公乃朱永是也，朱永功绩不小，曾经前后八佩将军印，内总十二团营兼掌都督府，他当时掌军营，的确是调了不少兵，为他大修土木，盖一座豪华的宅第。

宪宗知道阿丑意有所指，第二天，派了一个小太监去调查，小太监认为这是赚外快的好机会，把阿丑上演的戏报告了朱永。朱永大吃一惊，赶快包了一个特大号的红包，打发了小太监。

小太监拿了朱永的好处，自然在宪宗面前美言几句："阿丑演戏归演戏，当不得真，保国公一心保国，万岁爷不必多虑。”

明宪宗反正是个昏君，保国公的事，他也懒得再追究下去。

阿丑觉得颇为遗憾，忍不住又上演了一出比较辛辣的新戏。这一回，阿丑扮成一个大官，威风赫赫地选派人员出差。

阿丑问头一个：“你叫甚么名字？”

“公论。”

阿丑喝一句：“公论于今无用。”

阿丑再问下一个：“你什么名字？”

“公道。”

“公道于今亦不可行。”阿丑摇摇头。

下面，轮到第三个人，他说自己：“名为糊涂。”

阿丑霍地自椅子弹起：“糊涂好，糊涂正当道。”

明宪宗虽然胸无点墨，当然知道阿丑是在讽刺他。明宪宗倒也不生气，只是淡淡微笑，当做没这件事。

由于明宪宗凡事和稀泥，他手下的官员也乘机混水摸鱼，譬如自称为万贵妃侄儿的万安，便是其中一例。

在《明史·万安传》中，记载万安在政二十年，每次遇到考试，他必令其门生为考官，上下其手的结果，使得他子孙甥婿，轮流登第，尤其荒唐的是，竟然连状元都出了问题。

嘉靖年间的陆粲（càn），曾经在笔记《庚已篇》中，记载这么一段故事：

有一个人名叫曾彦，从年轻时代开始考科举，屡试屡败，曾彦始终不曾气馁，一直考到六十岁那年，竟然夺得状元。

按明朝的科举制度是这样的：每三年举行一次，各地学生齐集所属的省份参加考试，谓之“乡试”，“乡试”考中的称为“举人”。

第二年，各省举人集中在京师，参加礼部所举行的“会试”，考中的叫做“进士”，再由天子举行一次“殿试”，品定名次，分为一二三甲。一甲只取三人，第一名称“状元”，第二名称“榜眼”，第三名称“探花”，都赐“进士及第”，因此一般称为状元及第。

这一会儿殿试时馆阁诸公们看了半天卷子，没有一篇写得精彩，天气酷热，挥汗阅卷，大家都有点儿吃不消。

忽然之间，万安大呼：“这儿有一篇的确是超拔之作。”

于是，众人传观，人人赞好，有人说：“委婉流畅。”有人说：“持论正大，令人信服。”有人说：“文章简洁明确，深刻有力。”……说到后来，竟然有人说：“作者手笔不凡，可为一代宗师。”简直就给捧上了天。

这份卷子，就是曾彦所写。

依照惯例，皇帝赐进士的前一天，所有当选的进士都聚集在礼部阁老堂中，由阁老们观察一下进士的仪表。

万安见到了曾彦，出来向人夸口：“曾彦面目英俊，脸如冠玉，

明代状元赴鹿鸣宴，佚名绘。

斯文有礼，真正一表人才，庆幸朝廷得人。”

既然曾彦文采风流，人又长得体面，当然状元非他莫属了。

等到放榜以后，人们一见曾彦，吓了一大跳，怎么换了一个模样？满脸麻皮，圆睁怪眼，腮边的浓髯仿佛刺猬，真是又老又丑又枯又瘦。

万安也大吃一惊，再调原来写的卷子，也是平淡无奇。

于是，有人说，曾彦一定祖上有德，神仙显灵，其实呢，不过是曾彦年岁已大，急求功名，用钱打发了万安，方才演出这一幕剧。

中国古代，样样不公不平，唯有科举取才素来公正，如今连科举试场也舞弊，由此可见明宪宗成化年间风气如何了。

钱能敲诈槟榔王

太监汪直，原本深受明宪宗的喜爱，但是，他年少气盛，不甘寂寞，竟然想立边功。太监之得宠，无非巧言令色、低三下四、谄媚主子，替代性相当高，所以，太监尚铭很快地取代了汪直的位置。

汪直垮台，太监梁芳少了一个劲敌，梁芳原本就是万贵妃面前的红人，梁芳的走红是一天到晚呈献珍珠玛瑙翡翠给万贵妃，万贵妃是个爱慕虚荣又俗气的女人，全身上下珠玉围绕，走起路来铮（zhēng）铮有声，万贵妃觉得这样才够气派。梁芳借着为万贵妃采集珠宝之名，分派党羽驻在全国各地。

明宪宗并非不知道梁芳在玩花样，只不过因为是万贵妃喜欢的，他也不便多说。另一方面，明宪宗认为自己是胸襟宽广、包容力强。曾经有大臣含蓄地向宪宗报告梁芳的贪污行径，宪宗笑一笑说：“梁芳是贵妃的听差，朕都包容他，你也就包容一些吧！”

梁芳党羽之中，有一个名叫钱能的最为贪婪，钱能总是自言自语：“我姓钱名能，若是不能赚钱，岂不辜负了这个美名。”

钱能曾经奉派到云南，所到之处，无不尽力搜括，连个小贩也不放过。云南有个小摊专门卖槟榔，生意不恶。于是，找了个人把招牌挂起来，号称为“槟榔王”。

钱能把槟榔王捉了起来，狠狠打一顿，斥责他道：“你一个普普通通寻常百姓，如何能够称王，该当何罪？”

卖槟榔，选自《北京民间风俗百图》。

中国人一向喜欢自称为王，自称为西瓜大王、剪刀大王无奇不有，“槟榔王”的招牌不过是耍噱（xué）头而已，哪里真的是朝廷封的王。所以，钱能的问话把小贩给弄呆了。

这时，旁边有个人，跑到小贩身旁，靠着小贩的耳朵，轻声地说：“你可知道我们老爷的姓名吗？”

“槟榔王”像是被菩萨一拍脑袋，灵光一闪，恍然大悟：“对啊，我怎么没有想到‘钱能通神’？”

小贩立刻叩头：“大人啊，小人的槟榔王不过只是一个噱头，请大人原谅小人的无知，马上把招牌拿下来，小人有一盒极为珍贵的槟榔，立刻呈献给大人。”

于是，钱能命人监视小贩回去取槟榔，不久，小贩带来一只木盒呈给钱能，钱能打开木盒一看，竟然是一木盒的黄金，钱能心中大乐，一拍公案上的惊堂木道：“无知小民，招牌既拿下，恕你无罪，还不快滚。”

梁芳等人的胆子愈来愈大，非但升斗小民“槟榔王”卖几颗槟榔他要揩油，甚且连明宪宗这个糊涂皇帝的钱，梁芳等人也是能捞就捞。

万贵妃坏事做尽，虽然自恃（shì）宪宗宠爱，不怕别人报复，到了夜深人静，却不免害怕起来，那些无辜受害者会不会到阎王爷前去告状？那可不是皇帝包庇得了的。如果老天有眼，菩萨也来找她算账，那该如何是好？

梁芳知道万贵妃的恐惧，其实，梁芳一身罪孽，自己又何尝不怕报应？因此，梁芳找来了继晓和尚。继晓和尚不是甚么六根清净的方外人，他也想要借机敛财。

“你说，用甚么方法可以消灾积福？”万贵妃忧虑地问。

“最大的功德，莫过于建造伽（qié）蓝。”继晓和尚恭敬地回答。

所谓伽蓝，原为梵语僧伽蓝摩的简称，意思是众僧居住的园林，后来用为佛寺的别称。

继晓接着说：“贫僧知道，最大的伽蓝是在南天竺，他们用一百头象，驮着大批黄金，铺在地面上，建筑成富丽堂皇的伽蓝。”

“黄金铺地不可能，但是我们建造的佛寺，可也不能够寒伧（chen）。”万贵妃道。

梁芳接口道：“那是当然，否则，如何显出贵妃娘娘的虔诚。”

在万贵妃的想法之中，佛寺用的黄金愈多，愈能够减少她的业障，反正，国库之中多的是黄澄澄的金块。

这一下子，继晓和尚可不得了，从包揽工程到采购木料，样样中饱，当然，万贵妃与梁芳等人拿得更多。

万贵妃终于建造了气派宏伟的大寺，她自认为功德圆满，却挖空了整个金窖，她一点儿也不后悔。

梁芳搬空金窖

太监梁芳等人，为了讨好万贵妃，不但千方百计搜集名珠首饰，并且建造寺庙，为万贵妃立功德消罪孽，用钱如泥沙。

有一天，明宪宗忽然兴起，对梁芳说："朕想到后宫金库瞧瞧去。"

梁芳面有难色，搓着手道："金库阴森森的，万岁爷还是别去了。"

"不碍事的。"明宪宗兴致盎然。

于是，由乾清宫总管太监韦兴引道，梁芳带路，到达了后宫金库，明宪宗多年未来，记忆之中，历朝累积下来的黄金，一共有满满七个金窖。

可是，当明宪宗进入金库，惊奇地发现库内竟然是空空如也。"咦，怎么金子全搬空了？"宪宗望着空库房。

韦兴沉默一旁，不敢开口，梁芳硬着头皮道："没有办法，建立大永昌寺、显露宫，以及大大小小的祠庙，样样都需要花钱，可是，这也是贵妃娘娘为万岁爷祈福啊。"

假如明宪宗稍有一点气魄，他就该大吼一声："盖几座庙也不至于把金窖搬空。"但是，宪宗是个软弱的人，凡是遇到了与万贵妃有关的事只会低头。

明宪宗转念一想，空了就是空了，补也补不回来，所以，故作潇洒道："我是胸襟很宽、很有包容力的人，怕只怕后人可不像我一般好说话。”

宪宗的意思是，等到太子即位，若是发现此事，恐怕就要找你们算账了。

梁芳一听，脸色发青，不再吭声，然后，梁芳飞快地通报万贵妃。

万贵妃怔怔地望着梁芳，半天说不出话来，过了半晌，又回复泼泼辣辣的气势：“我怕甚么，我这是在做功德，菩萨一定会保佑。”

没错，万贵妃对继晓和尚是有求必应，但是，慷公家之慨，修自己的功德，修到了搬空整个金窖，未免过分。更让万贵妃寝食难安的是，当今太子阿孝，他的生母纪小娟受到万贵妃的迫害，委委屈屈在安乐堂中生下阿孝，直到阿孝六岁，母子才见天日，纪小娟封妃不久，又被万贵妃害死，这是万贵妃心中的一根刺，时时刻刻刺得她心痛。

梁芳在一旁，悄悄提醒万贵妃：“娘娘，太子已经十六岁了，再不废立，恐怕就来不及了。”

“嗯！”万贵妃用力地咬一咬嘴唇：“对，这件事不能再拖下去了。”

于是，当天晚上，万贵妃就铁青着脸，一言不发地坐着叹气，明宪宗最怕万贵妃这一着，这叫做山雨欲来风满楼，表示万贵妃要开始发脾气了。

明宪宗怕怕地走到万贵妃的身旁，扯一扯她的衣袖：“怎么啦？”“还说怎么啦？”万贵妃“哗”的一下开始发作了，她指着明宪宗的鼻子破口大骂：“你两岁就是我抱大的，也不晓得为我想一想。现在的太子，七、八岁就不肯吃我辛苦做的点心，担心我会害死他。现在，他已经十六岁了，哪一天当了皇帝，他一定会用毒药害死我，你既然眼睁睁地看着这一切发生，那我不如现在就去见阎王爷。”

说着，万贵妃掏出一包药粉，就要往嘴里送，明宪宗吓坏了，一个箭步向前，把万贵妃抱住，药粉撒了一地。

“你别怕。”宪宗用温柔的语调安慰万贵妃：“你放心，我一定去办，不如改皇四子祐杬为太子。”

“就是嘛。”万贵妃回嗔转喜，满意地笑了。

“那么，是不是明天一大早就废太子？”万贵妃逼问。

“这……”明宪宗婉言解释：“废太子是一件大事，要挑选适当的时机，朕既然答应你，又何必急在这一两天。”

万贵妃杏眼圆睁：“那，万一你明天就死了，我怎么办？”

这句话相当刺耳，也只有万贵妃才如此毫无忌惮。

“你今天不答应我，今晚不要睡觉了。”

万贵妃声音好大，吓坏了明宪宗。

“好，好，好。”明宪宗呵欠连连，疲倦到了极点，“你放心，我明天一大早就去办。”

万贵妃“哼”了一声，似乎不太相信。

这一夜，明宪宗辗转难眠。

怀恩力保太子

万贵妃逼着明宪宗非把太子祐樘（táng）（小名阿孝）废掉，改立皇四子祐杬。

祐杬的母亲邵宸（chén）妃，说起来是个幸运儿，竟然没有受到万贵妃的排挤与陷害。

事情是这样的，想当初，万贵妃只要听说宫中谁有了孕，不是逼着饮药堕胎，就是迫着跳楼自尽，反正，她自己既没有生儿子，宫中别的女人谁也别想顺利生子。

后来阿孝出现，阿孝生母纪淑妃被害死，阿孝受到周太后严密保护，居然对万贵妃说："害怕点心中有毒不敢吃。"万贵妃一气之下，发了重誓："我决意用尽一切力量，绝不让这个可恶的小鬼当上皇帝。"

既然万贵妃害不成阿孝，只好另谋他图，培植新人，换掉阿孝。

主意已定，万贵妃开始多方物色佳丽，充实后宫，希望宪宗能够多生几个儿子与阿孝较劲。

万贵妃对宪宗说："外界的人都批评我善妒，其实我的胸襟最宽。"

"是的，是的。"宪宗言不由衷应着。

万贵妃接口："你何不去瞧瞧近来送入宫的美女？"

"此话当真？"明宪宗惊喜万分。

万贵妃看着宪宗一脸兴奋的表情，酸味直冲胸口，若在以往，她早就要发火了，若不是要除去阿孝，怎能容许那些个“妖精”入宫。万贵妃强忍妒火，装出一副笑脸道：“当然是真的。”

尽管万贵妃如此笃定，明宪宗还是半信半疑，心中也没有抱太大的希望，在他看来，准是找来一些丑八怪，否则，万贵妃岂能容忍。

没想到，明宪宗这一回竟然猜错了，送入宫的美女，个个容貌端正，尤其是一位姓邵的小美女，堪称人间绝色，她肤色胜雪，两颊微瘦，眉弯鼻挺，一笑两颊显出浅浅两个梨涡，宪宗看得发呆。

这个姓邵的小姑娘，是浙江昌化人，家中清贫，被父亲邵林卖给镇守太监，原来准备送给某贵人，后来听说宫中选美女，她实在是美中之美，大家都说：“西施再世，怕也不过于此。”这就送入了宫。

万贵妃见宪宗那痴痴迷迷的模样，心里好气，但是为了要铲除阿孝，便怂恿明宪宗“何不上前，看个清楚”。

宪宗走上前，邵美人毕竟只有十五岁，羞羞怯怯低下头，脸上两朵红晕，宪宗靠近，香泽微闻，心中甜甜的，不禁神魂飘荡，几乎醉倒。立刻封为邵宸妃，第二年，生下一子，名为祐杬，聪明乖巧，深得宪宗的疼爱。

这一切，全是万贵妃一手安排，现在，万贵妃逼迫宪宗，让祐杬正式取代阿孝为太子。

明宪宗被万贵妃吵了一晚上，头昏脑胀，精神不济，第二天一大早，宪宗把司礼监怀恩找来，命令他草拟废太子的手诏。

当今太子身世奇特，千古未有，由于明宪宗深惧贵妃河东狮吼，纪小娟在安乐堂中偷偷生下一子，幸得怀恩、吴废后之助，千辛万苦把孩子带到六岁，方才重见天日。

太子出现以后，纪小娟封为淑妃，随即被万贵妃害死，怀恩每忆及此，总是老泪纵横，如今明宪宗要废太子，他十多年来忧心之事，终于要出现了，他不能依从。

因此，怀恩大胆地回覆明宪宗："奴才不能奉诏。"

"你，好大的胆子啊。"皇帝震怒了。

怀恩跪在地上说："万岁爷如果废立太子，恐将会动摇国本，造成朝野不安。"

"你，居然教训朕。"宪宗更生气了。

"奴才是担心言官们到时候纷纷上奏，毕竟太子谦恭好学，从无任何失德之处。"

"这……"明宪宗迟疑了。

"何况有钟同在前。"怀恩又补了一句。

原来，景泰六年（1455 年）时，当时宪宗为太子，宪宗是明英宗之子，英宗因土木堡之变，流落瓦剌之手，景帝为了一己私心，把宪宗太子名称废掉，改为沂王，并且，景帝以亲生儿子为太子。

当时，有一个正直的朝臣钟同上书反对，景帝把钟同逮捕，杖死于锦衣卫。

后来，英宗复辟，宪宗又当了太子，宪宗即位以后，为了表扬钟同，把钟同的牌位放在忠节祠中，供人膜拜。

假如过去有如此忠烈的钟同，难保以后不会再有不怕死的钟同，再说，言官们若是举钟同的前例，宪宗该如何回答，还真是一个难题。

因此，宪宗一挥手道："再说吧，反正是非废太子不可。"

明宪宗扔砚台

明宪宗接受万贵妃的建议，想要废掉太子祐樘，改立邵宸妃之子祐杭，老太监怀恩为此惴惴不安。

怀恩的确是历史上少见的好宦官，他极有正义感，甚且敢于顶撞皇帝。例如员外郎林俊性情耿直，上书宪宗主张把梁芳与继晓和尚下狱，此二人皆为万贵妃身边一等一的红人，明宪宗气得要命，把正直的林俊逮捕入狱。

由于林俊的言词激烈，明宪宗愈想愈不是滋味，想把林俊处死泄愤，怀恩力争，明宪宗火了，顺手拿起砚台就往怀恩头上掷去，怀恩额头鲜血淋漓，满脸墨汁，狼狈万分，怀恩吓得跪在地上，嚎啕大哭不止。

宪宗心烦道："还不快滚！"

怀恩连滚带爬了出来，回到房间，敷好了伤口，洗干净脸上的墨汁，却难过得病倒了。

明宪宗事后回想，也觉得自己过分了些，怀恩毕竟是忠心耿耿的老宦官，于是，派了医生给怀恩看病，并且免了林俊的死罪。

但是，这一回，宪宗想要换太子，怀恩意图打消宪宗的心意恐怕不容易，到底这是万贵妃长久以来的坚定目标啊。

怀恩烦恼极了，他信步走到了玉熙宫，决定找吴废后商量商量，吴废后长得圆圆胖胖，一脸和气，心思却极为细密，当初，太子躲在安乐堂中长达六年之久，若不是吴废后与怀恩，一内一外严密保护，不早被万贵妃给杀害了。

“吴娘娘别来可好！”怀恩向吴废后叩安。

“好得很，怎么不好，原以为被万胖子害了，就只能在安乐堂中待一辈子，不想还有今天，岂有不好之理？”吴废后依然一派乐天，不见老态，皮白肉细，风度更佳。

怀恩长长吁了一口气：“可是，太子危险了。”

“怎么啦？”吴废后惊怔。

待怀恩详详细细说明原委，两手一摊道：“这下子，难办了。”

吴废后反而笑盈盈的：“怀恩，不是我说你，其实，谁当太子，对你来说，又有甚么差别，你已经做到了司礼监，在宦官之中该是最高的，干甚么去惹万岁爷与万胖子的不开心。小心别丢了司礼监，或者万岁爷再丢你一块砚台，头上肿一个大包！”

怀恩摸摸额头的伤痕，虽已结疤，用力压去，仍然会隐隐作痛，怀恩结结巴巴道：“可是，可是，废立太子，动摇国本，可怜那纪淑妃熬得多苦，死得多惨啊。”怀恩声已哽咽。

“我跟你开玩笑的。”吴废后笑着打断了怀恩的话，慢条斯理道：“其实，这事倒也不难办，只要邵宸妃坚决反对就好了。”

“邵娘娘干甚么要反对自己儿子当太子？”怀恩不解地望着吴废后，吴废后也不回答。随即，怀恩一拍脑袋：“对了，如果是我，我也不愿意母以子贵，还是吴娘娘智慧过人。”

接着，怀恩做了一番安排，见到了邵宸妃，他正色道：“有人要害邵娘娘，怂恿万岁爷更换太子，让皇四子继承大任。”

邵宸妃自然知道这件事，也暗自盼望这件事成功，谁不想自己的儿子做太子，将来继承皇位，自己就成了皇太后，这怎么能算害她呢？

邵宸妃用疑惑的大眼睛，不明白地瞅着怀恩。她的大眼睛黑白分明，长睫毛如一排扇子般眨上眨下，怀恩心想，如此美人儿，难怪万岁爷也想用更换太子来讨好了。

怀恩轻描淡写道："娘娘忘记了太子生母纪淑妃怎么死的吗？因为万娘娘不愿意日后向纪淑妃磕头，所以要把纪淑妃害死，那么，万娘娘是不是愿意向邵娘娘磕头，恭恭敬敬喊一声皇太后呢？"

邵宸妃一听此话，一股凉意自脚心窜到头顶，脸色惨白，她对怀恩说："谢谢怀公公的提醒，我们母子不敢有此痴心妄想。"

邵宸妃心忖，比起纪淑妃，自己实在是老天爷格外眷顾的幸运儿，快别不知足了。

因此，邵宸妃不断撒娇，千托万请，拜托宪宗千万别废太子。

就在此关键时刻，突然传来消息，山东泰山地震，宪宗大惊，朝廷不安。原来，明太祖朱元璋曾经在洪武三年（1369 年）封泰山为东岳，象征太子东宫，所以，泰山地震表示东宫不稳，天地为之震撼。

《左传》中有一句话："国之将兴，神明降之，监其德也；将亡，神又降之，监其恶也。"古人都是很迷信的，明宪宗认为这是老天预警，吓得不敢再提废太子之事，可是，宪宗也知道怀恩在保护太子，为了消气，把怀恩派到了凤阳，担任镇守太监。

明孝宗放弃报仇

明宪宗原先准备接受万贵妃的建议，废掉太子祐樘，改立邵宸妃之子祐杬，突然之间，象征东宫的泰山发生了强烈的地震，吓得宪宗暂时不敢再轻举妄动。

明宪宗安抚万贵妃道："别急，事缓则圆，慢慢来，过一阵子，等到大家都忘掉这件事，再办也不迟。"

万贵妃绷紧着脸，不肯说话，眼中显露着无比的威光。明宪宗很害怕，不断地偷觑（qù）万贵妃的表情，心中在想，还是早点把此事办妥吧。

但是，过了没几天，忽然，泰山又传出灾变，这回地震更加严重，一千多间民宅倒塌，言官们纷纷上奏，要求皇帝自省。

泰山是关东最高的山，自古被认为天下第一高峰，距天最近，帝王登泰山祭天。同时，泰山也比喻为社会中具有影响力的杰出人物。《礼记·檀弓篇》中有一段："孔子歌曰：泰山其颓乎，梁木其坏乎，哲人其萎乎。"

这么一座圣山，若是倒塌了，那么，明宪宗就成了千古罪人。明宪宗慌了手脚，他急得方寸大乱，不断自责：一定是老天爷知道我想更换太子，所以大发脾气，造成剧烈的地震。

于是，脸色发白的明宪宗，双腿发软地赶紧下了一道手诏："嗣后有言东宫是非者，立斩无赦，着司礼监通谕二十四衙门及京外各镇守太监知之。"

明宪宗这道手诏，最主要是希望能消除老天爷的怒气，拜拜天，千万别再来地震了。可是，万贵妃看到手诏，仿佛青天霹雳，一下子就病倒了。

以万贵妃的性格，她绝对不会容许邵宸妃这个妖精入宫，更无法忍受邵宸妃与宪宗亲热生子，宪宗是她一个人的，她非要霸占到底。若不是自己生不出儿子，非得靠邵宸妃之子，换掉她的眼中钉，她才不肯眼睁睁容忍十多年。如今，希望落空，万贵妃血压急遽（jù）升高，突然中风，来不及抢救，便在成化二十三年（1487 年）春天去世。

明宪宗打从有记忆开始，就在万贵妃的怀里长大，万贵妃是他的奶妈，是他的贵妃，是他的一切，纵然万贵妃脾气极坏，总是明宪宗心目之中唯一的亲人，唯一能够保护他，与他同站在一条线上的力量，如今万贵妃走了，明宪宗黯然伤神：“万侍长去了，我也将要跟着去了。”

万贵妃过世之后，明宪宗辍（chuò）朝七日，七日以后，虽

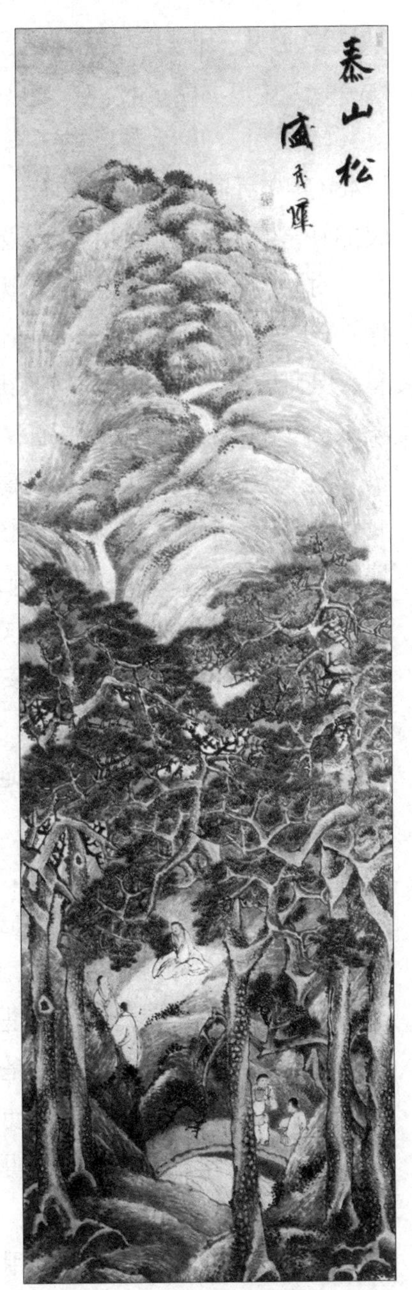

泰山图，明盛茂烨绘。

然恢复上朝，却了无生意，到了八月发病，短短十天之间，药石罔（wǎng）效，驾崩之时，不过只有四十一岁。

国不可一日无君，太子即位，是为明孝宗，以明年为弘治（1488年）元年，登基时仅有十八岁，却是一位恭俭有制，勤政爱民的好皇帝，这是明朝中叶一段小康之世。

对于明孝宗而言，万贵妃既是他杀母仇人，又三番两次加害于他，还差一点让他继承不了皇位，想象之中，明孝宗一定恨她入骨，甚且明宪宗生前都说："怕后人不像我一般好说话。"因此，明孝宗一即位，立刻有人起哄道："该有好戏可看了。"

出人意外的，明孝宗竟然高抬贵手，放过万贵妃一马，他并没有削去万贵妃的谥号"恭肃端慎荣靖皇贵妃"，因为他不愿意因此暴露明宪宗失德，甚且，万贵妃的家属亦免去一死，仅是把她三兄弟万喜、万通、万达革了职。

明孝宗身世特殊，自小在安乐堂中成长，他看到冷宫中的妃嫔烧香拜佛祈求来生。六岁以后，重见天日，亲爱的母亲纪淑妃却遭迫害，不平凡的际遇与困难，促成孝宗的早熟，他也成为了虔诚的佛教徒。

由于钻研佛法，久而久之，孝宗看万贵妃，逐渐泯（mǐn）除仇恨，只剩下悲悯，悲悯万贵妃是个在欲海之中沉浮的可怜虫，不值得与她计较，何况她已死了，就让一切仇恨随风而逝吧！

明孝宗虽然大度大量，可是朝廷赐给万家的宝物，却不能不收回。万贵妃的父亲万贵，原先是管五个小兵的小官，后来因为万贵妃的原因，做到了锦衣卫指挥使，万贵原是个本分的老实人，每次收到朝廷送来贵重的礼物，总是忧形于色，"福气过了，灾祸就要来了，不晓得以后会如何。"

所以，万贵不许子弟们使用赐物，只是登记下来放好，大家都笑万贵迂腐。

谁知竟如万贵所料，万家三代的诰封被褫（chǐ）夺，二十三年中所赐的内帑（tǎng）与珍物，奉旨归还。

不过，因为万家兄弟平日搜括过多，依然是个豪富之家，这不能不说是明孝宗的厚道了。

明孝宗报恩

明孝宗即位，朝廷内外预测，杀母之仇不可不报，明孝宗就算不对万贵妃予以鞭尸报复，她三个帮凶的兄弟万喜、万达、万通万难逃一死也。

岂料，明孝宗仅仅将他三人免职，大出众人意料之外，于是，朝臣七嘴八舌，提醒孝宗万贵妃是如何如何的阴险，明孝宗的童年是如何如何的悲惨，君子报仇，三年不晚等等。

明孝宗淡淡一笑："果真是君子，何必非要报仇，万娘娘费尽心机，仍然阻止不了朕之即位，这就是老天爷对她做的最大惩罚。"顿了一会儿，明孝宗继续道："朕天天在想，假如朕的母亲还健在，知道朕终于即位，不晓得该有多么开心。"一提到母亲，明孝宗总要勉强忍住，否则泪水必然不断涌出。

明孝宗的童年奇特，中国历史上从来没有一个皇帝像他这样，诞生于安乐堂冷宫，养于秘室之中，直到六岁方才第一次见到阳光，见到天日。六岁虽小，已早有记忆，孝宗的童年，在旁人眼中坎坷辛酸，可是小时候的他，可不觉得有甚么痛苦，纪淑妃对他爱护备至，一天到晚把他搂在怀里，摸摸他柔软的头发，吻他的脸颊，轻轻地唱着儿歌，躺在妈妈的身边又温暖又舒适，明孝宗回想起来，觉得好甜蜜。

后来，他们母子终于得见宪宗，可是，两个月后，纪淑妃暴毙，死因成谜，明孝宗痛失母亲，他记得曾经嚎啕痛哭，他不要穿漂亮的衣服，他不要吃好吃的点心，他宁可母亲活回来，带着他再回到阴暗潮湿的安乐堂之中，过属于他们母子单调温馨的生活。

可叹人生无常，事与人违，这一切都是万贵妃作孽，但是，明孝宗并不恨万贵妃，他脑中不停打转的是，该怎么报答母亲的娘家，让他们享受一些荣华富贵。

当然，明孝宗报恩的头件事，就是把因为反对宪宗废太子，被谪斥居凤阳的怀恩找回来，仍掌司礼监。想当初，若非怀恩拼死相助，他们母子大概就丧生于安乐堂之中了。

除了怀恩，吴废后亦功不可没。由于明宪宗废了吴皇后之后，又立了王皇后，王皇后仍然健在，孝宗不能废其名号，无法让吴废后再为正后，不过，一切膳食礼仪，吴废后完全与太后一般，每天早早晚晚，孝宗都前来问安。

吴废后每次都唏嘘感叹道：“假如小娟（纪淑妃）还在，不晓得该怎么开心哪，想想看，安乐堂一段日子，小娟实在是既委屈又可怜。”

“可是，朕记忆之中，母亲很少哭，总是笑眯眯的。”孝宗也陷入了往事。

明孝宗，选自《乾隆年制历代帝王像真迹》。

“这就是小娟了不起的地方，她觉得你已经够可怜的，也不晓未来命运如何，她永远尽可能地让你有个快乐的母亲，弥（mí）补种种的不幸。”吴废后说着，声音又哽咽了。

人死不能复生，明孝宗即使贵为皇帝也有诸般无奈，他下令追谥纪淑妃为“孝穆慈慧恭恪庄僖崇天承圣纯皇后”，一共用了十三个字尊崇母亲，并且迁葬茂陵，与父亲（宪宗）同穴，完成纪淑妃生前不可能达到的心愿。

同时，孝宗仿效宋仁宗，访求母家亲族，为母亲光耀门楣。

宋仁宗母亲李氏，原为刘妃之婢，生下一子，刘妃据为己有，李氏不敢吭声。

宋真宗去世之后，十三岁的仁宗即位，刘太后垂帘听政，英明果断，国势蒸蒸日上。

后来，李氏去世，刘太后接受宰相吕夷简的建议，以一品之礼埋葬李氏，不过，仁宗始终不晓另有亲娘。

一直到刘太后死了以后，才有人告诉宋仁宗他的身世，仁宗悲痛万分，不过，他接受范仲淹的意见“掩刘太后小过，全其大德”。尊刘太后为章献太后，尊生母为庄懿皇太后，并且访求母家亲戚，大施恩泽。

这一段史实，到了包公案之中就成为了脍（kuài）炙人口的“狸猫换太子”——李妃先生下一男婴，刘妃为了害她，把婴儿换成狸猫，真宗皇帝发现李妃居然生下一妖怪，把李妃打入冷宫。

宫女寇珠不忍心把小婴淹死，请宦官陈琳悄悄抱出宫外抚养。

六年之后，刘妃生下的儿子夭折，真宗十分地痛心，王爷这才把李妃之子带回宫中，父子相见皆大欢喜。

后来，包公在陈州放粮之时，流落在外的李妃当街喊冤，经过包公一番巧妙的安排，宋仁宗方才母子团聚。

“狸猫换太子”的故事乃是小说家编出来的，我们前面也说过了，宋仁宗即位之时，他的生母实在已死了，宋仁宗怀念母亲，便发生了一些寻找母家亲戚的故事。

明孝宗之所以厚待万家，一方面是效法宋仁宗之宽大，他更想师法宋仁宗，访求母家亲族，在他们身上，追寻亲娘的音容笑貌。

真假太后家族

明孝宗即位，子欲养而亲不在，他对纪太后的思念与日俱增，时时幻想，假如人死而能复生，不晓得母子二人该有多少苦尽甘来的喜悦。

孝宗经常默不出声，泪流满面，每次遇到这种尴尬，总是又在思念母亲了，皇帝如此重感情，这是宫廷里少有的现象，太监陆恺（kǎi）看在眼里，决定利用这个机会，冒一次险。

这个陆恺，与纪太后一般，原是广西贺县人，他本姓李，广西土话的发音，纪与李是相同的，因此，陆恺大胆地找了姐夫韦父成出面，冒充纪太后的哥哥。

韦父成觉得这个主意挺诱人的，他一向胆子大，嘴巴会说，于是兴冲冲地跑去求见贺县的县官，对县官说："小的韦父成，原本姓纪，只因为胞妹在成化年间俘入掖庭，授以女史，音信全无，后来听说胞妹为万贵妃所妒，惟恐惹祸上身，方才改姓韦。如今，万贵妃已死，这才斗胆呈报。"

贺县县官见韦父成讲得天花乱坠，他也知道朝廷在访查纪太后亲族，一点也不敢怠慢，立刻走下来，亲热地搀着韦父成，待以上宾之礼，并且上报广西巡抚。

广西巡抚心想，贺县偏僻小地，竟然知道宫闱秘辛，肯定是不会假的了，马上很巴结地视为皇亲国戚，甚且把韦父成所居的乡里改名为"迎恩里"。

如此一来，轰动了整个广西，个个眼红且不以为然。因此，李父贵、李祖旺叔侄二人便商量道："姓韦的尚且冒充姓李，何况咱们真的姓李。"一不做二不休，他俩便连夜伪造了一份"纪氏家谱"，根据家谱，不得了，纪父贵是太后的叔叔，纪祖旺则为太后的堂兄。

地方官不疑有他，连夜飞报喜讯，孝宗开心极了，命将他二人护送至京城，并且分别改名为纪贵与纪旺，授以锦衣卫指挥同知及锦衣卫指挥佥事，同时"赐予第宅、金帛、庄田、奴婢"。又派遣官员，前往广西贺县，根据纪贵、纪旺指出的地点，修缮纪氏祖坟，设置守坟户二十家，免除徭役，耕种祭田。

由于纪贵、纪旺闹得既贵且旺，把韦父成给比下去了，韦父成非常妒忌，上书检举他二人为冒牌货。明孝宗派了太监郭镛（yōng）侦察此案。

郭镛是个老太监，他记得纪太后当年长得端庄秀丽，笑起来甜甜的，也听她说过，只知道自己是贺县人，姓纪，因为被掳来时年纪太小，根本不记得还有甚么亲族。但是到底郭镛算是亲耳听过纪太后谈及身世，因此，现在就成为重要的角色了。

韦父成能言善道，郭镛几乎被他给唬过去了。后来，郭镛问韦父成："你听说妹妹封了妃子，是何时的事？为甚么不前来认亲。"

"噢。"韦父成掐着手指算了算，"那是成化十一年（1475 年）年底之事，因为来人说，万贵妃很凶，所以小的不敢前往京师。"

"你确定是年底？"郭镛反问。

"对，年底时一位公公回贺县扫墓之时，亲口对我说的。"

"大胆刁徒！"郭镛破口大骂，"来人既告诉你，你妹妹封妃，怎不告诉你，你妹妹封妃不久，六月就暴毙了。"

"这……"韦父成以手掩口，一下子答不上话来。

"你又凭什么说，纪贵与纪旺都是假冒的？"

韦父成自己难以圆谎，拆破他人的假面具倒容易，他立刻又精神抖擞道："郭公公你想，家谱是中原世家大族才有的玩意儿，咱们穷乡僻壤，哪来甚么家谱？"

由于明孝宗曾经说过："宁受百欺，冀获一是。"因此，韦父成虽被拆穿，郭镛仍准韦父成用公家的驿马回广西贺县，并且赐给他一百两银子。

消息传出以后，广西人民个个心动，原来假冒不成，亦有赏赐，于是不断有人前来攀龙附凤，孝宗派遣给事中孙珪（guī）、御史滕祐微服暗访，深入猺（yáo）僮深山查访。

一年之后，他二人回返，满脸憔悴，三分像人，七分像鬼，最糟糕的是，经过缜密调查，非但纪贵、纪旺是冒充的，纪太后亲属一个不存。

孝宗闻讯，伤心极了，他是明理之人，也不愿劳民伤财再继续被骗，于是，接受臣子的建议，赐予太后父母封号，在桂林立祠，并由大学士尹直撰写哀册，其中有一句："增宋室仁宗之痛。"明孝宗每次祭拜，每次念到这一句，觉得自己比仁宗还惨，连母亲亲戚都找不着，忍不住又哭得两眼通红。

王恕理直气壮

明孝宗即位以后头一件事，就是把远谪凤阳的怀恩召回京师，继续担任司礼监。

怀恩禀报明孝宗的头一件事，就是“赶快把王恕召回京师，先帝将王恕辞官一事，已在民间闹得沸沸腾腾，大家都把王恕视为偶像一般崇拜。”

明孝宗也素知王恕的美名，立刻从善如流，召用他为吏部尚书。

王恕是正统十三年（1448年）的进士，性格方正，嫉恶如仇，一向敢做敢当。成化十二年（1476年），号称为“钱能通神”的太监钱能镇守云南，商辂建议找有威望的大臣担任巡抚，用以镇压钱能，这就派了王恕前往。

王恕与钱能，一个廉洁，一个爱钱，自然彼此严重不合。王恕上了一个奏章给明宪宗：“以前交趾地方因为所镇非人，以至于陷落，今日云南之事又甚于以往，陛下何必爱惜一个钱能，不以安定边疆为重？”

钱能是梁芳的心腹，梁芳是万贵妃的心腹，万贵妃又控制着明宪宗的一举一动，因此，虽然王恕讲得头头是道，条条是理，明宪宗仍然把王恕调到南京都察院。

后来，到了成化二十年（1484年），王恕改任南京兵部尚书，当时钱能也守备南京，冤家路窄，两人又对上了。

钱能心里有点儿毛毛的，他对旁人说："王公（指王恕）天人也，我不过敬事而已。"

王恕一贯理直气壮，譬如说万贵妃为减轻罪孽，大规模建立佛寺，林俊反对，宪宗把林俊下狱，王恕声援林俊："每盖一座庙，必须移民数百家，耗费公帑数十万，林俊所言有理，不宜论罪。"

明宪宗看到奏章，相当不悦，王恕从来不管皇帝高不高兴，反正他认为该说的就一定非说个清楚不可，俨然成为当时的意见领袖，全天下都崇拜他的正直。

当时，朝廷里若有不合正义之事，必然有人问："王公为甚么还不开口？"十之八九得到的回答是："王公的上疏一定马上就会到。"果然，不久之后，王公的奏章就来了。所以，社会上流行一句谣歌："两京十二部，独有一王恕。"

明宪宗不是甚么奋发有为之君，忠言逆耳，对王恕十分头疼，又因为宪宗懦弱，也不方便对王恕发脾气，可是心中又十分厌烦王恕，嫌他意见太多。

有一天，明宪宗终于想出一个办法，当时南京兵部侍郎马显请求退休，明宪宗在这则奏章上，加批一句"准许王恕退休"，王恕就这般莫名其妙丢了官。

王恕本是潇脱之人，他倒是无所谓，回到了家乡。但是，人们怀念他，名气更大，尤其是凡有人弹劾刘吉，必然推荐王恕替代。

刘吉与王恕的作风恰恰相反，凡事专拣皇帝喜欢的才说，他在内阁十八年，因为营私舞弊，经常被言官弹劾，反正刘吉脸皮厚，加上宪宗支持，官位始终很稳，所以，刻薄的言官为刘吉取了一个难听的外号——"刘棉花"，意思是刘吉与棉花一般，禁得起弹，而且愈弹愈高。

明孝宗接受了怀恩的建议，把王恕找了回来，特召为吏部尚书，又听说前南京兵部尚书马文升贤正，也召为左都御史。

王恕既然又回到朝廷，并且担任吏部尚书，他可是要大干一场的，平剧中的大官，经常称为“吏部天官”，本来，在明朝，吏部是最重要的一部，吏部尚书权位自然不小。

但是，刘棉花不满王恕，始终与他作对，王恕举荐不少贤才，刘吉便以阁臣的身份予以百般阻挠，例如陕西巡抚出缺，王恕推荐河南布政使萧祯，刘吉便反对，于是孝宗也接受了刘吉的意见。

王恕做不下去了，他上了一则奏章，内容大意：“陛下不以臣不肖，任臣于诠（quán）部，假如臣推举的人才不佳，那是臣的罪过。今天陛下安知萧祯不才，竟然拒绝，这一定是左右近臣的意思。臣不是一个会承望风指，固守禄位的人，而且陛下既然认为萧祯不可用，这就表示臣不可用，那么臣请求告老还乡。”

王恕的奏章写得露骨而不客气。可是孝宗却能容忍，终于接受了王恕的意见，任命萧祯为陕西巡抚，忠言逆耳，孝宗却能纳谏，的确了不起。

明孝宗敬老尊贤

明孝宗在位期间，历史上称之为“恭俭有制，勤政爱民”、“朝序清宁，民物康阜”，算是明朝中叶小康之世，史称为弘治之治，弘治是孝宗的年号。

明孝宗最大的长处，在于能任用贤臣，历史上每一个皇帝都自认为自己用的是忠臣，可没有谁故意用奸臣，存心把国家搞垮。但是谁忠谁奸，没有刻在脸上，奸臣又往往甜言蜜语，巴结逢迎，让皇帝以为他们忠心。所以方正实在，不擅拍马的真正忠臣，经常成为被排挤的对象。除非，皇帝特别英明，能够摒弃高帽子的诱惑。

明孝宗正是一位知人善任之君，王恕讲话不好听，但是字字句句都是为了国家，因此，孝宗能够重用他。

中国历史上，如王恕一般刚正清严、直说敢言的知识分子其实不少，但是如王恕一般幸运者却不多，若是换了明太祖，像王恕这样有话就说可危险了。

王恕总共任官四十多年，个性开朗，能吃能睡，他的食量惊人，超过平常人的两倍，素来健康，直到死的那天，方才食量略减，闭户独坐，突然有声若雷，就这样归天了，高寿九十有三。

王恕不但自己有福气，他举荐的一些名臣，明孝宗也对他们礼遇备至，君臣之间，仿佛鱼水相合，传为千古美谈。

例如刘健，此人端庄严谨，明孝宗非常欣赏他，总是尊敬地称呼一声“先生”。

每次刘健蒙孝宗召见，孝宗一定先对太监们说："你们先下去。"

这些太监，平常无事，总爱传播是非。皇帝干什么要他们避开，莫非要谈甚么机密？因此，总是躲在屏风后面偷听，只听见孝宗不断说"好，好，好"，然后，孝宗会指示屯田、盐政、马政该如何兴革，想来，刘健提供了不少好的建议。

孝宗对能提供好建议的大臣，特别投缘，经常一谈就是老半天，例如刘大夏，孝宗很喜欢与他商讨军国大事。

有一回，君臣之间聊得太愉快了，等到谈罢，糟了，刘大夏毕竟年纪大了，跪得太久，膝盖酸疼，根本站不起来，非常吃力地勉强撑着挣扎着，明孝宗好生不忍，连忙吩咐司礼太监李荣："赶快搀扶刘尚书出宫。"

有了这一次经验，明孝宗格外体贴，随时注意大臣们是否身上不舒适。例如张元祯，明孝宗特别赞赏他在经学方面的成就，时时找他来开讲经学。

张元祯面貌清癯（qú），个子又瘦又小，还不到普通人一半身高，因此，虽然张元祯年岁不小，坐在孝宗面前讲课，矮了半截，孝宗好像在听小朋友教课一般。

一连上了几堂课下来，孝宗觉得很不自在，他虽然贵为皇帝，仍然以为应该尊师重道，因此，孝宗下令："帮朕准备一张特制的低几。"

皇帝有令，左右自然马上照办，却不知万岁爷要低几做甚么。等到下一次张元祯上课之时，孝宗与张元祯，目光可以平视，相差不至于过分悬殊，左右这才了解，明孝宗真正是用心良苦也。

明孝宗既尊师重道又敬老尊贤，除了王恕之外，刘大夏、戴珊此二位老臣谋国之士，也深深为孝宗所佩服。

有一次，孝宗召见刘大夏、戴珊面议朝政，孝宗忽然感慨万千道："现在不少大臣关起门来，故意表示谢绝送礼，其实，如二位一般清廉正直，就是敞开大门，把客人请到家里，又有谁敢送礼呢？"说着，明孝宗从怀里掏出一锭白银，亲手交到刘大夏与戴珊手里。

刘大夏与戴珊面面相觑，不知该不该收，孝宗轻松道："这么一点小钱，不过是稍稍帮助你们的清廉罢了。"顿了一会儿，孝宗又加了一句："你们用不着廷谢，以免遭忌。"（所谓廷谢，指的是在朝廷殿堂之上向皇帝叩谢）由此可见得孝宗之细腻体贴。

明孝宗还特别喜欢邀他二人出席造膝宴，所谓造膝宴指的是膝盖相并，边吃边谈也。

有一回，刘大夏赴宴前，戴珊对大夏说："我又老又病，孩子又小，恐怕要比你先走一步，你待会儿见到皇上，为我美言美言，让我退休吧，你我是同年好友（同年指的是同一年中进士），一定要帮忙。"

于是，刘大夏在造膝宴中，代为转达了戴珊想退休之意。孝宗不答应，他说："在宴席之中，主人坚决留客，客人还得勉强地留下，难道戴珊就不能勉强为朕留下来吗？而且朕以天下事付托爱卿们，如今天下未平，爱卿岂忍言归？"

刘大夏把这番话转给戴珊，戴珊哭泣道："我要死在任上了！"

明孝宗能够任用老人的圆融智慧，果然重新培养了明朝枯竭的元气。

明孝宗偷读佛书

明孝宗具有种种美德，历史上称之为弘治中兴，但是，人总难得十全十美，仍然不能完全免于传统的积习，譬如宠信宦官李广。

明孝宗不贪财，不好色，励精图治，按理说来，宦官不容易弄权，可是，李广利用孝宗拜佛从中弄权。

孝宗身世坎坷，自小与母亲纪淑妃藏身于安乐堂之中，纪淑妃为了解脱烦恼，排遣寂寞，经常烧香拜佛。

事实上，整个安乐堂中，总是青烟袅袅，因为这些被打入冷宫的可怜后妃宫女，人生毫无希望，只有虔诚拜佛，希冀来生。

孝宗在这种奇特的环境之中成长，自自然然模仿大人，也学着点香、跪拜、敲木鱼等等。

后来，孝宗与母亲好不容易得见天日，纪淑妃却被万贵妃害死，明孝宗躲在祖母周太后的仁寿宫，这种种的打击，在在让他幼小心灵发现人生无常，也就更容易接受佛经。

因此，当孝宗初学识字，他最感到兴趣的，就是捧读佛经，非常渴望能够了解其中的含义。

孝宗的启蒙老师是覃（qín）吉，覃吉是个老太监，学问很好，清朝的袁枚曾经说过："孝宗的开口奶吃得好，难怪以后的学问好。"

当孝宗九岁之时，覃吉教他读《四书章句》与《古今政典》，孝宗读得津津有味，但是，对他最有吸引力的，仍然是佛经，不过，覃吉不准他读。

有一回，孝宗正在偷读佛经，突然之间，有个小太监通风报信："老伴来啰！"老伴就是覃吉。孝宗赶紧把佛经藏在《孝经》之中。

覃吉眼尖，早就看到了，但是，故意不说破，他问："太子正在读什么书?"

"正在读《孝经》。"

"那就好，佛书荒诞，不可相信。"

"是的。"太子唯唯诺诺，心中不以为然。

孝宗自弘治八年（1495 年）之后，渐有倦勤之感，一个很重要的因素，是他力不从心。虽然孝宗只有三十岁出头，但是，他自小生长于冷宫，体质不佳，营养不良，又受到身心种种折磨，身体日渐虚弱，孝宗又不爱动，成天闷在书房，久而久之，益发像一个小老头子，也就愈来愈迷佛。

太监李广看在眼里，经常介绍一些僧道引入宫中，用符录祷祀（dǎo sì）蛊（gǔ）惑孝宗，并且矫（jiǎo）旨（诈称皇帝的命令）任命这些人为传奉官。

既然李广有出卖官职的本事，当然四方争相贿赂，他又擅夺畿（jī）内民田，专营盐利，开始过着豪华享受的生活，李广造了一所极为考究的园林，起大第，引玉泉山的水，前后环绕。

李广造的桥，称李广桥，或称之为藜（lí）光桥，这座桥，迄今仍然保留，李广桥东边便是清朝著名的恭王府与醇王府，乃北京一名胜也。

李广的奢侈，言官们纷纷上表，可是，孝宗颇满意李广在佛事上的用心，一切论劾置之不理。

弘治十一年（1498 年），李广劝孝宗在万岁山建一个亭子，题名为"毓（yù）秀亭"，取钟灵毓秀之意，因为孝宗只有二个儿子，次子死后，只剩太子。不料，毓秀亭建好以后，皇子未生，倒死了一个小公主，大家都说，这是李广出的坏主意。

过了没有多久，清宁宫忽然烧起一场大火，有人借此攻击李广，说是“毓秀亭犯了太岁”。

孝宗的祖母周太后很生气，她对孝宗发牢骚：“今日李广，明日李广，果然祸事临头。”明孝宗一向极为孝顺老太后，因此，李广听说老太后震怒，害怕孝宗会治罪，畏罪自杀。

李广死了之后，明孝宗疑心他家中藏有什么异书，派人到他家中搜了半天，没找到任何异书，倒是查到一本账簿。

孝宗翻开账簿一看，全是某年某月某日，某大臣送黄米若干石（dàn），某大臣送白米若干石。孝宗不解，问道：“乖乖，李广一个人食量到底有多大，一个人吃得了这许多白米？”

“禀报皇上，此乃暗记，黄米黄金也，白米白金也。”左右的人加以解释。

孝宗大怒，下令追查。

李广虽然横行不法，比起王振，以及刘瑾，其实只是小巫见大巫。

王华讽刺张皇后

明孝宗宠信宦官李广，后来，李广贪贿之事外泄，孝宗祖母周太后气得对孝宗说："今日李广，明日李广，果然祸事临头。"李广因而畏罪自杀。

此外，王华亦曾在文华殿为孝宗举行"小经筵"之时，巧妙的批评了张皇后与李广。

所谓"小经筵"就是日讲，这是皇帝一种进修的方式，明孝宗选择博雅耿介的儒臣，按日进讲圣贤之道，朝政得失，由此可见，孝宗始终好学不倦，努力求知。

至于王华，这个人不简单，他是著名思想家王阳明（王守仁）的父亲，字德辉，他是成化十七年（1481 年）的状元。王华十分孝顺，他的老妈妈活到一百多岁才归天，他当时已经七十多岁，日夜侍奉老母亲，有这样的身教，无怪乎能够教养出王阳明这般的好儿子。

王华进讲的时间很长，孝宗对他十分看重，有一回，王华讲《大学衍义》之时，就用了唐朝李辅国与张良娣（dì）表里用事的例子，提醒孝宗小心张皇后与李广。孝宗很有风度的请宦官赐食慰劳王华。

李辅国与张良娣是如何表里用事，其中有一段故事：

唐明皇（即唐玄宗）宠爱杨贵妃，怠忽国事，造成"安禄山叛变"，玄宗仓皇西逃，"西出都门百余里，六军不发无奈何，宛转蛾眉马前死。”杨贵妃被吊死于马嵬（wéi）坡。不久，玄宗之子肃宗在灵武即位，玄宗被迫由皇帝变为太上皇。

明代经筵，佚名绘。

这整个事件由宦官李辅国与张良娣主导，因此，肃宗即位，立张良娣为皇后，张皇后与李辅国联手干预朝政。

唐玄宗对李辅国一向没什么好脸色，李辅国为了报仇，有一天便对肃宗说：“太上皇住在兴庆宫，每日与外人交往，陈玄礼、高力士等人都在筹划，如何不利于陛下，奴才不能不禀报。”

肃宗不相信，他说：“圣皇慈仁，哪里会容许此事发生？”

李辅国一不做二不休，假造肃宗的命令，把兴庆宫中原有的三百匹马，一下子缩减为只剩下了十匹。

玄宗好伤心，他对高力士说：“吾儿为辅国所惑，不得终孝矣。”

到了七月里，李辅国又以一纸假圣旨，邀请唐玄宗赴“西内”一游。西内就是太极宫，荒凉而潮湿，不宜人居，所以太宗建大明宫，自高宗以后，皇帝都住在大明宫。

李辅国陪着玄宗进入西内睿武门，突然之间，把门给关上，并且派出五百骑兵露出兵刃遮挡道路，很不友善地对玄宗说：“皇帝以兴庆宫过于狭隘，迎上皇迁居大内。”

玄宗一听，吓得差一点自马背坠下。

高力士护王殷切，斥责李辅国：“李辅国你好大胆子，何得无礼！还不赶快下马赔罪。”

李辅国一脸不开心的下了马。

高力士转身对五百骑兵转达玄宗旨意：“上皇向诸将士问安。”将士们收起了兵刃，齐声高呼：“万岁！”

高力士为玄宗保住了老脸颜面，但是，玄宗被迫离开了风景秀美的兴庆宫，留在阴暗潮湿的西内甘露殿。

接着，李辅国率众而退，只留下数十个老弱侍卫伺候玄宗，甚且连玄宗最心爱的高力士，也被流放到巫州。

玄宗曾经说过：“力士在旁，我睡觉才睡得稳。”如今杨贵妃被逼死，高力士遭流放，他一个人被迫移居西内，回想当年开元天宝年间，一呼百诺，何等威风，如今落得被人宰割，何等凄惨。再说，以诈骗手段逼迫玄宗移居大内，即或出于李辅国之意，显然肃宗也不反对，毕竟肃宗是皇帝啊，儿子如此不孝，如此不信任老子，玄宗愈想愈觉得人生无味，最后绝食致死。

这一段唐朝历史，深为后人所不满，认为肃宗不该信任张皇后、李辅国，让肃宗留下不孝之恶名。孝宗信李广，又爱张皇后，与肃宗的故事相像，因此，王华才有此一讽刺。

平心而论，孝宗的张皇后与孝宗一般，信奉佛教，信任李广，绝没有唐朝张皇后阴狠，他夫妻二人感情极佳，孝宗只有两个儿子，都是张皇后所生，次子三岁夭折，长子朱厚照就是武宗。孝宗三十六岁英年而卒，太子朱厚照即位，就是明武宗，也就是家喻户晓的正德皇帝。

梅龙镇上的李凤姐

明武宗即位，年号正德，民间通称他为正德皇帝。提起正德皇帝，马上就令人想起梅龙镇上的李凤姐。国剧里有一出戏叫“游龙戏凤”，也叫“梅龙镇”，就是这一段正德皇帝的故事，后来又以黄梅调唱法改拍成电影“江山美人”，曾经轰动一时。

李凤姐的故事未见于正史，只是知名的民间传说，所以我们先从国剧里的正德皇帝说起，再介绍正史中的明武宗。

正德皇帝生性好动，经常溜出皇宫，微服私访民间。

有一天，正德皇帝化装成一个军人，单身来到梅龙镇，夜幕低垂，他有些饥饿，举目张望，只见前面有一个“龙凤酒店”的市招迎风招展，他便轻步跨入酒店的大门。

“酒保！”奇怪，酒店内空无一人，他只得高声呼叫。

“来了！”从室内轻快地闪出一个女孩。

“你是酒保？”正德皇帝被这活泼纯真的小姑娘吸引住了。

“我哥哥去打更巡夜，只好我临时充当酒保了。”

那轻脆而甜美的声音，与皇宫里装模作样、严肃而规律的声音完全不一样。

“你店里有什么酒菜？”正德皇帝坐了下来。

“我们店里的酒菜分为三等。”小姑娘回答。

“哪三等呢？”

“第一等是给达官贵人享用的，第二等是给来往客商享用的，

正德皇帝与李凤姐，砖雕。

第三等是……”小姑娘有些犹豫，顿了一会儿：“第三等给你们军爷吃的。”

“哎呀，原来当兵的这等可怜！”说着正德皇帝从怀里掏出一锭十两的银子，对小姑娘说：“把第一等的酒菜摆上来。”

“哇，这么多啊！用不完。”小姑娘惊愕道。

“剩下来的，给大姐买花粉吧。”正德皇帝笑着说。

不一会儿，一桌上好的酒菜摆在桌上，正德皇帝问小姑娘道：“你叫什么名字？”

“李凤姐。”小姑娘有些害羞。

“李凤姐，好一个李——凤——姐啊！”正德皇帝竟把李凤姐的名字唱了起来，并且接过酒杯时，竟摸了一下李凤姐的手。

“咦，你这人怎么不老实，乱摸人家！”凤姐大声叫嚷。

“哦，想是我这些天未曾骑马射箭，指甲长了，搔了大姐姐一下也是有的。”

“我的指甲也长，怎么不搔你？”

“哦，大姐也要搔我，我出生以来，还未曾有人搔过我，请吧！”正德皇帝伸出了手掌。

“那我就不客气啦！”凤姐说着，真的用指甲戳了一下，正德皇帝看到凤姐娇憨的表情，乐得大笑起来。

“军爷，你家住在哪里？”凤姐用好奇的眼光望着客人。

“我住在天底下。”

“才怪，哪个人不住在天底下。”

“我这天底下与别人不同，北京城里有一个大圈圈，大圈圈里有一个黄圈圈，我嘛，就住在黄圈圈里。”

“你说什么啊？”凤姐迷惑地侧着头。

“凤姐，我告诉你吧，我是当今的正德天子。”

“天子？”凤姐大笑起来：“我看过戏里的唐明皇，一大把花白胡子，你一点都不像。”

“凤姐，来看。”正德皇帝脱去了外罩的军服，里面是皇帝的龙袍：“我若不是真皇帝的话，穿龙袍可是要杀头的啊。”

凤姐看到绣有五爪金龙的龙袍，一时呆住了，半晌才“噗”一声，双膝跪下，不断叩头。

“哈哈，凤姐起来，不要害怕。”正德皇帝扶起了凤姐：“朕喜欢你的纯真可爱，今夜朕就住在这里了。”

“是，只是我的房间很小，怕委屈了皇上。”凤姐的话有些颤抖，不知是兴奋还是恐惧。

“没有关系，朕喜欢的是你的人啊！”

第二天清晨，正德皇帝离开了龙凤酒店，行前，告诉凤姐，回京后就派人来接凤姐进宫。

望着正德皇帝的背影远去，凤姐倚在店门口，泪眼朦胧，心里的滋味真是说不出来。

时间一天天过去，皇帝不但没有派人来接凤姐进宫，连派个使者传信都没有，显然，皇帝忘记了梅龙镇上的一夜风流。凤姐终于病倒了，那是为相思的情意而病倒，还是受到左邻右舍的冷嘲热讽而病倒，没有人知道，最后李凤姐忧郁而卒。

这个故事只是传说，不过，和正史中明武宗的性格还真像。

明武宗从小被溺爱

“梅龙镇”一戏之中，正德皇帝与李凤姐的故事究竟是真是假，因为正史上没有记载，无法考证。不过，明武宗正德皇帝是历史有名的太保皇帝，荒唐好色的故事史不绝书。

俗话说：“知子莫若父。”明孝宗非常清楚他儿子是怎样的德行。

孝宗弘治十八年（1505 年）五月，孝宗身体不适，他自知不久于人世，于是，孝宗派太监把刘健、李东阳、谢迁唤到乾清宫来。

孝宗换了便服，半躺在软榻之上，用极其微弱的声音说：“朕承祖宗大统，在位十八年，到今天已三十六岁了，哪里晓得患了这个病，体力不支，所以与诸位先生最近相见的时候比较少，日后，也不再有机会了！”

刘健心中一酸，忙道：“陛下万寿无疆，何必如此说话。”

孝宗摆摆手：“朕自己知道，生死有命，不可强求也。”说着，不断咳嗽，低声呼叫：“倒水来。”

这时，掌药太监张愉捧了茶来，并且说：“万岁爷该用药了。”

孝宗不理太监，继续说道：“朕一直谨守祖宗法度，不敢怠忽政事，当然还是仰仗诸先生辅助之力。”讲到这儿孝宗吃力地伸出手，想要握刘健，刘健赶忙把手递上去，眼角渗出了点点泪珠。

孝宗拉着刘健的手，黯然道：“朕蒙皇考（指明宪宗）厚恩，选立张氏为皇后，而幸有了太子，今年已经十五岁了，尚未完婚，社稷事重，可即令礼部举行。”

“臣遵旨。”刘健叩了一个头。

接着，孝宗忧心忡忡道：“东宫聪明，但是年纪轻，好逸乐，诸先生请辅之以正道，使成明主。”

三位大臣异口同声：“臣等敢不尽力？”

由此可见，明孝宗临终之前，最不放心的就是明武宗。

明孝宗是一个遵守礼法、励精图治、不近女色、钻研佛法，相当拘谨老成的人，怎么生下一个儿子，完完全全不像他，这是有道理的。

明孝宗与张皇后夫妻恩爱，生了二个儿子，幼子夭折之后，对武宗特别疼惜，明武宗生于孝宗弘治四年（1491年）十月，第二年就立为太子，由于他是明朝四代以来，唯一由正宫娘娘所生的太子（在他之前，英宗、宪宗、孝宗都是妃子所生），因此不但爸爸疼、妈妈疼，连大臣们都格外看重。

再说，明孝宗身世凄惨，直到六岁方才父子相认，就是认了之后，宪宗也从来没在他身上花心思，所以，感情浓厚的孝宗，把童年的遗憾全部都想在武宗身上寻回，当然宠爱异常。

此外，明武宗小时候虽然调皮，却也十分健壮活泼，孝宗自己身体弱，看到儿子雄壮有力，心中欢喜，他要什么都依，无形之中，让武宗愈来愈任性。

武宗小时候，的确有他可爱的一面，譬如说，他读书还算用功，对老师也有礼，还会拱手相送，跑来跑去，勇猛得像只小牛，挺好玩的。

由于武宗跳跳蹦蹦，与英宗、宪宗、孝宗体弱多病大不相同，所以有人说：“太子像太祖。”甚且有人说：“太子的相貌颇似太祖。”“太祖如果在世，一定庆幸大明朝后继有人。”

此话一说，这个太子的身价更加不得了。张皇后对武宗溺爱非常，有时孝宗嫌他过于淘气，张皇后总是说："太子还小嘛，大了就好，万岁爷小时候不也这样。"孝宗小时候哪有如此好命，孝宗一想起安乐堂中的悲惨童年，既自伤又自怜，于是更舍不得剥夺太子的快乐，似乎在太子的放纵享乐之中，弥补了心头的一个缺憾。

太监们察言观色，发现明孝宗虽是一个呆板的小老头，却不反对太子尽情游乐。于是，个个使出浑身解（xiè）数，带太子到处乐一乐。

据说，有一天，一个太监带来一只猴儿和一只小狗，猴子骑在狗身上，猴子东瞧瞧，西看看，模样还挺神气的，太子一见就笑开了。

于是，太子用一根绳子，把狗牵到了奉先殿，看一猴一狗耍宝，有趣极了。

突然之间，外头有人放爆竹，猴子一惊，滚下狗身，用双手捣着耳朵，吓软了手脚，狗儿也怕了，着急的不晓得该往哪儿躲。

太子拍手笑道："原来，你们如此不中用。"

顷刻之间，电闪雷鸣，狂风豪雨，奉先殿原本阴暗，现在轮到太子自己害怕了，一面跑一面哭。

后来，张皇后晓得太子受惊，心疼万分，她不仅不告诫太子，奉先殿是敬天祭祖之地，不能狎（xiá）戏，反而吩咐太监，让他们多几个人为太子壮胆，让太子再去奉先殿逗猴玩狗。

张皇后的溺爱，让明武宗这个太子，完全不知道自制与自律。

刘瑾物色杂耍高手

明弘治十八年（1505 年）五月十八日，十五岁的朱厚照登基为帝，下诏自明年开始，改年号为正德，是为明武宗。

武宗从小贪玩，太监刘瑾、马永成、高凤、罗祥、魏彬、邱聚、谷大用、张永最得他的宠爱，尤其是刘瑾，武宗恩宠异常，这八个人，号称为“八虎”。

刘瑾，原为陕西兴平人，他本姓谈，景泰年间，由一个姓刘的太监带入宫中，改为姓刘，史书中形容刘瑾“性情狡猾狠毒，尤其羡慕宦官王振”。

明孝宗生活严谨，用不着刘瑾这般的人，刘瑾甚且因细故被判了死罪，撵到宪宗的茂陵去管点香。

后来，太子渐长，刘瑾被调回宫中，掌管钟鼓司。所谓钟鼓司，就是掌管朝参的鸣钟击鼓，以及宫内的休闲杂戏。但是，刘瑾就利用这一层机会，很快争取到太子的好感。

刘瑾不惜工本，自民间物色到各色各样杂耍高手，让太子大开眼界。

中国古代的杂技，充实而丰富，早在夏禹时期就已经萌芽，可惜许多杂耍今已失传，没人能表演，否则，即使以今日眼光，仍然叹为观止。

刘瑾恭谨地对太子说：“今天先上演自宋朝传下来的七宝之戏。”

太子拍手道："好，一听名称就是好戏，由哪七个人主演啊？"

"禀报太子，七宝并非七人，而是七种鱼。"

这下太子更乐了，只见艺人端来好大好大一个水桶，然后依序把白鱼、墨鱼等七种鱼放入，这七种鱼群个个还给戴上了假面具，十分好玩。

接着，艺人敲着锣，高喊："墨鱼！"一群墨鱼就游到水面，戴着面具游来舞去，太子乐坏了。表演完后，墨鱼集体沉入水面，仿佛退到幕后。

此时，艺人又高喊："泥鳅！"奇怪，泥鳅就知道上场，戴着滑稽的小面具表演，完全训练有素的专业风范。

太子开心极了，太子是明孝宗与张皇后的心肝宝贝，太子一乐，张皇后吩咐刘瑾再献新花样。

没有多久时日，刘瑾再献上"虾蟆教学"。只见艺人带来九只虾蟆（há m ），其中最肥胖最大只的，刘瑾说："这是老师虾蟆。"太子联想到自己的胖老师，马上笑弯了腰。

老师虾蟆很有威严，当他一蹦一跳在大木头上坐定，其他八只小虾蟆也安静的各就各位。

艺人高喊："上课！"于是老师虾蟆"嘎"一声，八只学生虾蟆也"嘎"一声，老师虾蟆"嘎嘎嘎"，小虾蟆也乖乖"嘎嘎嘎"。

更不简单的是，接着，小虾蟆一个个轮流走在讲台旁，老师虾蟆教训一番之后，小虾蟆还懂得一点头再转身爬走，颇有"尊师重道"的美德。

太子看呆了，命令艺人再来一回，这一回，他也学着小虾蟆嘎嘎叫，接受老师虾蟆的教导。

刘瑾手中的玩意还不少，从此太子深深被刘瑾给的玩意吸引住了，什么角力、举鼎、投壶、弄剑、凤凰衔书（长尾鸡上下飞翔，然后口中能掉出吉祥贺词表示皇恩浩荡），或是走绳（将绳子二端固定，悬空，美丽的女艺人在绳上凌波起舞，表演特技）、马戏、烟火表演等等，太子样样都有兴趣，一天见不到刘瑾，简直就要闹翻天。

当太子年龄渐大，青少年体力旺盛，倾向喜欢较刺激的节目，尤其钟爱相扑。

所谓相扑，就是互相扑过来、摔过去，古代称之为角力、角抵。到了宋朝，普遍称之为相扑，岳飞曾把相扑作为训练士兵的必备课程之一。后来传到日本，深受日本人喜爱。

太子最爱的是“乔相扑”，意思是假装表演相扑，用棉花、布帛、稻草制成两个偶像，表演者躲在衣服里头，乍看之下，两个人互相扭打，轮番摔跤，你推我拉，绊腿掐脖，正在难分难解，突然表演者翘起屁股，故意让观众发现真相，让观众笑翻了，揉着肚子喊疼。

太子胃口愈来愈大，刘瑾要多方物色，才能满足太子，否则太子会以不吃饭抗议。不过，刘瑾总是有办法让太子开怀大笑。

譬如“入马腹舞”，这是西域传来的幻术，一个人自马后钻入马腹，然后突然自马嘴之中钻出来，其他如钢刀砍身、卧箭上舞也是糅合了气功与幻术的精彩表演。

又譬如“续头法”更不简单，只见一个小毛头上了场，整个人卧在一张长凳子上，然后艺人手举钢刀，“哗”一下，把小孩的头给割了下来，然后，用布把头和身体盖住，一会儿头又接上了。

太子看了好兴奋，嚷着也要割头，吓得艺人讨饶：“不成，这是幻术，如果太子你这一砍，我小儿的头真要搬家了。”

刘瑾弄了这许多有趣的杂耍来，让明武宗在太子时代就离不开他。

焦芳耍无赖

明武宗生性贪玩，太监刘瑾投其所好，从民间找来了各式杂耍艺人，形形色色的把戏将武宗逗得乐不可支，简直不能一天见不到刘瑾。

事实上，刘瑾本人根本不喜欢任何杂耍，他自视颇高，看不起这类琐碎的东西。刘瑾读过几天书，经常怨叹命运不济，老天无眼，他自问比起含着金匙出身的武宗高明太多，因此，他暗暗以王振为师。明英宗对王振言听计从，刘瑾相信，自己也有这等能耐，让明武宗逃不了他的手掌心。

正德元年（1506 年）元月，刘瑾终于如愿以偿，掌管神机营下的五千营，京营里火力最强的是神机营，神机营中最精锐的部队在五千营，刘瑾手中有了这张王牌，大家都对他刮目相看。

当然，刘健之类有品格的老臣，谁也不愿答理刘瑾，可是自有那焦芳之流，赶着上前巴结。

明朝中叶以前，士大夫讲求名节，附和宦官的无耻士大夫尚未能真正横行霸道，一直到焦芳出现，才改变了情势。焦芳以内阁大学士之尊，居然向刘瑾献媚，明代的“阉党”（宦官是被阉之人，依附宦官的人被称为阉党）才形成了气候。

焦芳是河南泌阳人，天顺八年（1464 年）进士。这位进士，走到哪里，人人侧目，因为他粗里粗气，坐没坐相，站没站相，大呼小叫，毫无半点文化气息，让人怀疑他是否受过教育。

明代太监与侍卫，佚名绘。

中国古人一向重视同乡关系，因此，当时的大学士李贤尽管见了焦芳，忍不住皱起眉头，但是看在焦芳是河南泌阳人，李贤自己是河南邓州人这一份同乡情谊上面，选焦芳为庶吉士，授职为编修。

焦芳平时喜欢赌钱，他的牌品极坏，不论输赢全要骂人，如果赢了，焦芳就神气活现："你们如此笨，也想赢我？"如果输了，更是破口大骂："准是其中有诈，这一局不算不算。"

久而久之，没有人敢再与焦芳赌钱了。焦芳虽然不学无术，却自认满腹经纶，并且自己给自己取了一个"焦才子"的外号。

当焦芳做了九年的侍讲，依照考绩规定，应当升为侍讲学士，这时有人跑去对大学士万安说："像焦芳这样的人，也能当学士吗？"

焦芳听到这件事，勃然大怒，公开表示："这八成是彭华在讲我的坏话，假如我当上学士也就罢了，否则看我不杀了他！"

焦芳这种流氓作风简直是耍无赖。但是彭华可吓坏了，其实，他岂有胆子批评焦芳？听说了焦芳的威胁，他带着厚礼去求见万安："拜托，既然焦芳对我有误会，无论如何，他一定得当上学士，否则我的小命难保。"说着说着，竟然呜呜咽咽，两条腿不断的颤抖。

于是，焦芳如愿以偿当了学士。

当时，彭华奉旨修《文华大训》，并且进讲东宫，焦芳十分嫉妒，因此到处批评彭华，每次彭华讲完，他就到处嘲讽，这儿说错了，那儿讲错了，其实，往往是焦芳自己错了。但是，因为焦芳有指着旁人鼻子破口大骂的习惯，谁也不敢惹恼他，他连老臣刘健也不放过。

刘健根本不理会焦芳，他对旁人说："一个人在街上遇见恶犬，难道也学着恶犬吠回去吗？"刘健把焦芳比作恶犬，真是贴切得很。

马文升升为尚书，焦芳心中羡慕，也用侮辱马文升的方式，弥补心中之不快。

总之，焦芳这个人，人缘坏到了极点，朝廷上下，人人敬而远之，避之惟恐不及。不过，别看焦芳是个老粗，却也有粗中带细的时候，他透过刘宇的关系，结交了刘瑾，并且在武宗面前制造了一个好印象。

事情是这样的，武宗这个纨绔（wán kù）子弟，花钱如流水，他心中从没有节俭的念头，只有放任与挥霍（huò）。有一天，大臣们在会商国政，提到了财政问题，户部尚书韩文忍不住就感慨万千道："目前国库空虚，谈到理财二字，又不是西域幻术，唯有劝皇上节用才是。"

类似这样的会议，一定有多事的太监在外面偷听。焦芳站了起来，用力一拍桌子，故意气愤地大声嚷嚷："这话太不像句人话了，一般平民百姓之家，也都有些额外的用度，就是一个县老爷也不得了，何况是皇家？再说，俗话说得好：'无钱拣故纸'，如今天下积欠的钱粮、逃匿的税收，简直不计其数，我不明白，为什么韩尚书不知道加紧催讨，只晓得限制皇上的用钱。"

焦芳这一番话，透过太监的口，传到了武宗的耳朵里，武宗觉得贴心之至，再加上刘瑾的进言，不久之后，焦芳便由礼部右侍郎一跃而为六部之首——吏部尚书，让天下有识之士伤心不已。

焦芳拜倒刘瑾脚下

焦芳靠拢宦官刘瑾的消息，很快就传开来，虽然焦芳平日人缘奇坏，毫无修养，朝廷内外仍然大吃一惊，毕竟焦芳还是天顺八年（1464 年）的进士啊。

明朝中叶以前，士大夫注重名节，纵然有王振、汪直的专横，到底是一群太监用事，士大夫瞧不起宦官，平日也尽量少与往来。

焦芳是第一个拉下脸来，不顾尊严，公然依附宦官的，为了讨刘瑾喜悦，每次老远见了刘瑾，焦芳仿佛练了易容术，把一张紧绷着准备骂人的脸，刹那之间，转换为一张谦卑惶恐的面皮，他恭敬地尊刘瑾为“千岁”，自己则自称为“门生”。

非仅如此，等到刘瑾转身走远，焦芳仍然鞠着躬，哈着腰，撅着个屁股恭送刘瑾。刘瑾固然身后没有长眼睛，却晓得焦芳在巴结，有一次，刘瑾放了一个响屁，好臭好臭，焦芳依然恭敬的在背后弯腰吃屁。

因为刘瑾的势力太大了，焦芳的丑行反而引起了仿效，《明史》中谈到这一段，十分的感慨：“焦芳以阁臣，首先与刘瑾阿比，于是列卿争相献媚。”

最奇怪的是，焦芳明明当众出丑，他却老是拍着胸口，笃（dǔ）定地说：“今朝廷之上，哪一个人有我焦芳正？”他说此话时一脸认真，没有丝毫的羞愧。

老臣刘健一听到焦芳，就觉得翻胃，恶心得想吐，他知道，没有刘瑾就不会有焦芳的丑行，没有武宗的信赖，刘瑾也出不了头，皇帝啊皇帝，你为什么不争气一点呢?

刘健不仅难过，并且强烈的自责，他眼前不断的重映孝宗临终之前，紧紧握着他的手，以哀求的口吻拜托："请先生辅之以正道，使成明主。"

倘若皇帝不是皇帝，而是普通十四五岁的青少年，既然是受托教育孤儿，他一定不客气的责骂，甚且狠狠打一顿，可是，皇帝终究与常人不同，在古代君臣伦理观念之下，老臣也是臣，怎敢教训小皇帝，更别说是责打了。

就以经筵一事而言，明孝宗重视经筵，经筵是皇帝亲自挑选博雅耿介的儒臣，按日进讲圣贤之道、朝政得失，明孝宗总是听得津津有味，因为他的兴趣就是把国家治理好，在旁的太子则频频打瞌睡，不耐烦极了。

因此，当太子即位，这位明武宗立刻以"冬天太冷"为理由取消经筵，他宁可赖在床上蒙着温暖的被窝睡大觉。

刘健让武宗偷懒了二个月后，奏请恢复。恢复是恢复了，明武宗可没多大兴致，他喜欢的是击球走马、放鹰逐兔、俳（pái）优杂剧这些好玩逗趣的游戏，什么读书啦，朝政啦，听着便烦，干脆不理。

没多久，武宗又发现一件好玩的事，他经常挑选一匹快马，挟带弓矢，一溜烟的便单骑跑出了宫门直奔郊外，射杀鸟雀。

麻雀飞得快，武宗的马也飙（biāo）得飞快，他一心射中麻雀，完全不在乎安全，有一次跌下马来，幸无大碍，武宗立刻翻身上马，再冲再奔，过瘾之至。

刘健自从听说武宗出了宫门，不免提心吊胆，胃也抽痛，心脏也扑通扑通跳个不停，他勉强坐下，喝一口水，安慰自己："放心放心，皇帝身手矫健，没问题的。"又不免害怕，万一有个闪失，如何了得。

因此，刘健上了一则紧急奏章给武宗：“以前汉文帝从霸陵准备西驰，袁盎（àng）劝谏汉文帝，若是马惊事败，如何对得起高庙太后？古人说家累千金，坐不垂堂，何况陛下负托之重也。”

明正德皇帝走马射箭，佚名绘。

所谓家累千金，坐不垂堂，垂堂指的是堂边近阶处屋檐下，担心檐瓦落下，可能伤人。意思是说，家有千金的人，身价很高，凡事宜小心，谨慎保身也。

武宗看到奏章，顺手一揉，不耐烦道：“好噜（lū）苏。”

不久，武宗在刘瑾的惑动之下，把皇庄数量增加到三十多处，造成民众不安，同时下令，每一个在外监军的镇守宦官，必须每年向皇帝上贡万金，才能保证自己不被召回。这无异是鼓励那些监军的宦官努力贪污，而那些镇守各地的宦官遵守诏示，也尽力向地方搜括，一方面是为皇帝而贪污，一方面当然是为自己而贪污。

说也奇怪，明武宗许多恶德败行，似乎连老天爷也生气了，正德元年（1506 年）天鼓鸣；二月陕西地震，白天见到星斗；到了六月十三日那一天，突然之间，风雨大作，“雷震郊坛兽瓦”；半个月以后，南京又遭到“雷震孝陵白土冈树”；七月十二日，紫微星座旁边，竟然出现了一颗奇奇怪怪、颜色苍白的新星。

中国古人一向是相当迷信的，何况，皇帝还真的做了不少坏事，因此朝廷上下有识之士，不免为之惴（zhuì）惴不安。

刘健老泪纵横

明武宗即位，年轻力壮，精力仿佛永远用不完，全部用在日夜嬉玩，放任刘瑾等号称八虎的宦官用事，朝廷上下忧心不已。

户部尚书韩文一想起来，就会老泪纵横、焦虑不安，夜夜失眠。韩文是宋朝名相韩琦的后人，据说他生下来的时候，他父亲梦到一个紫衣人抱着文彦博进门，文彦博是宋朝大儒，出将入相，因此父亲为小婴儿取名为韩文。

有一回，韩文与李梦阳谈起来，愈说愈激动，忍不住双手蒙着脸，泪水自指缝中溢出，李梦阳突然噗哧一笑。

这一笑把韩文惹怒了，他问李梦阳："你还笑得出来？"

"是啊，是很好笑，身为国家大臣，旁的不会，只会哭，怎么不好笑?"

原来，李梦阳用的是激将法。

韩文用手捋起胡须，用力向后一甩，下定决心道："你骂得有理，我这把年纪死也够本了，不死也不足以报国，你赶快代拟一道奏疏，我来联络内阁大臣，非把八虎除尽。"

当天晚上，李梦阳就连夜写了一道奏疏，一大早急着交给韩文。

韩文边看边摇头："你是复古派，文章写得富丽堂皇，是篇精彩古文，可惜今上肚子里墨水有限，恐怕根本看不懂。"于是，他卷起衣袖，自己动笔，然后，联络六部九卿，个个都同意联名。

一场惊天动地的政争，火辣辣展开了。

韩文的奏疏，写得相当厉害：“近岁以来，太监马永成……置造巧伪，淫荡上心，或击毬（qiú）走马，或俳优杂剧……劳耗精神，亏损圣德，致使天道失序……请将永成等抓起来送到法司，以消祸萌。”

明武宗即位以来，从来没有看见这么措词严厉的奏章，到底他还是个十六岁的青少年，一吓之下，竟然“哇”的一声哭了起来。明武宗心想：“如果八虎不在身边，日子怎么过下去？”因此司礼太监李荣、陈宽、王岳三人代表皇帝，与大臣们沟通协调。

李荣很会讲话，他先给大臣们戴一顶高帽子：“各位大人忧君爱国，令人感动，不过，这八个奴才伺候皇帝非一日，自不忍心立刻处置，过一阵子，皇上自有处置。”

吏部侍郎王鏊（áo）回了一句：“如果不处置怎办？”

李荣指一指脖子：“全包在我身上，我脖子上又没有铁片，难道不怕砍脑袋？”

有了这番保证，韩文等人讲不下去了。

可是，六部九卿被安抚下来，三阁老可不肯让步，李荣提议将八虎送到南京去守明太祖的陵墓，刘健也不同意。

刘健说到愤慨之处，把桌子一推，哽咽着吼道：“不行，非照原议，把八虎送入狱中，先帝临崩，紧紧捉住老臣的手，交付大事，今日陵土未干，国事败坏如此，臣死之后，拿什么面目去见先帝！”

这一番嘶吼，让被派去斡（wò）旋讲情的王岳也为之激愤，王岳原也是个有正义感的人，他被刘健一番肺腑之言所激励，大义凛然回禀皇帝：“阁议有理。”

明武宗一时之间慌了手脚，只好答应：“明日早朝降旨逮捕八虎。”

吏部尚书焦芳得到消息，不惜出卖同僚，黄昏时刻，暗访刘瑾。

八虎听到焦芳的报告，大为恐慌，连夜到武宗面前，一齐跪下，哀叫“万岁爷赶快救命啊……”

于是，八虎又是磕头，又是哭泣，又是捶胸顿足，仿佛马上就要去见阎王爷了。

“怎么回事？”武宗讶异道。

“不得了，我们快要被喂狗了。”

“谁欺负你们？”

“还不是王岳，胳膊往外弯，吃里扒外，勾结百官，除掉我等，存心让万岁爷难堪。”

武宗这话听入耳了，他问：“那怎么办？”

刘瑾一昂首：“万岁爷平日养咱们是干甚么的，当然由奴才来办此事。”

武宗正愁不知明早该怎么办，立刻高兴地说：“对，你们赶快想办法啊。”

刘瑾又挑拨道：“万岁爷不过玩些狗马鹰犬，所费无多，全是司礼监无能，外朝的文官才敢欺负皇上，如果找一个能干的人做司礼监，那些外朝的家伙怎敢乱来？”

武宗觉得有理，马上决定：“那么，刘瑾掌司礼监，马永成掌东厂，谷大用掌西厂，你们连夜把王岳等这几个不会办事的太监逮捕起来。”

刘瑾等八虎喜出望外，不断地叩头谢恩。

就这样，顷刻之间，整个局面为之改观。

明武宗逛内市

明朝大学士刘健、谢迁等人受了明孝宗的顾托之命，眼见明武宗日夜与号称八虎的八个宦官嬉玩，奏请诛杀八虎，整饬（chì）纲纪。

武宗原已准备次日早朝降旨逮捕八虎，不料，焦芳告密，刘瑾先发制人，一夜之间，风云变色，刘瑾取代王岳，八虎重新抬头。

第二天一大早，刘健等人兴奋莫名，期待从此以后，国家步入新气象。

刘健接到圣旨，脸色惨白，白得像纸。

谢迁问："怎么了？身体突然不舒服？"

刘健一言不发，把圣旨递给谢迁，谢迁迅速看完，咬一咬嘴唇："该是辞官的时候了。"说着，缓缓摘下了乌纱帽。他并不恋惜官位，只是不甘心功败垂成，事情怎么会一夜生变，此时，焦芳倒也不讳言前往告密。老臣们相对无言，只觉得想大哭一场。此时此刻，明武宗正优优闲闲，换上便服，由小太监阿吉陪着，悄悄溜出宫去，到内市闲逛。

明朝北京的玄武门宫门外设有内市，每逢四、十四、二十四日开市，准许人民进入买卖。

内市之中，有几家特殊的店铺，不必遵守规定，可以天天做买卖，不用说，这一定是太监或者皇亲国戚开设的，这些店名分别是宝和、和远、顺宁、福德、福吉、宝延，共六家。

明代都市繁华，选自《皇都积胜图》(局部)，明人绘。

这一天，正值内市开市的日子，所以人潮汹涌，热闹非凡，各种店铺生意兴隆。

明武宗来到一家布店，只见店内挤了不少顾客，大家都在挑选布料，讨价还价，人声嘈杂。

“老板，你这人做生意太不老实，这块布你卖我十文钱，我的邻居李二拐向你买，你只收他八文钱。”一个彪形大汉怒气冲冲拿着一块布料向老板责问。

“小店做生意一向童叟（sǒu）无欺。”店主堆着笑脸，向大汉解释道：“您老可别误会，一定是不同的料子。”

“胡说。”大汉仍然用高嗓门吼道：“李二拐的布料跟这块花色一样。”

“花色一样，质料可不一定相同，我拿两块布料给您看。”老板依旧和颜悦色。

“这……”大汉摸一下，果然不同，只好讷讷地说：“好吧，我再去和李二拐比一比布料。”

大汉低着头走了，像只斗败的公鸡。

明武宗看了很感兴趣，便走过去拿起那两块布料，笑着对老板说：“老板，你的脾气很好啊。”

“客官过奖，生意人讲究的是以和为贵，以理服人。”老板谦和地说：“客官是不是要选料子？”

“嗯，我想选几块布料。”武宗点点头。

“请，请，这里面有十几种新花色，请客官到里面挑选。”老板躬着腰请武宗进入店内，不经意回头瞟了一眼，发现小太监阿吉跟在客人身后：“阿吉，你怎么有空跑到这儿来，不当差啦？”

“嘘!”阿吉附在老板耳朵边，轻声说：“这是皇上，你可得小心伺候。”

“皇上？”老板心下一惊，几乎叫了出来。

“看你紧张的样子，还不小心伺候！”阿吉摆出一副神气的姿态。

“是，是。”老板赶紧转身赶到武宗的身后，这时武宗正拿起一块花布。

“这块布多少钱？”武宗问。

“这……皇上喜欢，尽管取去，小民奉献给皇上。”老板边说边跪了下去，不断磕头。

顾客们一听皇上来了，这可不得了，惊奇地转过头来，发现老板跪在地下，一定假不了，也就立刻匍匐在地，高声叫道：“皇上万岁！”

看到一屋子的人全跪了下来，喧哗的声音消失了，武宗有些不高兴：“好啦，我是来买布的，这样还买得成吗？算了，阿吉，回宫吧。”

皇上驾到的消息立刻传了出去，当武宗走出了布店，发现街上安静得出奇，没有一个人在街上走动，原来大家都跪伏在地上，大气都不敢喘一下。

一队士兵快速地跑了过来，到武宗面前，全体跪下。

“你们这是干什么？”武宗皱着眉头道。

“保护皇上。”为首的军官高声回答。

“回宫吧。”武宗不耐烦地摆摆手。

回到宫里，刘瑾已在恭候。

“扫兴。”武宗一屁股坐到太师椅上，开始发脾气：“我想逛逛市场，看看热闹，谁想到大伙都跪在那儿，一点声音也没有，不像内市，倒像个鬼市。”

“皇上别生气。”刘瑾一脸谄媚的笑脸：“皇上到内市，老百姓一看到皇上驾临，哪敢随意乱动，这也表示皇上的权威啊！这样吧，皇上喜欢热闹，奴才来，安排一下，让皇上开开心。”

“那你就去安排吧，可要快一点，别扫了我的兴头。”

明武宗卖布

刘瑾唯恐明武宗不贪玩，现在武宗既然喜欢市集买卖的玩意，刘瑾立刻着手安排。首先，在后宫冷僻之处，搭起一排竹棚，里面放些桌椅柜子，看起来又像简陋的店面，又像地摊，接着，召集一大群宫女和小太监。

“大家听着，”刘瑾用低沉而有威严的声音说：“皇上欢喜市集，现在在宫里架了一个临时市集，你们分派一下，有些人卖米，有些人卖杂货，要卖什么你们自己去想。另外剩下一半的人装成顾客，带点钱来买东西。你们都要脱掉宫里的衣服，换上老百姓的衣服，虽然这种买卖是做戏，可是要做得逼真，就像真的市场一样。”

“皇上要来看我们演戏吗？”一个太监问道。

“皇上不是来看戏，皇上自己也参加演戏。”刘瑾说：“记住，在市场上，你们不要把皇上当皇上，如果戏演得不热闹、不逼真，当心你们的脑袋。”

第二天，刘瑾拿了一套粗布衣裤请武宗换上。

“你要干什么？”武宗迟疑地问。

“今天请皇上到市场去。”刘瑾堆着满脸笑容：“请皇上扮一个布店的老板，皇上觉得可好？”

“好主意，朕可以好好乐一下了。”武宗跳了起来。武宗用最快的速度，换上了黑绒毡（zhān）帽，灰蓝色衣裤，一副小生意人的打扮，来到后宫的市场。这时市场上小太监和宫女早就装扮成商人和顾客，来来往往，十分热闹。

小太监阿吉扮成小厮，挑着几匹布，来到一个预留的空竹棚前，武宗命令阿吉把布一匹一匹摊开来，原来武宗今天要扮一个小布店老板。

“来买布啊！”阿吉高声叫着。

“阿吉，你这像在发布命令，做生意哪有你这样吆喝的？来，看我的！”武宗指出阿吉的错误，然后卷起袖子，对着来来往往的路人大声叫道：“本小店有上好的布料，绫罗绸缎，棉布麻布，应有尽有，请来参观吧！”

于是有几个路人走了进来，东挑西选。

“这块绸子多少钱？”一个宫女问。

“这是上好的湖州绸子，二十文。”武宗把绸子用纸包起来，交给宫女，那宫女习惯地跪了下去：“谢谢皇上。”

“什么皇上！”武宗把脸板了起来，生气说道：“这里没有皇上，你还不快滚！”

宫女吓得拿起绸子赶快跑了出去，走了不远，一个身着蓝布大褂的男子挡住去路。

“你违反了刘公公的规定，让皇上不高兴，你该死！”那宦官乔装的男子一

卖布，选自《营业写真》。

把抓住宫女的衣领，不管宫女的哀求哭泣，一路拖走。那些“路人”都假装没有看到这一幕，继续热心地选购货物。

武宗正在接待一位顾客，这位顾客脾气不好，对布料不断地挑毛病，武宗耐心解释着。

“这块布多少钱？”客人问道。

“这是上好的羊毛料，只要三十文。”武宗赔笑着说。

“这块料子多长？”客人又问。

“八尺，尽够您做一件长袍。”武宗用手比划着。

“我做短袄，只要六尺，你给我剪开。”

“这块料子剪去六尺，剩下的二尺就没人要了，不能剪。”

“你事先没讲不能剪，一定要剪。”

“你耍无赖，阿吉，快叫市正来评理。”武宗气呼呼地说，市正就是市场管理员。

不久，阿吉带了太监装扮的市正前来，在市正身后却跟随了刘瑾。

刘瑾手里捧了一叠公文，见到武宗，便抢前一步，轻声对武宗说：“这儿有几件奏章，请皇上批示。”

“混账，”武宗正要向市正说明顾客的无理，不料刘瑾夹在中间来捣乱，气得武宗怒目责备刘瑾：“一些小事难道不会处理，我用你干什么，蠢猪！”

“是，是，奴才处理。”刘瑾装成很惶恐的样子急急忙忙退下。

于是武宗和顾客在市正面前唇枪舌剑吵了起来。

刘瑾抱着公文走出临时市场，脸上露出狡猾的微笑。到了御书房，两个小太监在门口恭迎，刘瑾大摇大摆到书房前，小太监端来一把椅子，让刘瑾坐下。书桌旁边放置了皇上坐的龙椅，刘瑾不敢坐。

刘瑾打开公文，第一件就是刘健和谢迁等人的辞官奏章，刘瑾拿起笔，以皇帝的口气，批准刘、谢的辞职，另一个大学士李东阳因为比较温和，刘瑾觉得可以留下来，不会碍事，便又批示不准李东阳辞职。

刘瑾心中可乐透了，他可以堂堂正正地说，这是皇上亲自授权要他做的事。

王守仁的金蝉脱壳计

明武宗追求享乐，欢喜尝试新鲜，扮作商人，与太监宫女玩起买卖的游戏，并且假装与顾客起了严重的争执，找来市正调停。

这个市正当然也是太监扮演的，他指着明武宗道："分明是你这个老板不对，应当受罚。"

明武宗自小没有被人指责过，市正的"应当受罚"反而逗得武宗开心。他赞许市正："嗯，扮市正就该有这等威仪，好，今天到此为止，朕有赏。"

于是，市场散了，一群人包围着明武宗，前呼后拥，来到了"廊下家"酒家，廊下家位于玄武门西面，是太监开设的酒家，专供太监与宫女作乐。酒家中制造一种芳香味美、色泽殷红的酒，称之为"琥珀（hǔ pò）光"。

廊下家的教坊女子与宫女，一见万岁爷来了，又惊又喜，原本有些害怕，可是看到武宗放荡不羁（jī）的样子，也就肆无忌惮，尽情嬉笑。有人拉着武宗的手，有人扯武宗的衣服，有人紧挨着武宗说笑话。这种茶楼酒馆，高谈阔论、口沫横飞的情景是武宗喜欢的，尤其看到那些女人装腔作势的巴结神情，武宗直乐得咧嘴大笑。

宦官刘瑾偷偷看着武宗迷于酒色的狂态，心中万分高兴，他最喜欢看到武宗贪求享乐不理政事，如此一来，刘瑾才能够大权独揽啊。

自从刘瑾准了刘健、谢迁的告老还乡，引起了朝廷内外正直大臣的强烈不满，南京言官戴铣（xiǎn）便联合了十三道御史上疏，声援刘、谢二人，并且加罪于八虎。

刘瑾一不做二不休，立刻伪造诏书，逮捕戴铣下狱，同时在午门外面，公开打戴铣的屁股，足足打了四十大板，打得戴铣皮开肉绽。自从明孝宗以来，一直到明武宗时代还没有如此凌辱过官员，戴铣事件令全国震惊。

这个时候兵部主事，也就是鼎鼎大名的王阳明，听说了这件事，气愤到达了极点，不顾一切，上疏救戴铣，希望皇帝收回成命，免得在历史上留下了污点。

刘瑾一看到王守仁的奏章，怒火上升，立刻把王阳明逮捕入锦衣卫，并且特别嘱咐，在锦衣卫中重重责打王守仁。王守仁一个文弱书生，为了坚持一点人间正义，竟然被打得死去活来，几度昏厥过去。

王守仁，佚名绘。

在肉体酷刑之后，王守仁被贬到贵州龙场驿，担任管理驿站的小官，贵州在当时被认为是一个恐怖的地方，天无三日晴，地无三里平，人无三两银。王守仁听说了这个噩耗，素来身体虚弱的他，实在支撑不住，一下子就病倒了。但是皇帝有命，不能不去啊，王守仁只得勉强上路。刘瑾把王守仁恨之入骨，不以将王守仁贬到贵州为满足，派了刺客，一路尾随，准备半途杀掉他。

王守仁知道刘瑾派刺客来谋杀自己，如果死在刺客手里，实在太不值得，于是，他急中生智，当走到钱塘江边时，悄悄留下了一顶帽子、一双鞋子，又留下一首遗诗："百年臣子悲何极，夜夜江涛泣子胥。"以伍子胥含冤之事相类比，让刺客以为他已投江自尽。果然，王守仁的安排让刺客误以为他已死，便回京去了。王守仁用金蝉脱壳（qiào）的方式，捡回了一条命。

王守仁死里逃生之后又如何，我们以后会继续讲。现在再回过头来看刘瑾，他一天比一天忙碌，既得忙着假造皇帝的命令，又得陪着武宗玩，武宗精力充沛，永远也不嫌累，刘瑾可是有点儿吃不消了。

于是，刘瑾想物色一个人来作武宗的玩伴，物色了许久，终于找到了，这人就是钱宁。钱宁身世不明，有人说他是镇安人，钱宁自小被卖到钱能（就是前面说过那个钱能通神的钱能）家中当奴隶，后来，钱能死了，钱宁就继承了他的锦衣百户的官职。

钱宁十分狡猾机警，人长得像是一个小猴儿，精得也像个小猴儿，一天到晚在刘瑾面前献殷勤拍马屁，把刘瑾逗得呵呵笑。

有一天，刘瑾把钱宁叫到跟前，对他说："小宁儿，我想把你推荐给万岁爷。"

钱宁心中狂喜，表面上却装作不乐意的样子，摇着头说："不好，我喜欢跟着刘公公。"

刘瑾一听，比较放心，拍着钱宁的肩膀道："听你这话，总算我没有白疼你。去服侍万岁爷是件好事，不过，你到了那儿，还是得要听我的话。"

"不然，小宁儿该听谁的？"钱宁一脸毕恭毕敬的表情。

“嗯，你知道就好了。”刘瑾点点头。

钱宁年纪轻，与武宗相仿佛。初次见面，钱宁就露了一手，他左手开弓，右手也开弓，打了一套花拳绣腿的本事，但是倒也虎虎生风。

武宗很满意，他指着刘瑾凸起的肚皮道：“你看，你愈来愈胖，跑都跑不动了，还是小宁儿好。”

刘瑾也不生气，笑眯眯道：“小宁儿，你以后要好好伺候万岁爷啊。”

都御史向刘瑾下跪

明武宗年少贪玩，刘瑾投其所好，介绍了一位与明武宗年龄相仿、会闹会玩的钱宁前去伺候明武宗。

小宁儿把武宗伺候得极佳，他年纪轻，又在外面花花世界混过，一天到晚出主意，带着武宗玩得昏天黑地。

有一天，武宗半开玩笑对钱宁说："小宁儿，你可真是孝顺，我要有你这样的儿子就好了。"

钱宁立刻趴在地上谄（chǎn）笑："万岁爷就把小宁儿当儿子嘛。"

"好啊，我就收你做义子吧，从现在起，你就改为国姓。"

从此之后，钱宁成为朱宁，朱宁还为自己制作了名片，上面自称为"皇庶子"，身份立刻飞了起来。

有一天，刘瑾在宫门口遇到钱宁，立刻带着一脸酸味说："你现在不得了，是干殿下了。"

钱宁一听刘瑾语气不对，吓得连忙跪了下来，装出一副惶恐的表情："这全是刘公公一手提拔，小宁儿没齿难忘。"

"你这是干什么嘛！"刘瑾又笑呵呵地扶起了小宁儿。

由于刘瑾的权力日益膨胀，武宗一天到晚却只顾着玩儿，所以当时人有一种说法："本朝有两个皇帝，一个是坐皇帝，一个是立皇帝。"坐皇帝是武宗，立皇帝是刘瑾，因为刘瑾经常站在武宗身边。坐皇帝的权威是明的，立皇帝的威严是暗的，暗的比明的更令人恐怖。

据说，凡是官员想要谒见刘瑾，拜帖上得恭恭敬敬书写：“官某某顿首拜禀见。”甚且有人写得更露骨：“门下小厮某某上恩主老公公。”

又有一个故事：有一天，著名的理学家邵二泉先生与同事一块去见刘瑾，不晓得因为什么细故，这位同事惹恼了刘瑾，刘瑾大怒，气得猛拍桌子。邵二泉情急之下，不自觉地蹲了下来，撒了一泡尿。

邵二泉与同事告别了刘瑾之后，苏州一位汤煎胶跟着来看望刘瑾，刘瑾与汤煎胶一向感情最好，称呼他为汤兄。刘瑾一见汤兄来了，急忙走下来，亲热地拉着汤煎胶的手走进来，刘瑾边走边对汤煎胶说：“你看看地下这滩水，这是你们无锡人邵二泉撒的尿。”

可想而知，邵二泉必然是窘极，因为理学家最讲究修身，邵二泉如果不是吓慌了手脚，绝对不会做出尿湿裤子的失礼之事。邵二泉当时实在是担心，刘瑾万一脾气上来了，把他二人一起关入内行厂那可就惨了。

内行厂始于何时，史书中并没有明确的记载，不过，史书中记载刘瑾“复立内行厂”，内行厂由刘瑾主持。

内行厂比东厂西厂还要残酷，甚至东西厂都在它的监视之列。凡是被抓入内行厂的，不论有罪无罪，或是戍边，或是戴上重枷，这其间造成的冤狱，真是血泪斑斑。

平心而论，明武宗只是贪玩，并非暴虐，他不清楚刘瑾究竟干了多少坏事，他只是交代刘瑾：“朕玩得正开心，你来问朕做什么，朕用你干么？”既然是皇帝如此交办，刘瑾不能算是矫诏（假造皇帝的命令），他只是乖乖遵照皇帝的指示。

由于刘瑾权势极大，经常把群臣的奏章带回家中，和妹婿孙聪、华亭县的土豪张文冕一起商量批示。由于刘瑾、孙聪、张文冕读书甚少，所以批示的词句都很粗鄙，大学士焦芳是刘瑾的心腹，便替刘瑾加以润色。另一个大学士李东阳虽然不满意刘瑾和焦芳的行径，却没有勇气批评。

刘瑾既然手握大权，便以自己的好恶爱憎来裁决，凡是不附和刘瑾的官员都予以降级或是贬官。官员们上奏章，常常会先用一份红纸写的呈给刘瑾，称之为“红本”，然后再用白纸誊（téng）写一份，送给通政司（通政司类似朝廷的总收发处），称之为“白本”。在奏章上皆称刘瑾为“刘太监”，不敢直呼刘瑾的名字。有一次，都察院有一份奏章，写了刘瑾的名字，刘瑾看到以后，勃然大怒。

“这么大胆，竟敢直呼我的名字，哪一个家伙写的，简直是瞧不起我。”刘瑾高声怒骂，把公文往地上一摔。

都察院的长官是都御史，当时屠滽（yōng）担任都御史，听到刘瑾大发雷霆之事，赶紧率领都察院的御史们到刘瑾面前，长跪请罪。

“嗯，”刘瑾仰着头，向下瞄了眼跪在地下的几十名官员，用鼻子哼了一声，然后用冷峻的声调说：“我这个人是宽宏大量的，不会计较，不过，下次可要小心了。”

“是，是。”屠滽跪在地上直磕头，哪儿像是全国最高的监察机关（都察院）的长官。

屠滽带着一批御史从宫中出来，冷汗早已湿透了衣领，不过心里却直呼好险，幸亏刘瑾没有追究，否则，都察院的大小官员都会遭殃，包括他自己。

但是，屠滽似乎高兴得太早了，第二天，刘瑾派出一大批爪牙，到全国各地检察有无违法失职的官员，结果，好多御史都以各种罪名被贬或者被逮捕。

刘瑾广收贿赂

刘瑾当权，大肆收受贿赂，官员觐（jìn）见皇帝是天经地义的事，皇帝接见官员也是分内当然之事，只因为明武宗喜欢享乐，懒得见官员，因此，除了上朝之外，官员便很难得见到皇帝。

于是，刘瑾就利用这一个机会，凡是想要觐见皇帝的官员，一律要备厚礼送给刘瑾，请刘瑾安排觐见的时间，如果不送厚礼给刘瑾而直接请求觐见，不但白等几个月见不到皇帝，甚至会被刘瑾扣上一个罪名，先成了囚犯。

有一个给事中，名叫周钥，奉命去调查案件，给事中在明朝是监察官，常会被派去查案子。周钥回到京师之后，因为没有收红包，所以也没有钱献给刘瑾。刘瑾身旁的人恐吓（hè）周钥，如果不"孝敬"刘公公，后果会很严重。周钥一听就吓得全身发软，当晚就自杀了。

周钥的自杀，引起了朝中一阵骚动，刘瑾的党羽张彩向刘瑾说："今天文武百官给你送礼，其实都不是用他们自己的钱，尤其是那些要上任的地方官，他们往往在京里借钱来送礼给你，然后回到任所，大肆搜括，挪用公款，他们还说是为了要给你送礼而不得不贪污，你岂不成为全国怨恨的对象，你要小心啊！"

"这些家伙竟然如此，我自有办法对付。"刘瑾恨恨地捶着桌子。

这时，一个小太监捧着一个红盒子走进来，打开一看，里面是御史欧阳云等十几个人为了请刘瑾帮忙而送来的大红包。

“正好，我就拿这些家伙开刀。”刘瑾嘿嘿冷笑：“对外宣布，这些人送来红包，我刘瑾清廉无私，不接受贿赂，这些送红包的人一律逮捕下狱，依法论罪。”

欧阳云等人被逮捕，自己也不知道错在哪里，朝廷里议论纷纷。刘瑾是“清廉无私”的人？简直没有人会同意，许多人相信这是欧阳云等人的红包送得太少了。

其实，刘瑾仅是一时发顿脾气，偶尔来一次拒收贿赂，制造一下“清廉”的形象。对于收受贿赂，刘瑾可是坚持到底，贯彻始终的。所以，刘瑾一面要治一治欧阳云等人的罪，一面又把四面八方送来的红包立刻放进口袋。

举一个例子：刘瑾下令全国各地巡抚迅速回京，这是以前从来没有之事，主要的用意是要这些巡抚给刘瑾送厚礼。延绥（suí）巡抚刘宇没有回京，刘瑾大怒，立刻命锦衣卫逮捕刘宇下狱。

宣府巡抚陆完过了期限才回到京师，立刻去见刘瑾的心腹内阁大学士焦芳。

“焦大人，我在路上生了病，所以耽误了几天，请焦大人代我向刘公公解释一下。”陆完一脸忧虑的表情。

“事情怕不好办，昨天延绥巡抚刘宇才被逮捕下狱。”焦芳故意皱起眉头，神情凝重地说。

“我这里有一份礼，送给刘公公，烦情焦大人代呈。”陆完从怀里掏出一个大红包。

“嗯，我可以效劳，但是刘公公可不容易见到。”焦芳露出一副为难的样子。

“焦大人，这份礼请收下，请焦大人多多帮忙。”陆完从怀里又拿出一个红包。

“哎呀，陆大人，这不好意思。”焦芳立刻眉开眼笑，接过了红包：“我一定尽力，陆大人请放心。”

过了两天，陆完接到了皇帝的诏书，没有任何责备，还夸奖陆完工作认真，仍旧担任巡抚。

刘瑾又颁布了一道奇怪的命令：所有在京城谋生的外地佣工，一律赶出城外。命令寡妇一律不许守寡，立即改嫁。他又下令，把城内没有下葬的尸体全部火化。这些命令弄得全城骚动。

由于刘瑾下令把佣工全部赶出城，害得远来京城讨生活的酒保、磨工、水工，个个狗急跳墙。在城外东边的朝阳门，聚集了一千多人，他们愤愤不平道："既然刘瑾让大家都活不了，我们也不能让刘瑾活着再来害人。"因此，这批人个个卷起袖子，准备与刘瑾拼命。

刘瑾知道自己犯了众怒，因此暗中命令内行厂的爪牙们不要严格执行，事态才逐渐缓和下去。

虎房变为豹房

明武宗即位之时，还是一个不满十四岁的青少年。武宗贪玩，刘瑾就想尽法子，让他玩个痛快。只有这样，刘瑾才能够一手遮天，玩弄权谋。

武宗即位的第二年，立夏氏为皇后。夏后呆呆板板，成天板着个脸，武宗没有多大兴趣。于是，武宗就往三宫六院到处乱闯，宫中妃嫔虽多，真正称得上美丽动人的却不多，武宗相当失望。

武宗尤其不悦的是，不论他人到了哪里，就有尚寝局的太监前来整理床铺，掌管灯烛，并且记录皇帝在哪一个妃嫔住所过夜。有一次，武宗发了脾气，对着手执笔簿的太监大肆咆哮："你们管朕这么多，真是烦死人。"

执事的太监一本正经地回答："启禀万岁爷，这是祖先订的规矩，保持将来皇后、妃嫔、宫女怀孕以后才能够校对日期，保持龙种的血统纯正。奴才只是依照规矩办事，请万岁爷息怒。"

既然这是祖宗传下来的规矩，武宗也就不能反抗，内心里却时时想挣脱。

钱宁自从当了武宗的干儿子，不断努力尽孝心。有一天，钱宁对武宗说："小宁儿听说西域女子肤色雪白，轮廓深邃（suì），容貌艳丽，非一般中原女子可比得上。"

武宗一向色迷迷，兴奋极了，连忙吩咐："还不赶快弄来让朕瞧一瞧。"

没过多久，钱宁果然找来几位西域女子，在武宗面前献舞，她们一个一个皮肤白、鼻梁挺、眼睛大、睫毛长，与武宗平日见的女子大不相同，而且能歌善舞、婀娜多姿，落落大方，回眸一笑，把武宗的魂都勾走了。

武宗下令：“全都给我留下来。”可是，留下来又如何呢？宫里人多口杂，规矩又繁，武宗想和这些美女亲热一下都很困难。

就在此时，钱宁拿出一张草图，对武宗说：“请万岁爷过目。”只见图中重楼叠阁、富丽堂皇。钱宁在一旁解释道：“这是一幅新的宫室设计图，好处在于两厢的密室，隐秘曲折，就是藏几个人在里面，若不晓其中奥妙，十天半个月都没有人知晓。”

武宗一听，眼睛都亮了：“那还不赶快动工。”接着，又一拍手道：“记着，要为老虎盖个房间。”

明武宗是个老虎迷，隔个两三天，他就要去虎城看老虎，他养了两只白额虎，粗暴凶猛。武宗最爱丢个半只牛入虎穴，看两只老虎翻扑抱滚，扭打争夺。

新的宫室自正德二年（1507年）八月开工，到正德三年（1508年）春天完工。武宗不喜爱文绉绉的典雅名称，他管正殿叫“太素殿”，大池为“天鹅池”，至于密室，他最钟爱的地方，干脆就直接命名为“虎房”。

虎房造好了，武宗又有了新宠，原来是广西献来的金钱豹。金钱豹的颜色美丽，肚皮是雪白的，身体是金黄的，由于身体二侧有不相连接的环纹，有点像是铜钱，所以称之为金钱豹。

武宗前去参观之时，金钱豹正慵慵懒懒的用舌头舔自己的毛，舔得皮毛洁净发亮。相形之下，老虎就显得又脏又蠢。

武宗说：“豹比虎漂亮，身材也好，朕欢喜豹子。”

此时左右抬来一大桶牛肉，从铁丝网旁边投入，豹子走过来，嗅也不嗅，闻也不闻，自顾自走开了。

“咦，怎么一回事，豹子不饿吗？”武宗十分诧异。

钱宁一拍脑袋：“对了，小宁儿想起来了，押送豹子的工人曾经说过，豹性爱洁，食物若是沾了尘土，它就不肯吃了。”

武宗一听之下，简直是肃然起敬，不料豹子如此高洁，也罢，立刻下令，虎房自此改名为豹房。

中国古人欢喜用伦理道德标准去评断野兽，这是很可笑的。豹性爱洁，古书之中确有记载。其实，仔细想一想，豹子果真是有此洁癖，在灰尘满天的森林之中，该要如何过活？

其实，豹子不贪吃，那是因为它吃的都是高蛋白质的食物，耐得起饿，不像一般草食性动物，一天到晚都在找吃的。

另外一方面，豹子是猎食高手，它不怕不能够喂饱肚皮。它体态修长，苗条好看，没有赘（zhuì）肉，行动远比狮子老虎敏捷。它

豹，选自《吴友如画宝》。

能跑、能跳、能游泳、能上树，白天很少出来，多半窝在大树的空洞里，到了晚上，瞄准经过的猎物，一扑而下。先是咬断猎物的脖子，再叼回树上慢慢享用，它有力气叼起比它重三倍的猎物。

武宗爱煞了豹子，每天一定赴豹房察看。他总是亲自拿着钢叉，把一块一块的牛肉抛入笼中，豹子一窜而起，张开大口，接个正着，舌头一翻卷，牛肉咕噜下肚，一来一往，武宗玩得开心。

武宗听说，若是把豹子养得熟稔（rěn）了，它会舔你的手、你的脸，甚至还半躺着，露出白白的肚皮，撒娇让你摸。武宗没有这个胆子，只要远远看着豹子，丢一块牛肉喂食，已经让武宗过足了瘾。

武宗朝会迟到

自从豹房兴建完，明武宗兴奋异常。豹房里面除了豹子外，还有珍禽、异兽、美女、宝玩，再加上许多暗藏机关的密室，武宗乐得一头栽进去，干脆就不再回宫了。

武宗贪杯好酒，每每左拥右抱，酒到便干。钱宁等人还嫌武宗不够怠惰，一不做二不休，竟然在酒里掺“罂（yīng）粟”，把武宗弄得“终日酣酗（hān xù），颠倒迷乱”。

既然武宗天天喝得醉醺醺，第二天一早，哪儿起得了床上早朝。依照规定，皇帝每天早晨在奉天门会见文武百官。根据《明会典》的记载，先是一阵阵的击鼓，奉天门大开以后，文武百官依序进入左掖门、右掖门，到达皇极门东西相向站立，静候皇帝的到来。

在明孝宗时代，孝宗总是很早上朝，各衙门依照次序奏事，然后，皇帝回宫，百官依次退朝。可是，武宗完全不一样，百官从黎明等到日上三竿，甚且到了黄昏时刻，武宗这才姗姗来迟。

百官等候上朝，本来就是一件苦差事，尤其对于年老力衰的官员更是难挨。明朝的朝仪规定严格，朝班内若是有人言语喧哗、交头接耳、咳嗽吐痰，一律算是失仪。御史或是序班官员不但要即时纠察举报，并且得拿到皇帝面前请示处分，尤其到了后来，锦衣卫的校尉也管纠仪，要求更是严苛无比。

文武官员等候早朝之处是露天的，夏日酷热，冬日苦寒，毫无遮掩躲避之处，一天挨到中午，脚也酸了，肚子也饿了，望眼欲穿，武宗还是没有来。

不久，人们发现，若是钱宁出现，表示皇帝马上驾到。原来，武宗对这个干儿子宠爱异常，在豹房里喝得酩酊（mǐng dǐng）大醉，往往就枕在钱宁身上睡着了。钱宁的做法，在中国古代是大不敬的犯上，可以杀头的。不过，既然是出自明武宗的意思，谁也不敢多吭一句。

果然，官员只要远远见到了钱宁，揉着眼睛，打着呵欠，拖着疲乏的步子，懒洋洋地走过来，没过多久，皇帝就出现了。武宗的精力在豹房中早已用尽，因此，他出现在早朝（不，应该称之为晚朝）时，永远是垂着眼皮、无精打采，满脸不耐烦的疲累模样。

百官朝见排列，原是有一定顺序的，并且有序牌，写上品级，列在木栅上，文官在东，武官在西，公侯在前，次为驸马，再次为伯，接下来是一品、二品的大小官员。由于大家全累得人仰马翻，因此，百官匆匆奏事，武宗虚应故事，然后，皇帝回宫，百官依次退朝。

明豹房勇士铜牌。此铜牌正面铸有一只蹲坐的豹子，上方横铸“豹字玖百伍十伍号”，另一面铸“随驾养豹官军勇士悬带此牌，无牌者依律论罪，借者及借与者罪同”。

有的时候，文武百官聚集以后，鸿胪寺官宣布，今日取消早朝，这是大半官员们最开心之事，省得一天呆立，活活受罪。

明武宗不但早朝迟到，就是元旦大典，他一样也不放在心上。

正德十一年（1516年）春天正月元旦，文武百官、四夷八蛮一大早就等着入贺，庆祝一年的开始。明武宗前一晚喝多了酒，根本爬不起来，也没人敢催他，一直到了晚上，他才睡眼惺忪（xīng sōng），揉着眼睛赶来参加元旦大典。

这一天，飘着大雪，大伙在风雪里熬了一整天，一肚子的饿，一肚子的火，一肚子的气，好不容易礼成，众人急着回家，前仆后挤，互相践踏，完全顾不得礼仪。将军赵朝看不过去，高声嚷道："别抢别挤。"不知是谁推了赵朝一把，赵朝倒在地上，众人未觉察，急急忙忙走过去，竟然把一个将军给踩成了肉饼。

这时，有人发现地上死了人，场面更加混乱，有人掉了簪笏，有人扯坏了冠裳，家里头急着来接人的，拥挤在午门外面，子呼其父，仆叫其主，又吵又乱，仿佛到了菜市场，更像是在逃难，乱成了一团，哪儿还像是国家庆典。

无论明武宗是取消早朝，或者姗姗来迟，总让一些忠心为国的臣子们痛心万分，他们不知道该怎么办，只觉得失望，只觉得无奈，却又一点儿也使不上力量。

吏部尚书杨一清曾经说过："臣等旦旦入朝，目不睹天颜，耳不闻天语，仿佛婴儿远离了父母，怅怅无所依靠。"

朝臣把皇帝当成天，当成父母，希望得到庇护。任性的武宗根本不理这一套，愉快的在豹房之中，接受宦官、俳（pái）优、喇嘛、异域术士的包围，他欢喜看豹子、看美女，而不喜欢看这些官员。至于那些国计民生的事，对这个十几岁的小皇帝来说，根本是很遥远的事。

文武百官集体罚跪

明武宗昏庸，宦官刘瑾当权。刘瑾为人贪暴，又充满了自卑感，他晓得文武百官不会对他心服，因此，想尽办法，羞辱官员，建立恐怖威势，例如，命令朝臣当众罚跪就是其中一招。

正德二年（1507 年），当刘健、谢迁二人告老还乡，戴铣、王守仁等人抗言之后，刘瑾就认为这些士大夫太麻烦。于是，他下了一道假命令，将韩文、杨守随、王守仁等五十三人列为奸党，把他们的名单贴在朝堂之上，并且命令这五十三个人一齐在金水桥南边下跪，听候宣读谕旨。

五十三位忠贞爱国之士，居然被列为奸党，这种朝廷实在已无任何正义是非可言。于是，其他"较为正直的朝臣"散的散、走的走，刘瑾乐得把遗留下来的空缺，一个一个填补了臭味相投的自己人。

不料，一年之后，正德三年（1508 年）六月二十六日，午朝刚罢，宫中御道之中，竟然不晓得是谁留下一封匿（nì）名信，信中一条一条列数刘瑾的罪状。其用意也许是希望明武宗路过之时，偶然发现，拾起来看，趁机了解刘瑾的真面目。可惜，武宗一向讨厌上朝，朝散之后，急着想赶回去玩儿，根本没注意道上还有一封信。

这封匿名信落到刘瑾手中，他一面看，脸色也由青转白，他怒气冲天道："不论是谁做的事，必须要受到教训。"

于是，刘瑾大发神威，他假造了皇帝的命令，要求文武百官集体跪在奉天门下面，大家都心惊肉跳，不晓得又发生了什么事。

一会儿，刘瑾出现在奉天门左边，手里拿着匿名信，声色俱厉，把百官像儿子一般，狠狠骂了一顿，当然，他还是顶着武宗的招牌，气汹汹地说："万岁爷对这件事十分生气，他说一定要查个一清二楚！"

御史宁杲（gǎo）素来胆小，他怯怯地表示："我等素知法度，岂敢如此，这或者是新进士所为。"

刘瑾立刻抢白："这与新进士有什么关系？你们败坏朝廷事，不能不整治，没听过太祖留下来的祖宗大法吗？"

明太祖是反对太监玩法弄权，若明太祖健在，绝不容许刘瑾张狂，但是，这话大家只能闷在肚子里，刘瑾要颠倒黑白，谁也不敢张口辩白。

明代君臣，佚名绘。

六月下旬的北京城，天气酷热，文武百官个个身着厚重官服，跪在地上，大气也不敢喘，甚且，连姿势都不敢变换。头上顶着骄阳，汗水湿透了衣服，全身酸麻，膝盖抽痛，一个时辰过去了，又一个时辰过去了，刘瑾站累了，一个人去休息去了，文武官员却密密麻麻、毫无遮掩地跪在光天化日之下。

太监李荣看不过去。他悄悄切了几盘冰镇西瓜，趁着刘瑾休息，把西瓜搬来，让大家消消暑，解解渴。许多臣子，尤其是文弱的文臣，虚软得都快站不起来了。

一位老臣颤巍巍站起身，接过西瓜，咬了一口，觉得甜美无比，含在嘴里仿佛品尝好酒，竟舍不得下咽，这辈子从来没发现西瓜是如此鲜美。瓜肉吃完了，舍不得丢，用西瓜皮擦擦脸，实在是热惨了，累坏了，还不晓得何时才能回到家，痛痛快快冲个凉，摇摇扇子，睡个好觉。

奉天门下，有人伸懒腰，有人用手按摩发酸的小腿，有人不断地在擦汗，个个都快撑不住了。这时，李荣着急通报：“刘公公来了，赶快跪下。”

可是，已经来不及了，刘瑾看到了有人吃瓜，有人闭目养神，他用太监尖细的嗓子高喊：“是谁让你们站起来的？”一转身，刘瑾指着李荣破口大骂：“你好大的胆子。”

权力会让人疯狂，此时此刻的刘瑾真是半疯了，虐待人也不是这般虐待法，可怜那文武百官吓得趴在地上，头也不敢抬，哪儿还是威风凛凛的执法者，反而成为窝窝囊囊的可怜虫。

太监黄伟不晓得哪儿借来的胆子，突然之间，跳了出来，大声地说：“匿名书中所写的，其实全是为国为民的好事，是谁写的，为何不挺身站出来，男子汉大丈夫，何必拖累大家？”

刘瑾更火了，他嘿嘿冷笑道：“没错，写匿名书罪已当死，何况还摆在御道旁，不知是怎样的伟男子？”当下，刘瑾便把黄伟放逐南京，李荣则回家赋闲。

文武百官，罚跪一天，好不容易挨到日落西山，心想，终于可以回家了吧，不料，刘瑾宣布："五品以下官员，全部关入锦衣卫。"于是，三百多人垂头丧气入了牢房。

第二天，大学士李东阳忍不住对刘瑾说："匿名文字出自一人之阴谋，诸臣在朝，仓卒拜起，岂能知之，何况今日天气炎热，监狱通风不良，数日之间，人命不保也。"

此时，刘瑾也查出，这匿名信是出自宦官之手，因此，气也消了，三百多名倒楣的官员也放了出来。不过，经过这一番折腾，刑部主事何钺（yì）、顺天推官周臣、礼部进士陆伸已经不支而死，如此重大的冤狱，却没人敢置一词。

鹦鹉相天子

刘瑾罚跪文武百官一事，很快就传遍了全国。刘瑾之所以如此张狂骄横，原因只有一个，那就是明武宗的纵容。因此，有人想以此为名，夺取大明朝的江山，那人便是安化王朱寘鐇（zhì fán）。

朱寘鐇是明太祖第十六个儿子庆王的曾孙，封地在宁夏。安化王才识平平，却自命不凡。有两个穷秀才孙景文与孟彬，二人密谋，想要拱安化王出来造反，效法明成祖的先例，假如事情成功，他二人自是朝廷重臣。

孙景文与孟彬找到一位口若悬河的相士王九儿，安排了一个机会见到安化王。王九儿一见到安化王，仿佛触了电一般，双膝垂直落地，喃喃道："龙腾虎跃，大吉大利，帝王之相，贵不可言。"

安化王心里很高兴，表面上却说："相命的还不是随口说说。"

王九儿接口："小的绝不敢以半仙铁嘴自命，不过，小的养了一只鹦鹉，堪称神鸟，能言祸福，灵验无比。"

"喔，这我倒希望有机会见识见识。"安化王非常好奇。

第二天，王九儿就把鹦鹉带来了。

这只鹦鹉的确与众不同，除了红、黄、绿、白掺杂的羽毛特别鲜艳夺目之外，一双眼睛炯炯有神，它灵活地转动小脑袋，似乎在到处搜寻，当安化王出现之时，鹦鹉突然兴奋起来，大声叫喊："天子，天子。"

这一声"天子"，把安化王叫得又惊又喜又害怕，不过，他也有点疑心，会不会是王九儿串通好的，这鹦鹉哪儿能看出谁有帝王之相？

王九儿也猜中安化王的心思，他轻声说："王爷何妨避入布幔后面，看看鹦鹉准不准。"

鹦鹉戏蝶，明胡湄绘，上海博物馆藏。

于是，安化王隐入布幔之后。奇怪的是，王府中上上下下、男男女女出出入入，鹦鹉瞄了一眼，却不再发声。

安化王慢慢自布幔之中走出，鹦鹉一见到安化王，又开始啯啯（guō guo）的"天子，天子"叫个不停。

王九儿这一着戏法是怎么变的，史书中没有记载，不过，当天晚上安化王可睡不着了，他翻来覆去想着，原来我就是真命天子，此乃上天安排的命运，躲也躲不掉。安化王仿佛已经看到自己以皇帝身份出巡，前后簇拥着庞大的侍卫仪仗队伍，气势显赫，行人躲避唯恐不及的诱人画面，于是安化王心里不再安定，他准备逮着机会夺取天下。

过了没有多久，果然，机会来到了。刘瑾派遣大理寺少卿周东到宁夏去度量田亩，催征屯田的租税。周东这一丈量土地，原本戍卒只有一分地的，必然给丈量成为两分。周东的用意是虚增屯田的数目，以便加收税金，可以送给刘瑾一个“大红包”，可是，这样一来，戍卒平空多出许多负担，自然怨声载道。

宁夏巡抚安惟崇，平日便十分残忍暴虐，为了讨好刘瑾派来的使者，竟然想出一个怪方法，把将士们的妻子抓起来打屁股。这些官太太们平日耀武扬威、架子十足，几时受过如此侮辱，回到家之后，自然哭哭啼啼吵闹不休，将士们也气愤填膺（yīng），认为刘瑾太不是东西，完全没把他们放在眼里。

趁着众人正在气头之上，孙景文出面邀集重要军官，并且宣布：“安化王准备起事，大干一场，为各位报仇。”孙景文的火，一点就着，众人一起立誓：“非除掉害民的刘瑾不可。”孙景文拿出了老早准备好的檄（xí）文，轰轰烈烈展开行动。

所谓檄文，这是古代用于罪责、讨伐、晓谕、征召等的文书，在发生军事行动之时，借以进行宣传，宣扬自己的盛德，声讨对方的罪恶，从天时、地利、人和各个方面，号召敌人投降或是动员其他方面接受命令。

孙景文这篇檄文，写得洋洋洒洒、内容丰富，因为刘瑾的罪状太多，因此檄文显得相当具体，最后，他号召大家：“凡我同心，并宜响应。”

由于巡抚安惟崇一向残暴，而且才打了将士们妻子的屁股，边将们痛恨已极，因此，乱事一起，刘瑾派来的周东与安惟崇立刻被杀，接着，火烧衙门，释放狱囚，关中大震，这是正德五年（1510年）四月里的事。

这道檄文辗转到了京师，刘瑾打开一看，檄文中列举的条条罪状，一样一样他心里都有数。不过，刘瑾可没有把此事放在心上，在他看来，远在天边，一个芝麻大的安化王能成什么气候？至于皇帝那边，不报告他也就没事，这些烦人的事，反正明武宗也没有兴趣知道。

张永监军西讨

由于刘瑾的用事，激起了安化王朱寘鐇（zhì fán）之变，由孙景文作檄文，历数刘瑾的罪状，将举义兵清除君侧。

刘瑾看到檄文，从鼻孔里哼了一声，压根儿不把这件事放在眼里，刘瑾心想，反正一心爱玩的皇帝根本不会知道。

但是，明武宗马上就知道了。平常人没这个胆子惹恼刘瑾，报告皇帝的不是别人，而是张永。张永与刘瑾一般，是个太监，也是当初号称“八虎”之一。

正德初年，张永总管神机营，与刘瑾同为一党。张永这个太监，虽然也陪着武宗吃喝玩乐，倒依然天良未泯，他逐渐看不惯刘瑾的所作所为，也在平日的言谈之中，透露了对刘瑾的不满。

刘瑾当然也察觉到张永微妙的心理。于是，他编了一套说词报告明武宗，准备把张永罢黜到南京，离开天子脚下。张永气得跳脚，冲到武宗跟前喊冤。

武宗对于当初陪他玩的八虎，个个都有感情，他见到张永眼眶发红，气得不断发抖，同情之心油然而生。武宗把刘瑾叫了来，让他与张永当面对质。

刘瑾十分镇静，他用十分遗憾的口吻对张永说：“张永，不是我说你，你岂可强令寡妇再嫁，又把百姓的棺材给烧了，闹得人心不安。”

“什么，你说什么？”张永几乎怀疑自己的耳朵是不是听错了，这些坏事全是刘瑾做的，也是他最不敢苟同之处，不料，刘瑾竟然栽到他头上来。刘瑾数说了张永的罪状之后，并且转身对武宗说："张永的做法，实有伤圣上之明。"

张永演戏演不过刘瑾，口才也没有刘瑾便给（jǐ），平白受侮，气得他抡起拳头就往刘瑾身上挥过去。刘瑾闪得快，这一拳没打着，张永整个人扑向刘瑾，被谷大用给拉开了，谷大用也是八虎之一的太监。

明武宗搞不清楚谁是谁非，他也没有兴趣厘清真相，于是武宗笑嘻嘻说："别吵，别吵，大家都是好兄弟，谷大用，朕命令你摆一桌酒，劝劝他们两个。"

于是，谷大用拉着刘瑾、张永一块喝酒去。既然是皇帝劝架，刘瑾、张永不得不互相举杯，酒是一饮而尽，双方的眼神却喷出愤怒的火焰，恨不得把对方给活活吃下去。从此二人之间芥蒂更深。既然皇帝充当和事老，表示他并未偏向任何一边，这件事，让刘瑾心里相当不痛快。

安化王之乱，刘瑾想只手遮天给压过去，张永逮住机会，向皇帝报告，明武宗当下决定："那么，就以杨一清挂帅，你来监军吧。"

太监监军始于唐朝，在皇帝心理上，宦官较朝臣更为亲近。因此，在皇帝个人的感觉上，委派宦官监军比派御史监军更为可靠。到了明朝，监军的宦官，根本就成为了主帅。

张永起程之时，明武宗特地换上了戎装，亲自到东华门去为张永送行，并且赐给关防、金瓜、铜斧，这些都是皇室卤（lǔ）簿中才有的仪仗。所谓卤簿，这是古代帝王、后妃、太子、王公、大臣外出时在其前后的导护队。

刘瑾看在眼里，心中之不悦可想而知，却也只能闷在心里。张永瞅了刘瑾一眼，有说不出的得意，似乎在说，怎么样，皇帝到底念旧，皇帝也不是你一个人的。

张永浩浩荡荡率军出发，此时，杨一清已先赶到宁夏，却发现安化王朱寘鐇不堪一击，已经被杨一清的旧部属仇钺（qiú yuè）所平定。安化王的乱事，只有十八天便结束了。因此，当张永大军赶到之时，已经英雄无用武之地。不过，这样对张永来说，不费一兵一卒，却能凯旋班师回朝，脸上很够面子，不由得心花怒放。

由于大敌已去，杨一清与张永一见面就摆庆功宴，彼此聊得很开心。

杨一清这个人长得极丑，脸上全是小坑小洞，眼睛细小得看不见，鼻子也是歪在一边，张永久闻其丑，初见面，张永倒抽一口气，心想："果然名不虚传。"

另外一方面，与杨一清的丑怪同样闻名的，该是杨一清不凡的才气。杨一清少有神童美誉，成化初年被保荐到京里，明宪宗让这饱学之士在翰林院教他读书，成化八年（1472 年）中了进士。

杨一清容貌丑陋，但是，肚子里的确大有学问，对边疆马政颇有一套，建立了极大的功劳。杨一清心高气傲，自然不肯依附刘瑾，刘瑾派他一个侵吞公款的莫须有罪名，逮捕至锦衣卫，幸赖李东阳援救，得以不死，但是革了职，罚米六百石。

张永与杨一清半个月相处下来，发现杨一清实在是不简单，听杨一清谈经济大略，边疆军防，都有独特的看法，尤其那一份感时忧国的情怀，让张永为之折服。张永觉得新鲜，觉得自己仿佛在成长，这分奇妙的感受，使得他对杨一清产生了崇拜。

杨一清的锦囊妙计

由于刘瑾的胡作非为，正德五年（1510 年），安化王朱寘鐇起事。明武宗派遣八虎之一的张永监军，前总制三边都御史杨一清总制军务，他二人尚未到达，乱事已被杨一清旧日部属所平定，但是，张永与杨一清在半个多月的相处之中，成为谈得相当投契的好朋友。

有一天晚上，他二人促膝密谈，谈到此次平乱的顺利，互举一杯，一饮而尽，相视而笑。

杨一清突然长叹一声："唉！"放下了酒杯，左手握住右手的手腕道："藩宗之乱赖张公公的力量容易平定，然而又该如何消除国家的内乱？"

一听此话，张永心中一跳，杨一清莫不是在骂刘瑾？因此，他小心翼翼地问："杨大人指的是？"

杨一清见四下无人，拉住张永的手，在他的手掌心写了一个"瑾"字。

张永面有难色道："此人日夜跟在皇帝身边，羽翼已成，枝干已壮，耳目甚广，如何能够动得了他？"

"不然。"杨一清慷慨激昂道："皇上同样非常相信你，不然的话，为什么把讨贼重任交付给你？"

这话让张永听得十分舒服，微微点了点头。

杨一清继续说："如今公公功成奏捷，凯旋回京，找个机会，揭发刘瑾的阴谋，禀明皇帝，海内愁怨，寘鐇（zhì fán）虽平，大乱在后。如此一来，皇上英武，必然震怒，杀掉刘瑾。刘瑾一死，换由张公公当政，这是名垂千世的伟业。”

张永觉得有些心动，想一想，又觉得不妥，他迟疑道：“假如万岁爷听不进去，那又该怎么办？”

杨一清缓缓说道：“按理说来，公公的话，万岁爷应当听得进去，若是不听，那么，公公立刻跪在地上，痛哭流涕，表示与其死于刘瑾之手，不如死在皇上面前。只要皇帝一答应，立刻采取行动，否则事机一泄，大难临头。”

张永霍然站起：“好，就这么办，老奴何必爱惜剩下的余年，还不如尽节报主。”决定进行不成功便成仁的冒险计划。

如此夏去秋来，宁夏变乱以后的事全妥当了，杨一清奉旨，仍为三边总制，张永班师回朝。这一次乱事全是因刘瑾而起，刘瑾却趁此机会邀功，把功劳全揽在自己身上，不但自己加了禄米，并且把他的哥哥刘景祥升为都督。

谁知道刘瑾的哥哥命薄，刚刚升了官，没过一天，忽然暴卒。定在八月十六日下葬。

不知是否巧合，张永浩浩荡荡，率领大军，押解俘虏，班师回京，驻扎在京城门外，上奏请求入觐皇上，定的日子也是八月十六日。

张永不免心中嘀咕，刘瑾究竟葫芦里在卖什么药？莫不是想趁着文武百官前往送葬，城内空虚，下手暗算。于是，张永决定先下手为强。

由于张永是武宗宠信的太监，他仗了这层便宜，出其不意在八月十五日进了城，一直闯入了豹房，谒见皇帝。

武宗见了张永立功回来，十分开心，当天晚上在东华门为张永设宴接风，并且找了刘瑾、谷大用作陪。

刘瑾对张永这一着十分反感，当着面虽然举杯相贺，放下杯子，却不觉脸露杀机。没多久，刘瑾便起身告退，理由是："明早要忙丧事。"

等到张永估计刘瑾应该早回到家里了。此时，张永拿出早就写好的奏疏交给武宗，并且详细说明，安化王之乱乃由刘瑾激起，刘瑾并且私造真器，图谋不轨……在座其他人也附和张永。

明武宗却听不进去，一来刘瑾是他身边的人，他自然要护着，二来，他困了，想回豹房去睡觉，因此，武宗敷衍道："别谈这些扫兴的事，还是喝喝酒。"

张永此时想起杨一清的锦囊妙计，一个箭步，跪在皇帝脚前："去此一步，老奴再也见不着万岁爷了。"

"为什么？"明武宗不解。

"因为刘瑾已颁布宵禁，老奴一出宫，准会被杀。"

"喔，是这样吗？"武宗问："刘瑾究竟想干什么呢？"

"他想夺取天下。"

"取天下？"胡涂皇帝居然回答："那天下就让他去取嘛！"

张永可是呆住了，过了半天才问武宗："那样，又置万岁爷于何地？"

"这？"武宗这才酒醒，气呼呼道："假如刘瑾是想造反，朕可是饶不过他。"

张永又想起了杨一清的锦囊妙计，当下深夜采取行动。

张永活捉刘瑾

太监张永接受杨一清的建议，趁着凯旋回京，武宗赐宴，从怀中掏出奏疏，条陈刘瑾的罪状，并且说明刘瑾准备夺取天下。武宗批准了奏章，张永奉旨，立刻调动禁兵，直入刘瑾私邸。

这天夜里，刘瑾早早入睡，因为，第二天，他要忙兄长刘景祥的丧事，忽然听到人声杂沓，不晓得出了什么事，心知不妙，突然之间，卧房的门敲个不停。

刘瑾披衣坐起，打开房门，一见是禁兵，放下脸来问："你们要做什么？"

"不敢，万岁爷请公公见驾。"

万岁爷现在准在豹房里享乐，怎会临时派了禁兵来请，其中必有蹊跷（qī qiāo）。刘瑾一面暗中盘算，一面好整以暇披上他的青蟒衣，束手就缚，当天晚上，刘瑾关入东华门的内狱之中。

刘瑾心中虽嘀咕，却有相当的把握，他认为自己绝不会完全被扳倒，一来是武宗的信赖，二来他在朝廷内外势可熏天，哪有说垮就垮的，所以，他依然睡了个好觉。

第二天，皇帝亲自降临刘瑾私邸（dǐ），监视抄家行动。他对刘瑾的处分，只有八个大字，那就是："谪瑾奉御，凤阳闲住。"

对刘瑾而言，这是相当相当宽大的处分。所谓"奉御"，这是宦官中的五品闲职，不但小命保住，并且工作清闲，也不需要去打扫厕所。

刘瑾伸伸懒腰道："我也累了，早日退休养老也不坏啊。"再说，刘瑾财产太多，家中放不下，他到处东摆一点，西摆一点，他可不愁一辈子富富裕裕。

大学士李东阳是个敏锐机警的人，他十分担心道："万一有一天，皇帝又起用刘瑾，那该怎么办？"

张永笑笑："应该不会有这种荒唐事吧，光光抄他家，足足抄了二十多天还没抄完。"

李东阳缓缓道："万岁爷不在乎这些的。我是担心放虎归山，迟早老虎会下山。"

果然，过了没两天，刘瑾上了一道白帖给皇帝，说是被捕之时"赤身无衣，乞赐一两件蔽体之衣"。刘瑾被捕时，明明穿的是青蟒衣，对他也相当礼遇，但是，他要这么争取同情。

明武宗也就真的十分同情刘瑾，批了一个："送给故衣百件。"这一送便是百件，可见得明武宗心中还是喜欢刘瑾。张永心慌了，又再去找李东阳商量。

李东阳毅然决然道："六科十三道，哪一个不恨刘瑾入骨？"

于是，李东阳一发动，六科给事中、十三道监察御史人神共愤，纷纷上奏章弹劾，细数刘瑾三十多条罪状，明武宗只好降旨将刘瑾交付廷讯。

一直到这个关头，刘瑾依然自信满满，他昂着头，挺着胸，鼻孔冲天进入了午门，用不屑的眼光扫了六部尚书及一班朝臣，高声说道："满朝公卿，皆出自我门下，我倒要看看，什么人敢来审问我！"

刘瑾这一吼，倒让平日怕他的官员呆住了，过了半天，驸马都尉蔡震站了出来，蔡震娶了明英宗的三女淳安公主，算起辈分来，他应当是当今万岁爷的姑丈。

蔡震走到刘瑾前面，责问刘瑾："我是国戚，莫非也出自你的门下？"

刘瑾翻了一个白眼，轻蔑地对蔡震笑笑。蔡震早就看不惯刘瑾的狂妄自大，等这一天，已经等了很久很久了。

蔡震吩咐使者：“给我重重掌嘴。”

使者向前，噼哩啪啦好好赏了刘瑾几个嘴巴，直打得刘瑾嘴角渗出鲜血，看得许多官员内心叫好。

赏完了嘴，蔡震又问：“公卿是朝廷所用，怎可说出自你门下，单凭这句话，足够定你死罪。”

刘瑾不答话，频频冷笑。

蔡震又问：“我再问你，你为何养了卫士，又私下制造兵器，到底你是何用意？”

刘瑾一挑眉毛：“唉，这你就不知道了，因为万岁爷偶尔来我私邸，为了保护皇上，不得不预作准备。”

刘瑾能言善道，狡猾刁钻，他相信他只是碰到小劫难，蔡震这些家伙，将来都会遭大殃的。

长柄团扇的秘密

太监刘瑾被捕之后，张永与李东阳密议，发动六科十三道弹劾刘瑾，数其大罪共三十条。

张永赴豹房向明武宗报告："刘瑾抄家，计得金二十四万锭又五万七千八百两，元宝五百万锭。"

明武宗头也不抬，继续用钢叉挑牛肉喂豹，只淡淡应了一声："噢。"

"另外还有珍珠无数，还有衮（gǔn）袍、玉印、盔甲三千……"

"噢，朕知道了。"

明武宗依然不动声色。

张永发急了，不断叨叨絮絮列数刘瑾有多么跋扈嚣张，明武宗只回了一句："不会啊，依朕看来，刘瑾在朕面前挺恭谨的。"

明武宗自小被溺爱，从来没有学会关心任何人，包括他的父母，他都没想过应当多体念。所以什么苍生啊，百姓啊，全都不在他的考虑之列。刘瑾在他面前，向来是谄媚的奴才模样，因此，武宗也毫不在乎刘瑾的其他作为。

后来，抄家抄出一件奇妙的东西，明武宗这才改变看法。

张永禀报武宗："刘瑾确有造反之意，否则家中何必藏有大批武器，又是弓弩又是盔甲。"

"他是太监，造反干什么，又不能当皇帝。"武宗耸耸肩，不在乎地说。

“万岁爷请看，这是什么？”张永从身后拿出两把团扇。

武宗瞅了一眼：“这是朕冬天用的扇翣（shà）啊。”所谓扇翣是皇帝用的长柄团扇，交叉放在皇帝身后，用五彩鸡毛织成，一方面显示皇威，一方面遮蔽尘土之用。

张永把两把团扇一张开，指着貂皮后面对武宗说：“万岁爷请过目。”

武宗一看，吓得脚心发冷，原来貂皮后面竟是两把锋利的钢刀，若是这么轻轻一划，他的脖子就断了。

武宗大惊失色：“这小子果然想造反，太可恶了。”于是，审讯也不必了，武宗下了一道手谕：“毋覆奏，凌迟之。”

刘瑾何必造反呢？事情是这样的：

有一天，刘瑾突然心怀感伤，这些年来实在是坏事做尽，树敌太多，他真是担心，如果有一天地位不保，下场会很惨，因此，他对张彩诉苦：“想当年，皇上初即位，我们八人号称八虎都被重用。张永、谷大用没胆子，公推我出来当头，为天下人牺牲，现在，他们几个倒好了，安安稳稳坐享富贵，我可是倒楣，天下怨气全集中在我一个人，若是出了事，我一个人扛，太不公平了。”说着，刘瑾竟然哭了起来。

张彩便献上一计：“如今皇上没有儿子，公公不妨在皇家宗室之中挑选一个幼童，养在宫中，将来长大，接了皇位，公公自然长保富贵。”

刘瑾点点头：“这个主意不错。”

不料，两天之后，刘瑾有了新的想法，原来刘瑾遇到一个算命的半仙，刘瑾相信得不得了，这个半仙名叫俞日明，俞日明替刘瑾看了相，算了八字，然后，恭恭谨谨跪了下去：“公公之相，贵不可言，公公乃汉高祖之后，贵不可言。”

“噢！”刘瑾心中大乐，脑海之中念头一转：“那还不如朱家天下换我刘家天下。”

刘瑾把这个想法告诉了张彩，张彩连连摇手：“这不可以。”

“有什么不可以？”刘瑾拿了茶盘就往张彩的脑袋掷了过去。张彩不敢再多开口，刘瑾就积极打造兵器，开始作造反的准备。

正德五年（1510年）八月二十五日，刘瑾以谋反被诛。到了行刑那天，宣武门前西市挤得水泄不通，许多人捧着一只碗，抢着与刽（guì）子手打交道，希望买一块刘瑾的肉。

刽子手问道：“你们要肉干什么？”

“吃啊，刘瑾把我们害得太惨，我恨不得剥他的皮、吃他的肉。”

刘瑾被判的刑是凌迟。刽子手的助手把刘瑾的头发系在木桩的铁环之上，然后，抖开一张鱼网，这么朝头一撒，抽紧绳子一勒，刘瑾光着上身的肉，就一块一块自鱼网中凸了出来。

午炮一响，监斩官传令：“开刀！”刽子手就开始一片一片剐（guǎ）刘瑾的肉，仿佛削鱼鳞片一般。明朝规定，一共要割三千三百五十七刀，每一刀如指甲片般大小，自左胸膛割起，每割十刀休息一回，吆喝一声。

头一天，割了三百五十七刀，割完后送到宛平县监狱之中。刘瑾是个大凶大恶的人，为了表示豪气，回到监狱，还喝了两碗热粥，口中骂个不停。次日续割，到了第三天才完刑，然后锉（cuò）尸。过程残忍恐怖，古时中国酷刑之惨烈是后世人很难想象的。

刘瑾被杀了，许多民众的怨气也散了，甚且有人说：“皇帝毕竟是英明的。”古代中国永远很轻易就原谅了昏君。

双姣奇缘

太监刘瑾以谋反罪被处死，人心大快，刘瑾是大奸大恶之人，落得凌迟的下场，真是恶贯满盈。

在国剧“法门寺”（又名“双姣奇缘”）之中，刘瑾却是另外一副面貌，竟然平反了一个冤狱，故事是这样的：

明武宗正德年间，郿（méi）邬县有一个书生名叫傅朋，傅朋生性风流，有一天，傅朋外出闲逛，路过孙家庄孙寡妇家门口，适巧孙寡妇的女儿孙玉姣在门口绣花，傅朋迷恋玉姣的美色，便上前搭讪（shàn）：“请问，这是孙妈妈家？”

“正是，家母不在家中。”玉姣低声回答。

“既称家母，想必就是孙姑娘了？”傅朋再作一揖。

“请问尊姓大名？”

“在下姓傅名朋，住在郿邬县内。”

“公子来到寒舍，所为何事？”

“想向孙妈妈买雄鸡。”

“昨天已经卖完了。”

“既然卖完，我再到别家去买。”傅朋含情微笑，从怀里掏出一只玉镯：“我有玉镯一只，奉送大姐。”

“奴家不要。”玉姣害羞地溜进门去，把门给阖（hé）上。

傅朋悄悄把玉镯放在门口，便离开了。不久，玉姣开了门，发现玉镯留在地上，大吃一惊，知道那是傅朋留给自己的定情物，碍于当时的礼教，不敢收下，但是脑海里忽然浮现刚才那位少年英俊潇洒的模样，不禁芳心大动，于是弯下腰来，拾起玉镯。

忽然之间，传来一声高亢的尖音："好呀，你这丫头，拿了这么漂亮的玉镯。"吓得玉姣几乎将玉镯摔掉。

"是，刘妈妈，这是我捡到的。"玉姣慌乱地对隔壁的刘媒婆加以解释。

"得了吧，我都看见了，那人叫傅朋，玉姣，你把玉镯交给我，我明天去他家，要他来提亲。"刘媒婆说。

"是。"玉姣羞得满脸通红，赶快把玉镯交给刘媒婆。"请刘妈妈帮忙。"

刘媒婆的儿子刘彪是个小流氓，专做诈骗害人的事，当天晚上，刘彪看到玉镯，好奇地问母亲是谁给的，刘媒婆便把傅朋和孙玉姣的事告诉了刘彪。

第二天，刘彪在街上找到了傅朋，指摘傅朋调戏良家妇女，要敲诈傅朋。于是，刘彪和傅朋在街上便打了起来。这时，当地的地保（类似今天的里长）刘公道跑出来劝解，刘彪这才怒气冲冲走了。

晚上，刘彪手提钢刀到了孙家庄，看到一户人家，大门虚掩，便悄悄推门而入，听到内房中有一男一女的鼾声，手起刀落，砍下两个人头，取出一条布巾，将人头包起，一溜烟跑了出去。

"今天刘公道这个家伙破坏我的好事，我就嫁祸于他。"刘彪想着，便跑到刘公道家，在围墙外，一手便把人头抛进了刘公道的院子里。

第二天清晨，刘公道发现院子里有两个人头，吓慌了手脚，他不愿报告衙门，免得吃上官司。于是，捡起人头，抛到院内角落旁边的一个枯井之中。正巧这时家中一个不到十岁的小佣人宋兴儿在一旁看见，刘公道恐怕宋兴儿泄露秘密，便拿起了铁棒，朝宋兴儿脑袋砸下，宋兴儿立刻一命呜呼，刘公道把宋兴儿的尸体一起丢入井中。

孙家庄的双人命案由郿邬县知县赵廉审理，赵廉认为傅朋无缘无故到孙家庄闲逛，必有所图谋，判定傅朋就是杀人凶手，关入监狱。

傅朋的未婚妻宋巧姣是一个有智慧的女子，她暗中打听，知道傅朋是冤枉的，刘彪才是真凶。正巧皇太后到法门寺上香，刘瑾随侍在旁，宋巧姣便到法门寺去喊冤，惊动了太后，太后看到宋巧姣一副楚楚可怜的样子，决心过问这件命案，于是要刘瑾召赵廉前来问话。

赵廉来到法门寺，跪在佛殿下，刘瑾用严厉的语调说："郿邬知县，孙家庄一刀连伤二命，一无凶器，二无见证，你就把傅朋逮捕下狱，你的眼里还有皇上吗？"说着，刘瑾把宋巧姣的状子交给了赵廉，限定赵廉三天内把案子重新审理，再来报告。

赵廉回到衙门，传来刘公道、刘媒婆与刘彪，一一予以查问，刘彪终于供出实情。于是，赵廉带领衙役到刘公道院中的枯井打捞，不但捞起了人头，也捞上了宋兴儿的尸体。

赵廉带了一干人犯，向刘瑾覆命，刘瑾亲自审问，判了刘彪和刘公道死罪，并以太后旨意，将孙玉姣和宋巧姣一同许配给傅朋为妻。

"赵廉，你错判凶案，罚银二千两，你可愿意？"刘瑾在结案之前，诡谲地对赵廉说。

"臣愿意。"赵廉赶快下跪。

"赵廉，你这桩事赔了本，这样吧，青州府有缺，你去任青州知府，捞一捞本钱吧。"

这一出"法门寺"的故事是编造的，剧中的刘瑾似乎是平反冤狱的"青天"大人，不过，结局是胡涂知县赵廉不但未受到责罚，反而升了官，为什么反而升了官？如果不是刘瑾黑白不分，就是刘瑾把赵廉的二千两银子入了私囊之中。

江彬入虎槛

刘瑾恶贯满盈，终于被诛。明武宗信赖刘瑾，造成这种下场，他可是一点儿也不后悔。朝臣屡次上书，历数宦官的暴行，明武宗的答覆是："天下事岂皆由内官（即宦官）所坏，朝臣坏事者占十之六七。"

刘瑾之后，明武宗最宠信的身边人，除了钱宁小宁儿之外，又添了一个人，那便是江彬。

江彬是宣武人，原为蔚州卫指挥佥事，此人骁勇善战，曾经在两淮战争之时，身中三箭，其中一箭由颊上射入，耳旁穿出，鲜血直流，旁人看得胆战心惊，江彬一声吆喝："哼！看我的！"说着，用手用力拔下箭，扔在地上，照样手持铁枪，接连搠（shuò）死数人，突围而出。从此，江彬耳旁留了一条疤痕，却也成为光荣胜利的英雄标帜。

正德七年（1512 年），贼乱渐平，军队返回边区，路途经过京师，这一过，就被明武宗给留下来了。

江彬逮住机会，送了钱宁一个大红包。钱宁一乐之下，安排江彬晋见武宗。武宗身体瘦弱，却最崇拜英雄好汉。京营附近的武将，养尊处优的日子过久了，白白胖胖，腆个大肚皮，实在没多少军人模样。江彬可不一样，他高头大马，虎体狼腰，豹头猿背，行走如风，身上每一块肉看起来硬邦邦的，真是一条汉子。

明武宗走上前，好奇地问江彬："朕听说你耳朵里插了箭，你依然奋战。”

“把箭拔出来就是了。”江彬一副不在乎的神气回答。

武宗凑上前，果然看到耳旁一道疤痕，油然而起了英雄崇拜之心，高兴地下令：“好，以后，你就在京里帮朕练兵。”

于是，武宗开始在豹房附近，每日操兵。江彬率领的四镇边兵为一营，武宗自己选用年轻力壮的小太监又成为一营，一早一晚鼓噪发炮。

这些部队的服装与众不同，鲜明的铠甲上，系上黄色的围巾，遮阳帽上插着鹅毛，刀光闪烁，旌（jīng）旗飘扬，士兵们显得威武飒（sà）爽，明武宗真是乐坏了。

皇太后成天被操兵吵得头昏脑胀，把武宗找来问：“天天不得安宁，此非吉祥之兆。”

明武宗一撒娇：“怎么会呢，我好高兴噢。”

明代武卫，佚名绘。

太后一向溺爱武宗，看他一脸兴奋模样，也就任由他胡闹了。

武宗操完了兵，时常拉着江彬的手，一块儿入豹房享乐，甚且共卧同起。江彬本是一个粗人，完全不懂礼仪，有一回，江彬陪武宗下棋，明明是输了，他竟然哗一声嚷了起来："不行，不行，这局不算。"

千户周骐早就看不过去了，气得大声呵斥："江彬，岂可在万岁爷前如此放肆，足可判个死罪。"

江彬不服气，狠狠回瞪周骐，江彬心想，皇帝都没开口，你管甚么闲事。过了没几天，江彬在武宗前说了几句周骐的坏话，周骐竟然就丢了官又丢了命，从此，众人就晓得江彬在皇帝心中的分量了。

江彬愈来愈走红，钱宁心里颇不是滋味，心中直后悔，当初不该贪图江彬的大红包，引狼入室，悔之晚矣。因此，他时常在武宗面前打江彬的小报告，说江彬如何如何"贪残凶狠"，武宗根本听不入耳。

有一天，明武宗来到豹房，突然心血来潮，吩咐看守豹房的小太监道："快把虎槛打开，朕要进去喂食。"

左右的人都傻了眼，小太监苦苦哀求："万岁爷要喂就在栅栏外面喂吧，进去太危险了。"

明武宗一向有个拗（niù）脾气，人家愈不让他做的事，他就愈要做。不料，武宗一进入栅栏，老虎对他一吼，武宗就慌了，大叫"小宁儿救命！"小宁儿也怕啊，吓得不敢向前。这时江彬迅速窜入，把武宗带出来。武宗又逞强道："哪用得着你？"可是，从此心中感激江彬，厌恶钱宁。

马昂卖妹求荣

自从江彬以身挡虎，救出虎槛（jiàn）里的明武宗，武宗就对江彬另眼相看。钱宁颇不是滋味，从此江彬与钱宁努力争宠，互别苗头。

明武宗好色又喜新厌旧，因此，江彬与钱宁忙着四处寻访美人儿。

有一回，江彬赴延绥（suí）总兵马昂家中小坐，突然之间，帘子外闪过一条身影，江彬一看，整个人怔住了。

马昂问："怎么了？"

"我、我是不是见到了仙女？"江彬期期艾艾道：

"噢，那是我的妹妹，长得不坏吧。"马昂摇着脑袋笑道："我的妹婿不是别人，正是指挥使毕春。"

江彬告别了马昂，心里扑通扑通跳个不停，他想，万岁爷若是见到艳光照人的马氏，不晓得该如何兴奋。马氏一出，把豹房里那些美人全给比下去了。至于说，马氏已结了婚，嫁了人，没关系，当今皇帝与一般中国男子不同，他不在乎这些，只要人漂亮就好了。

明武宗一听说有此绝色，立刻吩咐："那还不赶快给接了来。"

马昂是利欲熏心的人，他非但不介意皇帝看上了大妹子，反而希望能借此平步青云。因此，接到了消息，立刻把妹妹打扮起来，马氏原本娇艳，再经过一番刻意修饰，实在是美得让人不敢逼视。

明武宗一看就中意了。马氏会唱歌，会跳舞，会骑马，会撒娇，与皇帝一般爱玩爱闹。于是，马昂升了官，全家皆赐蟒衣，太监们称呼马昂为“大舅子”，得以自由出入豹房。

过了没有几天，马氏突然不舒服，时时作呕，又爱吃酸梅，找了太医门诊，竟然是“怀孕三个月”。推算起来，这肚子里的孩子一定是毕春的，这还了得。

因此，朝臣建议武宗，立刻把马氏逐出宫外，武宗正在兴头上，当然不会答应。臣子们更加忧心了，当今天子膝下犹虚，万一将来封为太子，那么朱家天下岂不成为毕家天下。

因此，言官石天柱等上书给武宗，请求把已经怀孕的马氏逐出皇宫，否则，如果马氏生子继承皇位，则诸王宫室岂肯坐视把皇位让与非朱家的人，内外大臣又岂肯俯首听命，因此，请皇上速逐出孕妇，以清宫禁，以清天下人的疑虑。

明武宗，明宫廷画家绘。

明武宗一向最任性，他还是不理会。

过了几个月，马氏的肚子愈来愈大了，仿佛捧着一个球在走路，不能骑马，不适合跳舞，身材不再婀娜多姿，整个人仿佛是吹胀的气球，明武宗本来不是一个重感情的人，对着日渐变丑的马氏逐渐失去了兴趣。

有一天，明武宗与大舅子马昂在豹房里喝酒，武宗突然想起，曾经有人谈及马昂有一小妾，貌美如花，不输于马氏，所以，随口问道："请你的小妾一块来喝酒。"

马昂的小妾是他的心上肉，马昂虽然不惜卖妹求荣，妹妹到底只是妹妹，马昂是无所谓的，小妾可不一样，若是让好色的明武宗见到了，必然留在豹房，他实在舍不得。于是回答明武宗："对不起，小妾病了，不能作陪。"

武宗当然不相信马昂的话，他站了起来，一挥袖，气冲冲走了。马昂知道错了，急奔回家，将小妾之外，再加四名美女一块送入宫中，希望武宗能消消气，可是，武宗不领这个情，没多久，马昂丢了官，马氏也失宠，这桩孕妇事件也就告一个段落了。马氏的结局就没有人知道了。

这会儿，武宗又闲下来了，觉得日子过得挺无聊的。他因为长久处于亢奋状态之中，已经无法安安静静读点书，或者处理国家大事，只有寻求更刺激更疯狂的活动，才能提高兴致。武宗身边的人，也不断帮他想新花样，希望他耽于逸乐，也唯有如此，身边的人，才有耍弄权势的机会啊。

江彬是宣化人，他一心一意把武宗诱到宣化去，一方面自己衣锦还乡，另一方面，则可甩脱钱宁的纠缠，到底宣化是属于他的地盘。

江彬再三蛊惑武宗："宣化多美女，多乐土，保证万岁爷大开眼界。"

"那么，把她们带到豹房里来也就是了。"

"那可不一样，塞外风光明媚，且可骑马打仗，何必老是郁郁闷闷关在大内，让烦人的群臣宰制。"

江彬说得口沫横飞，明武宗听得心中痒滋滋的，于是下令，仿效豹房，在宣化建造一座"镇国府"。明明是行宫，为甚么要自贬身份，降为甚么府呢？反正武宗是皇帝，他高兴怎么玩就怎么玩。

张钦拦阻明武宗

明武宗被江彬引诱，换上军服，自封为“镇国公朱寿”悄悄出京，准备出长城，亲征鞑靼小王子，当然真正的目的是到塞外去找乐子。

武宗只带了江彬、钱宁、少数太监与卫兵，来到京城北方的郊外，眼见一片原野，黄土与绿草相间，广阔无垠，武宗深深吸一口气，忽然觉得天是那么大，甚么阻隔也没有。他忘情地两只手在空中摇晃，快乐得不得了，好像是一只出笼的飞鸟，江彬凑上前去，谄媚地问武宗：“这岂不是比关在大内强多了？”

武宗长长舒了一口气，挺直腰板，低头欣赏自己的腰带弓矢，东摸摸、西弄弄，觉得威风极了，这种自由与放任令他亢奋。

明武宗乐疯了，宫里的朝臣却急坏了，天子失踪，万一消息外泄，那该有多危险。

朝臣梁储着急地搓着手：“万岁爷准是被江彬那个小子煽（shān）惑，出关亲征鞑靼去了，但愿不要重演土木堡事变。”

一听这话，大伙心全凉了。土木堡事变是明英宗之时，宦官王振建议亲征瓦剌，结果，明英宗在土木堡被俘，明朝元气大伤。这段故事，我们前面曾经详细说过。

蒋冕说：“我们还傻傻待在这儿干甚么？还不赶快去追！”于是梁储、蒋冕、毛纪三个人骑着快马，离开北京，向北急追而去，一直追到沙河，终于追上了武宗。这时，武宗正在享受马上之乐，所以，梁储三人如何死劝活劝，都没有用，三个人着急得哭了起来，武宗却依然无动于衷，反而兴匆匆说："你们要不要看朕的马术，江彬说朕的马术是一流的。"梁储等人毫无办法，心中有说不出的沉重。

梁储等人铩（shā）羽而归，一路之上唉声叹气，只好以"总算是尽了力"，互相劝勉。却还有一人不肯放弃希望，仍然想试他一试，那人便是张钦。

张钦是正德六年（1511年）进士，为人十分正直，担任巡视居庸关的御史。早在听说明武宗准备出关之时，张钦就连上两疏，力陈乘舆（皇帝坐的车子）不可以出关。他提出三个理由，一、人心摇动，御驾亲征耗费太大。二、远涉险阻，两宫（指太皇太后与皇太后）会挂念远征的皇上。三、北寇势力正强，大明军队恐难与之抗衡。当然，张钦的奏疏是拂逆了武宗，武宗根本不予理会。

张钦听说明武宗的车驾已经到了昌平，张钦把居庸关的指挥孙玺找了来，用非常诚恳的语调对孙玺说："听说皇上的车驾将要出关，你我的死期到了。"

"怎么说？"孙玺不解。

"假如关不开，这是违抗天子的命令，你我违抗圣旨，该当死罪。万一开了关，再造成土木堡之变，你我轻易放皇帝出关，也是死罪。可是，宁可不开关而死，死也死得不朽，你看如何？"

孙玺也是一个血性男儿，躬身作揖，朗声答道："悉如尊命。"

孙玺把居庸关给上了锁，并且由张钦亲自保管钥匙。

武宗也听说了这件事，下令召孙玺前来问话，谁知孙玺好大的胆子，竟然以"御史在，臣不敢擅自离开"为理由，竟然就没到昌平来朝见武宗。

武宗没法子，改为召见守居庸关的监军太监刘嵩，刘嵩对张钦说："奴才是皇帝的家奴，可不是朝臣，天子有命，奴才不能不去。"

居庸关，清张若澄绘。

张钦不回答，他不能阻止刘嵩去见皇上，但是心里却是不高兴。刘嵩走后，张钦拿了一块黄布，把皇帝颁赐的关防，以及居庸关的钥匙小心包好，搬来一张椅子，捧着黄布包，坐在关下。刘嵩觐（jìn）见武宗后，回到居庸关，立刻到关下见张钦，张钦不等刘嵩开口，立刻举起黄布包，高声说："敢言开关者斩。"

刘嵩知道张钦的脾气，他犯不着与自己的脑袋开玩笑，因此，很识相地退了下去。

张钦当然也担心不开关的严重后果，连夜写了一道奏章，快马呈送给明武宗，奏章内说："臣听说天子亲征，必先期下诏，召开廷臣会议。启行之时，六军翼卫，百官扈从，声势浩大，而且有车马之音、羽旌之美。如今居庸关前无声无息，只是不断听人传说，车驾将要出关，这必然是有人假传圣旨，请皇上捉拿此造谣之人，明正典刑。”在奏章的结尾，张钦甚至挑明了说：“如果陛下一定要出关，必然要有太皇太后与皇太后的书面同意，否则臣万死不奉诏。”

这个奏疏尚未送到武宗面前，武宗又派使者到居庸关要求开关。

专使到了关下，张钦明明知道这是皇帝的旨意，故意把剑一抽，对准了专使的喉头：“好小子，你竟然敢假传御旨前来诈骗。”

专使被张钦一吓，捣着喉头奔回昌平，气喘吁吁道：“张御使差一点就把我给杀了。”

明武宗大为扫兴，生气地对钱宁说：“你去把张御史给杀掉。”

钱宁可不想去送死，正在拖拖拉拉，张钦的奏疏已到，京里又赶来一批朝臣，七嘴八舌苦苦相劝。武宗没可奈何，满心不情愿地回到京城。

明武宗捉弄和尚

明武宗想要出关，结果被张钦在居庸关阻拦，只好扫兴地回到宫中。

明武宗着急，江彬更着急。他又出了一个鬼主意："万岁爷下次出京，必须做得更隐秘，干脆先在百姓家中躲一夜，再神不知鬼不觉地跑出去。"

这个主意新鲜，武宗好兴奋。他为了表示改邪归正，绝口不提出关之事，也努力做出勤于朝政的模样。如此这般，熬了二十多天，有一天，武宗悄悄换了一件平民的衣服，在江彬的巧妙掩护之下，出了德胜门，在昌平州一间民舍之中住了一夜。第二天一早，天还没亮，骑着一匹快马疾驰出关。

张钦得到消息，急急带兵追赶，却被谷大用在居庸关给挡下来，理由是，圣旨颁下，不准任何一人出关。张钦急得顿足捶胸，只能西向痛哭。

明武宗终于到达了宣化府，此时，"镇国公府"已落成。放着皇帝不当，自封为"威武大将军朱寿"，又自称为"镇国公"的明武宗望着"镇国公府"四个大字的匾额，有美梦成真的喜悦。

武宗大摇大摆进了镇国公府，很惊喜地发现，他许多心爱的家具、古玩、服饰用品与古董字画，全移到了镇国公府，甚且平日伺候他最周到的宫女，也由豹房移到了"镇国公府"，明武宗对江彬的细心体贴，实在是太满意了。

当然，美女是不嫌多的。既然目前是镇国公，就有镇国公的玩乐方式，当天晚上，明武宗就客串“山大（dài）王”，竟然自己带着兵，骑着马，听说哪家有美女，就这么直闯进去，把美女掳到马上，当一个“压寨夫人”。这哪儿是皇帝，根本是土匪嘛。

第二天，整个宣化全沸腾了，原来来了一个超级土匪万岁爷。家中有妇女的，个个提心吊胆。民间戏剧中的“正德皇帝与李凤姐”，把明武宗描写成风流多情，实在是美化了他，真实的明武宗是不折不扣的色鬼。

中国人有句话“天高皇帝远”，意思是远在天边外，皇帝可也管不着。其实，做皇帝的，比谁都受拘束，规矩都多。因此，武宗到了宣化，抛开一切束缚，快乐似神仙。他对江彬说：“豹房好，镇国公府更好。以后，朕就称镇国公府为‘家里’。”

明武宗在“家里”乐不思蜀。到了九月，突然接到警报，说鞑靼（dá dá）小王子亲率五万雄兵而来，朝廷大惊，为了保护明武宗，调集大批人马分赴大同、阳和一带。结果，总算赶走了鞑靼，不过，官军阵亡了好几百人，鞑靼总共才死了十六人。明武宗就借这个题目，自我夸耀，“亲征大捷”。

明武宗在“家里”流连忘返。转眼之间，就马上要过年了。在中国，过年是大事一件，尤其是帝王之家，明武宗却执意不肯回家。

钱宁着急说：“太皇太后望眼欲穿，一心盼望万岁爷早日回京。”

“急甚么，鞑靼不是赶跑了吗？”明武宗毫不在乎，“朕舍不得家里，家里好玩，这样吧，朕过了年，再回京里看花灯。”

明武宗一向就是这个脾气，钱宁没辙，只好说：“万岁爷过了年可一定得要早一点回去，御驾亲征，凯旋而归，多么威风，拖久了，就没有意思了。”

“不是万岁爷亲征，是镇国公朱寿凯旋班师回朝。”

明武宗再一次纠正钱宁。在他心目之中，当镇国公比当皇上有意思多了。当然，他这个镇国公已不是真的镇国公，没有任何人可以管，又能甩开当皇帝的种种顾忌，自然觉得有趣。

有一天下午，明武宗带着一个小太监，信步走到宣化郊外一个庙里。庙中的老和尚，一见便知这位做将军打扮的，不是别人，正是当今声名狼藉的天子。老和尚虽然看破一切，成为方外之人，对国家仍有一片忠心，忍不住就好好劝戒了武宗一番，希望武宗：“收拾起贪玩之心，为明朝开创一番新气象。”

明武宗听了，脸上有些挂不住，尤其老和尚明指武宗：“尤其不应该抢劫良家妇女。”让明武宗脸上讪（shàn）讪的。忽然间，明武宗想到一个恶作剧，忍不住笑了起来。

在立春那一天，明武宗找来数十辆大车，车顶挂着许多内塞稻草的皮球，接着，下令和尚们分别上车，每一辆车都几乎塞满了和尚。

然后，明武宗又下令等数量的妇女分别上车，这一着把众人吓坏了，车子已经很挤，妇女上来后更挤了。有那比较害羞保守的女子，迟迟挨挨不肯上车。但是，士兵们持刀相胁，只好勉强上车，和尚努力腾出空隙，双方避免接触。

但是，车一前进，和尚妇女不可能不相碰触，有的和尚满脸尴尬（gān gà），不断暗呼“阿弥陀佛”，也有那不老实的和尚，猛然跳入了脂粉堆中，从来没有机会如此接近女色，真是乐不可支。

不一会儿，车子速度快了，皮球不断打在和尚光头之上，和尚们东躲西逃，不免频频碰触车中妇女。比较害羞腼腆的妇女窘得满脸通红，也有那比较泼辣的，又笑又骂，还有拍着秃脑袋，大声娇叱：“你这个坏和尚，占我的便宜。”

至于明武宗，远远坐在高台上欣赏车中的奇景，为自己的天才构想，笑得前仰后合，直不起腰来。

镇国公朱寿凯旋回京

明武宗在宣化的“镇国府”之中愈玩愈乐，毫无拘束，甚且把“镇国府”命名为“家里”，他觉得在“家里”远比在京城里有趣多了，没有那么多臣子唠唠叨叨。

终于，明武宗在宣化过完了年，决定要回去了。当他挥鞭经过居庸关之时，想起张钦拼死不肯开关，明武宗耍了一计，乔装百姓，蒙混出关，非常得意自己的机智。武宗笑嘻嘻对左右说：“以前张御史拦阻我，现在我已经归来了，哈哈哈。”武宗虽是个太保皇帝，倒也不是残暴皇帝，他明白张钦是一片忠心，因此并没有降罪张钦。

明武宗当皇帝当腻了，他一心向往赳赳武夫。所以，此番出征，他自封为“镇国公朱寿”。早在武宗没有回京以前，钱宁已经回京部署，千交代万叮咛，这一回是“镇国公”凯旋回京，而不是皇帝御驾亲征，臣子们务必体会上意，不要弄错了。

朝臣们一心巴望皇帝别再贪玩，早日回朝，当然依武宗之意，当作英雄凯旋归来。

武宗一向爱漂亮、爱热闹、爱新鲜。他特别嘱咐钱宁，为了表现排场，“赐文武臣大红纻（zhù）丝罗纱各一，其彩绣一品牛，二品飞鱼，三品蟒，四品麒麟，五六七品虎彪，完全不合惯例。依照规矩，文官用飞禽，武官用走兽，例如文官一品仙鹤，武官一品狮子。不过，反正武宗素来不守章法。

中国历史上，从来没有一个皇帝自贬身价，降为臣子，武宗却认为当朱寿比较有意思。因此，大臣们设计的彩旗，一律以“威武大将军”称呼，下款也不敢署名臣子，（这些臣子的品秩可比大将军还高。）花花绿绿的彩旗上面，倒是绣了不少“威镇九边”、“功高百世”。自德胜门外，百官一字排开，除了武宗最爱的鼓吹百戏外，羊酒、彩币等象征喜气洋洋的物品也全摆满了。

一切准备就绪，不巧，天上飘起了大雪，朝臣们自一早守候，两条腿冻得像冰棍，望眼欲穿，直到夜半，烟火自远处点燃，明武宗回来了。他身着戎装，骑乘赤马，腰带宝剑，勒紧马缰，缓缓而行。武宗故意头抬得高高的，傲然走过，眼角却不断瞟着两旁的旗帜挥舞，内心亢奋到极点，他觉得自己是不折不扣的大英雄。

武宗过足了瘾，迎候的大臣却苦不堪言，大风大雪且不必说，武宗呼啸而过以后，大臣找不到马，找不到仆人，平日养尊处优的大臣们，一脚低一脚高踩在泥泞之中，好不容易走回城中，老命几乎去掉了半条，准备第二天一大早请医诊治。

第二天，明武宗配上二朵金花，神气地接受群臣祝贺。明武宗兴致高昂，朝臣们自然必须配合演出英雄凯旋的戏。但是皇帝自贬身价当将军的戏码，前所未有，臣子们也不晓得该如何开

大明武骑，佚名绘。

口，只好不断磕头。

武宗大声一喊："杨廷和！"

"臣在。"

"你知道吗？朕在阳和，亲自斩一首级。"武宗对于自己能杀死一个活人，认为是顶了不起，顶有英雄气概的大事。

杨廷和面有难色道："臣是听说了，不过……"

武宗知道下面又是一篇大道理，赶快打断了杨廷和的话："朕要与臣子们一块庆功。"

武宗喜欢新花样，所以他在左顺门，亲自为凯旋归来颁发银牌，一品官银牌重三十两，二、三品各重十两，银牌上面并且镂刻"庆功"二字。四品、五品及给事中银牌四两，御史三两，各镂（lòu）刻"赏功"。武宗一人一人颁发，颇有神采飞扬之感。

杨廷和忍不住上了一奏章，苦口婆心劝导武宗："自古帝王虽以武功定天下，恒以文德致太平。希望陛下不要再劳师费财，应深入大内，颐养天和。"

明武宗见到奏章，揉揉眼睛，打个呵欠，直想睡觉。他想到明天一早还得早起上朝，冬天这么冷，连个暖被窝也不能多待一会儿，比较之下，"家里"多好玩，自由自在，毫无拘束。念头一来，武宗在二月又迫不及待赶到了宣化。

刚到了宣化，接到噩耗，太皇太后驾崩。武宗觉得扫兴，却不得不赶回来奔丧，参加一连串繁文缛节的丧事。

好不容易熬到四月，太皇太后终于下葬。明武宗到了昌平县的天寿山，匆匆忙忙行了礼，急着前往密云游玩。

听说这位"花花太岁"来了，民间妇女藏的藏，躲的躲，到处惊慌一片。当时有个永平知府毛思义，是弘治十五年（1502 年）的进士，在他看来，此乃荒诞的谣言，家有丧事，尚且不宜外出，何况贵为天子，国丧期间，皇帝就是再不像话，也不至于在这个节骨眼出外寻欢。因此，他就下了一道命令："大丧未举，车驾必不远出，非有文书，妄称圣驾扰民者，必治以法。"

镇守太监郭原一向与毛思义不合，把这道命令往上呈，倒楣的毛思义就给下了锦衣卫。

正德皇帝看烟火

明武宗是一个花花皇帝，太皇太后国丧期间，他勉强在宫里待了几天，马上又坐不住，急急想往外闯。

正德十四年（1519年）春天，宁夏有警，武宗又蠢蠢欲动想要亲征，这一回他想出的名义是“威武大将军太师镇国公朱寿巡边”，以江彬为威武副将军扈从，命令内阁草制，让他以皇帝的身份封朱寿，朱寿是武宗自已取的新名字，他非常的得意。

首席内阁大学士（俗称首辅）杨廷和不肯草拟这不伦不类的诏书，他觉得武宗未免闹得过火，假如喜欢乔装，偶尔在宫里扮演卖布商人也就是了，哪有皇帝自愿降格为将军的呢?

杨廷和不晓得该如何应付这困窘的局面，只好托病躲在家里。武宗找了次辅梁储，命令他来写巡边的制诰（gào）。

梁储正色道：“其他可以将就。”顿了一会儿，他深吸一口气说：“此制断断不可草。”

武宗暴跳如雷，“刷”的一下，抽出佩剑，指着梁储的脖子：“你敢不写，不写，吃朕一剑。”

梁储把乌纱帽取了下来，跪在地上，哽咽着说：“臣违命有罪，愿意就死，草制以臣名君，臣死不敢奉命。”

明武宗倒也能明白梁储的忠心，还不至于真的一剑捅入他的喉咙，于是，他负气把剑往地上一扔：“哼，你不写，莫非朕就当不成威武大将军?”

想到这里，明武宗不再命令草制，反正，他自封为“威武大将军朱寿巡边”也就是了，威武大将军这几个字武宗经常挂在嘴边，觉得十二万分的过瘾。

武宗不知天高地厚，一心寻乐，旁边的臣子却是一颗心提在半空中，为武宗担忧不已。大臣们的着急是有道理的，因为的的确确有一个宗室——宁王朱宸濠不怀好意窥（kuī）视着天子宝座。

宁王宸濠被封在江西，他野心很大，早在正德二年（1507年），重金贿赂宦官刘瑾，得以扩充兵事，并且向过往的船只取得征税的权利。刘瑾被杀之后，宸濠就把目标对准了钱宁。另外，兵部尚书陆完也被宸濠收买，成为他安置在京城里的心腹。

陆完原先是江西按察使，宸濠颇看好他，时时夸奖：“陆先生他日必为公卿。”

“哪里，哪里。”陆完每次都谦虚地摇摇头，心中却非常欢喜。

过了不久，陆完果然当了兵部尚书，宸濠“投资”成功，心花怒放，并且借着这一条线，拓展出许多人脉，大学士费宏为此感慨万千：“假如一切依宸濠之意，我们江西将无人可活。”

宸濠听人说，武宗爱热闹，好新奇，每年元宵节，单单点灯用的黄蜡就得耗去几十万斤，他决定趁机使坏。

宸濠早在一年之前，找来老师傅，制造了几千盏花灯，这些灯上都用针孔密密地刺了人物故事，有的是嫦娥奔月，有的是张生惊艳，更有的用绢绸扎成花草虫鱼，中间点了油灯，设想精妙，穷极巧思。这批花灯在春节之前，由宸濠派人进贡入京，并且特派老师傅的徒弟随行布置。徒弟说：“普通一般的花灯是临空悬挂，这些花灯与众不同，要附着于墙壁之上，才显得特别好看。”

此外，他又把宫中的白石玉栏杆用彩色毡膜密密裹了起来，平添了许多鲜艳。

正月十日开始点灯，墙壁上的花灯，一盏一盏前后亮起，在漆黑的星光之中，分外的亮丽夺目。武宗不知见过多少花灯，但此时一片灿烂，不觉为之心醉。武宗贪看美景，简直舍不得入睡。

明人元宵赏花灯，明人绘。

花灯兴兴旺旺连点了三天三夜，把门窗烤得极为干燥，突的，一阵风吹过，花灯的棉纸触到了灯中的蜡油，“噗嗤”一声，爆起了火花。假如是临空悬挂的还不打紧，但现在灯笼是黏在墙壁上，而古代房屋室内墙壁又都是木板的，灯笼一着火，火舌就把木板墙壁给烧着了，接着席卷了木制的门窗，火势便一发不可收拾。

不一会儿，火舌窜到栏杆，“轰”一声巨响，竟然爆炸了。原来，宸濠在毡膜之下埋藏了炸药，火势一发不可收拾。

宫内的人都惊慌万分，忙着提水桶救火。此时，明武宗却好整以暇，端着一杯酒，站在远远的豹房高处遥望，他特别“欣赏”栏杆的爆炸，仿佛一个个烟花流星射入天空，灿烂照耀，美不胜收，“嗤”的一声，此起彼落，武宗看得大悦，竟然不自觉鼓掌赞叹：“像一蓬大烟火！”

宸濠送“枣梨姜芥”四色礼

宁王宸濠不怀好心，进贡入京的元宵花灯暗藏玄机，不但把花灯黏着于墙壁，甚且在包裹栏杆的五彩毡膜之中，偷偷放了火药。火势蔓延，乾清宫化为灰烬，明武宗却在豹房高处眺望欣赏。

当宸濠听说，武宗对此爆炸事件的反应是：“好像一蓬大烟火！”宸濠心中真是五味杂陈，又吃惊，又庆幸，又好笑，不过最强烈的感受是，“如此不堪的大明天子，那还不如换我来当。”

原先，宸濠的野心没这么大。由于武宗无子，宸濠希望儿子能够有一朝入承大统，自己以太上皇之尊，可以控制大局。钱宁愿意与宸濠勾结，理由也在建拥立之功，倒不是帮助宸濠造反。

宸濠的胃口随着武宗的任性胡为逐渐养大。他的势力，则在用心规划之下日益扩张。宸濠的计策可分为文武二方面。

先谈文的这部分，宸濠装出礼贤下士的模样，曾经延揽了不少人才，包括鼎鼎大名的唐伯虎。

提起“江南第一才子唐伯虎”，这是中国人再熟悉不过的历史人物，他的十美图，他的三笑姻缘让中国男人艳羡不已。不过，真实的唐伯虎可没有那么幸运。他尝尽了人生坎坷辛苦，一辈子郁郁闷闷。关于唐伯虎的故事，我们以后会另辟篇章详细叙说。

言归正传，宸濠曾经在南昌，设立了一座风景宜人的阳春书院，作为储备人才，笼络士林之地。唐伯虎因为遭受科场冤狱，沮丧烦忧，宸濠认为如此满腹牢骚的才子，正是他所要争取的对象。

因此，宸濠扮成刘备访求诸葛亮的模样，卑词厚币，把他给请到了南昌。唐伯虎是个善良单纯的读书人，误以为遇上了如昭明太子般的贤王。

等到唐伯虎发现，宸濠并非善类，并且有意造反，吓得差点没昏过去。但是，该怎么脱身呢？想来想去，只有装疯，脱得一丝不挂的又叫又闹，宸濠大为失望，只好把“疯子”送回苏州，唐伯虎这才脱离魔掌。

至于武的方面，宸濠的方式非常原始，干脆就用抢劫增加财富。他家中养了一批强盗，约有数百人之多，称之为“把势”。后来，一些豪门将自家武师称之为“把势”，大约由此而来。

既然宸濠要当强盗，正直的地方官自然与他不合。曾经有江西按察副使胡世宁，在正德九年（1514年）上疏，里面讲得非常赤裸裸：“宁府威势日张，不逞之徒群聚而导以非法。”

唐寅，明仇英绘，清朱鹤年摹，中央美术学院藏。

结果，糊涂的武宗，根本没看到胡世宁所上的书奏，钱宁把奏疏交给了宸濠，可怜的胡世宁，被宸濠一路追杀，最后且被关入锦衣狱中。

虽然有胡世宁的例子在前，江西左布政张嵿（dǐng）依然强硬不屈，宸濠想强占官地，张嵿说：“不可。”宸濠想拓（tuò）宽王府，张嵿又说：“不可。”

有一天，宸濠派人送了四色礼给张嵿，张府的管家先是不收，使者说：“没甚么，不过是四样最便宜的果蔬。”

原来，宸濠送的礼是一盒枣子、一篮梨子、一包姜、一包芥。

张府的人觉得纳闷：“这枣、梨是名贵水果，倒不奇特，怎么有人送姜、送芥，莫非是江西特有的风俗？”

张嵿捋胡而笑：“宁王送来枣、梨、姜、芥，他是希望我‘早离疆界’，别留在这儿碍事。”

张嵿不把这个当一回事。但是，不久，他刚好被召为光禄卿，也就离开了是非圈。

张嵿之后的巡抚王哲没那么幸运，因为不肯依附宸濠，宸濠怒由心生，居然派人下了毒，害得王哲病倒在床，虽然找来大夫急诊，拖了半年仍溘（kè）然而逝。

王哲死后，董杰代之，过了八个月，董杰也去见了阎王爷。大家心里都有数，董杰之死并非生病而死，是被人害死的，董杰之死，宸濠是幕后看不见的黑手。

一件一件的案子，接二连三的发生，朝廷官员个个惴惴不安，谁都害怕奉派去南昌；南昌的人也都清楚，宸濠图谋不轨，事情愈闹愈凶，只有明武宗完全不知情，一心扮演朱寿，过骑马打仗耀武扬威的瘾。

宸濠以孙燧祭旗

明武宗任性胡为，外加没有子嗣。宁王宸濠在南昌作威作福，颇有夺位的野心。由于宸濠手段毒辣，地方官屡屡受害，朝廷官员个个担心被调到南昌。

就在此时，弘治六年（1493 年）的进士孙燧（suì）奉命巡抚江西。孙燧是个正直的官员，他知道此去如果不肯听命宸濠，恐怕是凶多吉少，他叹了一口气道："只好以赴死的精神前往。"因此，他把妻儿送回家乡，只带了二名书僮前往上任。

宸濠听说孙燧以义气闻名，一方面贿赂朝臣，想办法把孙燧调走，一方面又遣人送了枣梨姜芥四色礼物，希望他知难而退"早离疆界"，孙燧看着礼物笑道："奇怪，他怎么不换一些新的把戏？"

孙燧曾经七次上疏，报告宸濠的阴谋，希望朝廷早日防范，很可惜的，却被宸濠收买的人暗中把奏疏给半途拦截，到不了皇帝手中。

孙燧没可奈何，但是却并不死心，他不断在动脑筋，思索能否用迂回的方式点醒皇帝。没过多久，机会来了。原来宸濠的父亲过世，宸濠想沽名钓誉，博一个孝子的美名，所以，收买了乡里之间一些无行的秀才，联名具禀，夸耀宸濠如何孝顺，希望官府予以保举。宸濠又不是普通老百姓，他是藩（fān）王，哪儿用得着百姓保举？

正因为这件事十分奇怪，孙燧故意具奏上闻，期望武宗能够稍微注意宸濠，又因为这是为宸濠美言的奏章，因此颇为顺利地送到了武宗的跟前。

武宗虽然贪玩，倒也不笨，他狐疑地问道：“为官如果孝行可风，朕该升他的官，朕不明白保举藩王干甚么，莫非是保举他来当皇帝？”

江彬趁机说：“他们称宁王孝顺，讽刺陛下不孝，称宁王勤劳，讥讽陛下不勤劳。”

明武宗大为光火，此时京中盛传，万岁爷准备惩罚宁王宸濠。宸濠派在京师的侦卒林华连夜赶回南昌报讯。这天六月十三日，刚好宸濠在过生日，席开数十桌，闹得一塌糊涂。

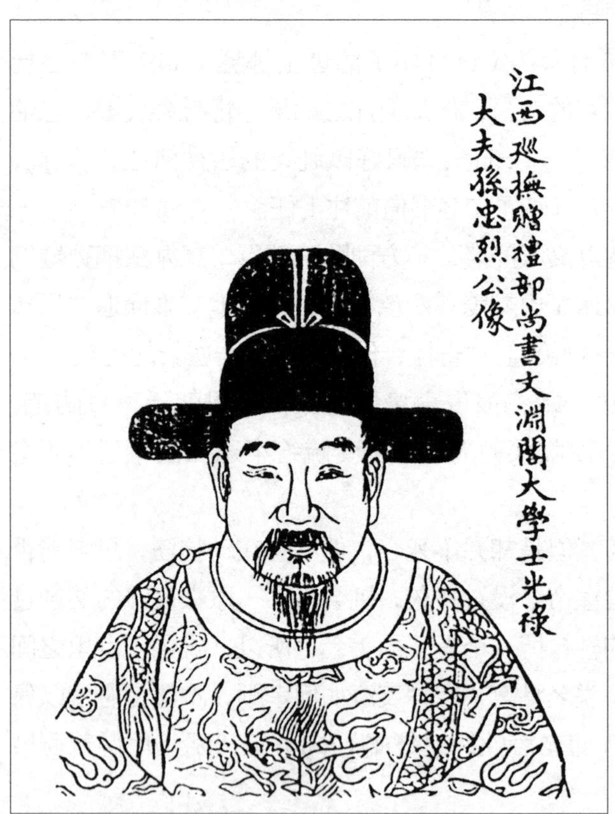

孙燧，选自《余姚孙境宗谱》，清人绘。

林华报告宸濠之后，宸濠吓得酒也醒了，他支支吾吾道：“快，快请刘先生。”

刘先生是刘养正，他是宸濠的谋士，宸濠一向最信任他。

深夜，宸濠与刘养正在书房内密谈。

宸濠把京里的消息告诉刘养正。刘养正沉思片刻，面色凝重地说："恐怕皇上已起疑心，如果皇上派重臣或心腹前来搜查，那就大事不妙了。如今之计，还是先下手为强，王爷可以先起事，不能坐待逮捕。"

"我也害怕皇上派心腹前来。"宸濠点点头道："不过，事情该如何进行？"

"明天，"刘养正说："明天，南昌的百官都会前来王府道谢今天王爷的赐宴，利用这个机会宣布起事，把不依附的人统统抓起来。"

"好，就这么办！"宸濠手握拳头，用力一拍桌子，表示起事的决心。

第二天上午，南昌的百官到王府来拜谢王爷的盛宴。当官员都到齐了，孙燧来到大厅，站在大厅廊下与院子里的官员一齐向宸濠行礼致谢。

宸濠一挥手，会场立刻肃静下来，宸濠提高了嗓门说："有一件惊天动地的大事，各位可曾知道？"

众人的眼光一起射向宸濠，宸濠道："此乃大义所在，孝宗为太监李广所误，抱民间子为亲生儿子，我明朝列祖列宗不能享用血食，已达十四年之久。如今我奉太后密诏，命我起兵讨贼。"

这是闻所未闻的荒诞说法。大家都晓得宸濠早晚会起兵，却没料到是这样的方式。孙燧心想，该来的总要来的，他心系妻儿，尤其是三个聪明优秀人人夸赞的儿子，但是，当孙燧赴南昌上任之时，就已经决定牺牲了。

因此，孙燧不客气地反问："王爷为何出此言？果真如此，请王爷拿出太后的密诏来。"

宸濠不料孙燧有此一问，他恼羞成怒蛮不讲理道："你不用多说，我现在赴南京，你来保驾。"

宸濠的狐狸尾巴终于露出来，孙燧大怒，说道："你是自己找死，天无二日，地无二君，你想，我会跟着你造反吗？"

"快，替我把这个不识好歹的人捉了起来！"宸濠一声令下，孙燧立刻被五花大绑，谢宴的官员个个呆若木鸡，不晓得该如何应付这突发的场面。只有那按察副使许逵（kuí）叫了起来，攘（rǎng）臂向前，对着宸濠抗议："孙巡抚是天子大臣，王爷怎能够随便侮辱？"

许逵是练过功夫的，三两个人还近不了他身，无奈寡不敌众，一群人蜂拥而上，打断了许逵的手臂，把他与孙燧一块扭了出去，架到惠民门外，砍下了二颗人头祭旗，宸濠就此起兵。

由于江西人民对孙燧十分钦佩，因此，在《明史·忠义传》中有一段记载，孙燧生有异质，两目烁烁，夜间也能炯炯发光，他死的那一天，突然天空阴惨，烈风骤起，城中人大为惊恐，后来发现他二人尸体，上面笼罩一片乌云，仿佛神明在暗中保佑。

许逵一门俊秀

宸濠在王府之中，公然宣布起兵，除了孙燧诘（jié）责之外，只有许逵一人采取行动，其他官员都只有惊愕失色，呆若木鸡。

许逵是正德三年（1508 年）进士，允文允武，沉静而有谋略，虽然是文人出身，却会带兵打仗，对付盗贼有一套。正德十二年（1517 年），许逵担任江西副使，与孙燧十分相投，他俩同时收到宸濠送来的“枣、梨、姜、芥”四色礼，却没有接受暗示“早离疆界”。

许逵曾经对孙燧分析：“宁王之所以敢贪暴，主要是靠中央权臣的撑腰；中央权臣之所以一意护着宸濠，还不是贪图重贿；宸濠能够负担重贿，那是因为他养了一批盗贼，今天如果把盗贼翦（jiǎn）除干净，宸濠就不能为患了。”

因此，许逵就毫不客气地捉拿盗贼，宸濠发现他玩真的，自然十分不悦。

当宸濠一派胡言，公开宣称他接到太后密诏，出兵捉拿武宗，因为武宗是民间抱来的假子时，孙燧要求宸濠拿出密诏，宸濠恼羞成怒，下令捆绑孙燧，许逵立即站了出来，用身体护着孙燧，一双怒目狠狠瞪着宸濠。

宸濠被他看得不自在，大声嚷嚷：“你以为我就不敢杀你吗？”

许逵立刻回骂过去：“你能杀我，没错。但是，天子能杀你，你这个造反的贼子，你会被碎尸万段，到那时候，你要后悔就来不及了。”

宸濠简直气坏了，高声呵斥：“快，把许逵绑起来，拖出去，砍他的脖子。”许逵被几个壮汉拖曳出去，脖子上挨了一刀，鲜血直喷，可他就是不下跪，嘴里还骂个不停。众贼全力推许逵，他应声而倒，随即毙命，始终没下跪，死时才只有三十六岁。

原先，许逵刚调到江西不久，他寄了本《文天祥集》给他的好朋友给事中张汉卿。

张汉卿接到集子，十分奇怪，因为这本书他也有啊。张汉卿抖开信封，没有发现任何其他便笺，一页一页翻阅，也不见任何眉批。突然之间，张汉卿有一种不吉祥的预感直上心头，捧着书的手也微微颤抖。他忧形于色地对朋友说：“宸濠必反，许逵莫非是想效法不屈元人的文天祥，也想以死明志吗？”

从此之后，张汉卿心中始终悬着一颗巨石。他也没有去信奉劝许逵，他知道，劝了也是白劝，心中也颇以有如此知己为豪。

当宸濠终于造反，杀了一个御史、一个副使的消息传来，许逵的父亲，立刻换上了早就准备妥当的白衣素服，并且在家中设置灵堂。

邻居觉得好奇怪，跑过来劝阻：“许老伯，现在事情还没有明朗，副使又不止是许逵一人，一省有七、八个之多，有兵备副使，有分巡副使，你怎见得一定是令郎遇害？”

许父平静上香，缓缓说道：“没错，既然是副使，一定就是逵儿。”

“这……”邻居安慰许父道：“等到确定不是许逵，咱们再来向你道贺，贺许逵逃过一劫。”

许父摇摇头：“不用了，这是逵（kuí）儿的心愿，逃也逃不掉。”

邻人走出许宅，都认为许父不可思议，凡事干么尽往坏处想，甚且有人说：“没错，殉国是很光荣，但是，千古艰难唯一死，也不一定就刚好是许副使啊。”

等到噩耗传来，死的果然就是许逵。亲朋好友一齐涌向许宅，许父泪光莹然，他的表情十分复杂，有哀痛，有伤心，有不忍，也有以子为傲的欣慰。

许逵的长子许玚（chàng），一向聪敏好学，最为崇拜父亲，听说了许逵死的经过，既痛恨宸濠的残暴，又心怜父亲死得惨烈，悲伤得不能自已。

到了明世宗嘉靖元年（1522 年），为了表彰许逵的忠烈，改赠礼部尚书。许逵的儿子许玚六年之后，因父荫（yìn）得官，有人打趣他“因父死而得官”，许玚悲从中来，嚎啕大哭，把开玩笑的人惊怔得说不出话来。

至于孙燧的后代更了不起，有子三人，人称“三孝子”，孙燧子孙有六人在《明史》中有传，其中一人还当了宰相。中国人常说“忠臣必出于孝子之门”，又说“积善之家，必有余庆”，的确有相当的道理。

王阳明推崇伯夷叔齐

宸濠造反的消息传到京师，朝廷议论纷纷，个个惊慌不已，只有兵部尚书王琼一派镇定，他胸有成竹道："诸君勿忧，我用王伯安守赣（gàn）州，正为今日，没多久，贼旦夕可就擒。"

王琼所说的王伯安，指的是王守仁，也就是大名鼎鼎的王阳明先生，关于王阳明的故事，我们以后会详细从头说起。现在先谈他与宸濠这一段。

王阳明在刘瑾死后，得到兵部尚书王琼的赏识，王琼把王阳明派到赣州（赣州在江西南部，和南昌很近），目的就是暗中监视宸濠。事实上，王阳明也早就发现宸濠有造反的野心。

有一回，宸濠邀宴王阳明，并且找了退休的侍郎李士实相陪。酒过三巡之后，宸濠开始数说明武宗的种种不是，讲得愁眉苦脸，仿佛忧国忧民。

李士实旁敲侧击道："莫非世上就没有汤武了吗？"

"汤"是成汤，因为夏桀（jié）无道，成汤推翻夏朝，建立了商朝；"武"则是周武王，推翻商纣（zhòu），建立了周朝。李士实的意思，很明显的是把明武宗比喻为桀、纣，把宸濠比喻为拯救天下苍生百姓的汤、武。

王阳明立刻答以："汤武也还须要有伊吕。"

"伊"是伊尹（yǐn），辅助成汤的贤相，"吕"是吕尚，也就是姜子牙，乃辅助周武王的名臣。王阳明的意思是奉劝宸濠，你身旁既无伊吕之类的贤人，还是乖乖的，别动甚么歪脑筋吧，至于李士实这种三流角色，根本不用看也知道不行。

李士实不服气道："有汤武就有伊吕。"

王阳明立刻攻回去："有伊吕就有夷齐。"

"夷"是伯夷，"齐"是叔齐，伯夷、叔齐是商朝时孤竹君的两个儿子。孤竹君老了，想把王位让伯夷继承。可是，等到孤竹君死了，伯夷这个老大认为小弟叔齐比他贤德，因此，想由叔齐继承，叔齐不肯，他说："父命不可违。"

为了表明决心，叔齐竟然出走。不料，叔齐出走之后，伯夷也逃了，最后，两人让来让去，就由中间的儿子继承王位。大家对于伯夷叔齐互相让贤的作风赞美不已。

后来，周武王起兵伐纣，伯夷叔齐忠于商朝，期期以为不可，所以叩马上谏："父死不葬，马上动兵，你这样能称孝顺吗？以臣弑君，可谓仁吗？"

此时，周武王左右的人准备把伯夷叔齐捉起来，周武王立刻阻止："此二人，义人也。"

等到周武王平定了天下，建立了周朝，伯夷叔齐以为，食周粟是件可耻之事，因此，隐居于首阳山，只吃一些叫做"薇"的野草，没多久，兄弟二人在首阳山活活饿死。

在春秋争权夺利的时代里，伯夷叔齐的作风是一股清流，因此，孔老夫子特别推崇这二人，除了颜回之外，就数伯夷叔齐得到孔子的夸赞最多。

例如《论语·公冶长篇》孔子说："伯夷、叔齐二人，不念过去的夙怨，不想报复，于是，人们对他二人的怨恨自然就少了。"

例如《论语》的《述而篇》中，冉有问子贡："不晓得我们的老师会不会帮助卫君！"

当时孔子正在卫国，卫国父子争夺君位。子贡对冉有说："我

伯夷、叔齐首阳采薇，宋李唐绘。

也正好奇，我准备去问一问。”

但是，子贡又不敢冒冒失失开口，于是旁敲侧击问孔子：“伯夷叔齐是甚么人？”

“是古之贤人也。”

“他们殉国让位，后来不晓得会不会后悔。”子贡问。

“怎么会呢？”孔子回答：“他们求仁而得仁，有甚么悔恨的呢？”

子贡出来，对冉有说：“老师是绝对不会帮助卫君的。”

另外，《论语·季氏篇》中，孔老夫子也赞扬伯夷叔齐道：“齐景公有四千匹马，到他死的时候，人民对他没甚么可称赞的。伯夷叔齐饿死在首阳山，人民到现在仍然赞美不已。”

由于孔老夫子的大力宣传，在中国读书人心目之中，伯夷叔齐是忠孝德行的化身。

王阳明脱口而出：“有伊吕就有夷齐。”言下之意，他就要效法伯夷、叔齐。不过，王阳明是个积极的人，他不会只饿死在首阳山。

在宸濠起事的前一个月，恰好福州兵变，兵部尚书王琼便以此为名，奏准皇帝，下了一道“便宜行事”的敕（chì）书给王阳明，也就是说，他具有调动兵马的权力。现在，宸濠果然造反了，王阳明也有意便宜行事了。

“王失机”与黄石矶

宸濠终于起兵造反。虽然兵部尚书王琼信心满满，不断安慰大家：“尽管放宽心，没多久便有王阳明的捷报传来。”朝廷依然个个惴惴不安，毕竟藩王起事非吉祥事也。

但是，独有一人乐不可支，那人便是正德皇帝。这个明武宗少不更事，他本非骁（xiāo）勇善战之人，却着迷于上战场耍威风，他不是真要打仗，却想借机会离开京城，到处逛一逛玩一玩。当武宗听到宸濠造反的报告，立刻下令大将军“朱寿”领兵征讨宸濠，“朱寿”就是武宗自己，这一回明武宗为自己定的称号是“奉天征讨威武大将军镇国公”。

正德十四年（1519 年）七月里，明武宗浩浩荡荡出师。武宗亲征有一特色，衣服特别漂亮，旌旗耀日、铠甲鲜明，远远望去，仿佛端午节赛龙舟般光彩耀目。

另一方面，王阳明正积极设法平乱。临江知府戴得孺向王阳明报告：“根据密报，目前宸濠有三策，正在举棋不定。上策是直趋京师；中策是占领南京；下策则是盘据南昌老巢伺机而动。”

王阳明虽是学问中人，但也是个军事长才。他分析道：“假如用上策，直捣京师，天下不安。如用中策，占据大江南北，同样动摇国本，唯有让他死守南昌，对我大明朝的伤害会减到最小。”

下一步，王阳明就要设法，如何让宸濠愿意待在南昌。王阳明伪造了多起公文，以兵部的名义，命令两广巡抚、南赣巡抚、湖广巡抚分别派遣军队，全力直攻南昌。

此外，王阳明又亲笔写了信给刘养正、李士实，嘉勉他们里应外合，叮嘱他们早日劝宸濠离开南昌，以便活捉宸濠。信写好之后，放入蜡丸之中（中国古人每每用蜡制成圆形外壳，内放文件，以防泄漏或潮湿）。

王阳明的蜡丸制成后，他用巧妙方法，落入宸濠手中，宸濠一看大惊，心想那刘养正、李士实怎么也和王阳明勾结，准备把自己诱出南昌，在半路活捉，这计谋太可怕了。

王阳明，选自《历代名臣像解》。

宸濠正在惊慌之中，半信半疑，心中起伏不定，恰好谋士刘养正进来，宸濠忙把蜡丸藏好，刘养正恳切地对宸濠说："死守南昌不是个办法，应当早日攻取南京。"

宸濠一向对刘养正言听计从，如今却迟疑了。他定定望着刘养正，心中想的却是："假如你背叛我，这张脸装得倒挺像的。”

宸濠由于受到蜡丸书的影响，不敢照刘养正的计谋出兵攻取南京，而选择了暂时留守南昌，王阳明却利用了这个时机，完成了部署。

等到宸濠发现上了大当，怒不可遏，联合浙江镇守太监毕真，扑向安庆。

这时，王阳明已经调集了三十万兵马，问题是，这三十万大军，究竟应该先攻安庆？还是先攻南昌？大部分人主张先攻安庆，因为“南昌必然防守严密，宸濠打安庆，久攻不下，我军北上与守军联合，必胜无疑。”

王阳明的看法不一样，他说：“南昌乃宸濠之根本，如果南昌有警，宸濠必然回师来救。如此，安庆之围可解，我们可在南昌城内以逸待劳。当然，南昌必要一举拿下。”

由于王阳明对南昌内部早已掌握，留守的宸濠军队更没有料到这一着，王阳明又暗中通知南昌城内百姓内应，所以，一个晚上，王阳明就轻而易举光复了南昌，许多城门根本是未战便降。

消息传到安庆城外，宸濠急得一面抓头皮，一面嚷着要回去救南昌，李士实与刘养正异口同声：“反正南昌保不住了，不如留下来专心攻安庆。”

李士实、刘养正讲的是实情，可是宸濠听不进去，南昌是他的老巢，岂可被王阳明夺去？他又想起了王阳明写给李士实、刘养正的信，愈想愈怕，直怀疑莫非他二人果然是内奸，一气之下，调转马头，非全力夺回南昌不可。这一切，全在王阳明意料之中，他早算准了宸濠沉不住气，必然会回攻南昌。

宸濠把大军驻扎在鄱（pó）阳湖畔，准备全力攻南昌，这时，王阳明重用吉安知府伍文定猛烈来袭。

七月二十三日夜里，双方激战，伍文定假装败退。宸濠不知是计，又一心想报仇，穷追不舍，一会儿，伏兵出现，宸濠方寸大乱，一颗心仿佛要跳出口外。

到了黎明，宸濠下令："退兵，快！"他举目望去，原本风景秀美的渡船口，似乎到处暗藏杀机。

宸濠不悦地问左右："这个泊舟的地方叫甚么名称？"

"王失机。"

"哈，你竟然敢骂我丧失生机。"宸濠大怒。

"不是，是黄石矶。"

江西土音，王、黄原本难分，宸濠一肚子的气，没地方发泄，这个答话的倒楣人就这么给推出去斩了。此后，宸濠一路败北，终于就擒。

宸濠见到王阳明，依然不在乎道："此乃我朱家家务。"王阳明冷冷回了一句："有国法在！"

掉落在卢沟桥的玉簪子

在王阳明的运筹帷幄之下，宸濠之乱不到两个月全部平定，显然王阳明不但是思想家，更是不可多得的军事家。

宸濠就擒之后，骑马入南昌，见王阳明军队严整，敬谨肃穆，还故意装成不在乎的模样说：“这是我们朱家内部的家务事，何劳费心如此？”

造反在中国古代是最不得了的事，岂是轻轻一句“家务事”可以带过去？王阳明淡淡回答：“有国法在。”

宸濠不死心，继续追问：“王先生，假如我尽削护卫，请降为普通老百姓，可不可以呢？”

王阳明还是那一句话：“有国法在。”

宸濠自知难逃一死，失望地低下头来。

当初，宸濠准备起事造反之时，他的妻子娄妃屡次苦劝，宸濠总是不肯听。如今宸濠沮丧地被关入囚车之时，后悔哭泣道：“昔日，商纣用妇人言而亡天下，我以不用妇人言而亡其国，现在悔恨也来不及了。”

或许正应了曾子那一句话：“人之将死，其言也善。”宸濠死到临头，想起娄妃一次又一次流着眼泪苦劝，他总是粗暴地严厉呵斥，非常后悔，终于良心发现，哀求王阳明道：“娄妃乃贤妃也，自起事开始，她一直苦谏，只是我昏了头没有采纳，后来更投水自尽，希望能够好好埋葬她。”

王阳明当场答应了宸濠的请求。

王阳明派了一个使者前往，果然自水中打捞出来娄妃的尸体。她因为惧怕被人侮辱，全身且缠满了绳子。王阳明不禁赞佩道："不愧是娄谅之女，家教谨严。"

接着，王阳明搜出了许多宸濠贿赂官员的证据，如果把这些信件全部上报，必兴大狱，造成朝廷不安。因此，王阳明很果断地一把火把信件烧个精光，若是换个心机深的小人，手中捏着证据，必可以好好敲诈一番。

当然，在这其中，特别案情重大的，自不可逍遥法外，例如小宁儿钱宁。钱宁不但后来被处死，并且被抄家，共得玉带二千五百条，黄金十余万两，白金三千箱，还有胡椒数千石（dàn），胡椒进口自南洋，在当时可相当的名贵。

王阳明平乱之后，曾经立刻上奏给明武宗，并且劝谏武宗切莫再亲征，他的理由十分婉转："御驾亲征，万一沿途埋伏有奸党，效法荆轲刺秦王之谋，将会造成不可挽回的遗憾。"

明武宗接到捷报，只觉扫兴，决定不对外宣布，继续亲征大计。当一群人浩浩荡荡经过卢沟桥，明武宗突然之间大惊失色道："不得了，不得了！"

正德皇帝一向吊儿郎当，天塌下来也不管，现在突然大呼小叫，究竟发生了甚么紧急事件？大家都非常讶异。

"糟了，刘美人的玉簪不见了。"武宗正色道。

原来是这么一回事，众人放宽了心，有人随口道："掉了就掉了，再送她一支就是了。"

"不成！"武宗呼道："这是我和刘美人之间的信物，丢了可不成，快快快，一定是掉在卢沟桥上，大家分批去找。"

一听此话，个个心都凉了。这该如何找法？没可奈何，只好派人跪在桥上，展开地毯式的搜索工作。

按卢沟桥位于北京市西南，跨永定河（又名卢沟河）上，初建于金章宗大定二十九年（1189 年），金章宗明昌三年（1192 年）完成，长二百余步，由十一孔石拱组成，桥旁石栏上精刻四百八十五头石狮子，姿态各异，生动雄伟，是京师交通要道，“卢沟晓月”为燕京八景之一。

然而大批人马，从早到晚，趴在桥上找寻玉簪，这简直是大海捞针。况且玉簪怕早落入河中，再说十几万军队呼啸而过之地，怎可能找到一根小小玉簪？

到了天黑，实在寻不着，太监只好硬着头皮向皇上回报：“到处都找遍了，就是没有。”

“那么，”明武宗下令：“明天再找。”

这一回，大家都明了了武宗的决心，硬是一寸一寸从头到尾，

卢沟晓月，清张若澄绘。

仔仔细细寻寻觅觅，不过，终究还是徒劳无功。

如此这般，一连找了好多天，还是找不着，最后，明武宗自己不耐烦，只好继续前进。

到了临清，明武宗又非常想念刘美人，派人去迎接。

刘美人娇声询问：“信物呢？”

使者不知此事，呆若木鸡。

刘美人一扭腰肢，气鼓鼓道：“说好要拿信物来的，既然这样，我就不去了。”说着，刘美人还用力跺了跺脚。

使者愣住了，惊讶道：“这……这是违抗圣旨。”

刘美人双手叉腰，摆出茶壶姿态：“违抗又如何？”

刘美人终究没随着使者前去。

黑老婆殿的刘美人

明武宗号称亲征宸濠，大军初发，在卢沟桥上遗失了刘美人的一根玉簪子，这是武宗与刘美人之间的信物，武宗命大军搜寻数天，大海捞针寻不着，只好失望地继续前进。

留在通州的刘美人，果然也真是任性，没见到玉簪子，说甚么也不肯前来，明武宗索性自己骑了马去接美人。

根据《明通鉴》正德十四年（1519 年）九月戊戌的记载："姬以没有信物，不肯前往。于是皇上自临清北行，乘单船趁夜赶到张家湾，载得刘美人俱南下。"

堂堂皇帝，放着十多万大军置之不理，眼巴巴去追刘美人，这刘美人究竟是何方神圣，能让在女人堆中打滚的明武宗这般迷恋？

原来，正德十三年（1518 年），明武宗在太原时，曾经欣赏过一场歌舞表演，其中有一名歌妓，模样漂亮，歌声婉转，而且一双俏眼睛，瞟过来又瞟过去，直盯着武宗笑，武宗最喜欢这种诱人风情，当下就被吸引住了。

表演节目未完，明武宗已经急着打听："那一位漂亮的黑美人是谁？"

这位黑美人是晋王府中乐工杨腾的妻子。照理说，已婚妇人岂可入宫，但是，武宗向来不管这一套。这位皮肤奇黑，作风泼辣的美人儿，也乐得甩下没出息的丈夫，开开心心挽着明武宗回到京师。

武宗虽然爱胡闹，宫里到底有宫里的规矩，美人儿再美，到底是结过婚的，不能册封。武宗不在乎，唤她为刘美人，他说："美人一来是第四等宫眷名称，二来朕觉得你这么美，最适合美人的名称。"

刘美人媚眼一抛，用手指指着武宗的脑门："你这个人，最爱乱说话。"

刘美人被安置在豹房旁边腾禧（xǐ）殿，成为武宗的新宠。由于她长得黑，即使用厚厚的白粉涂了又涂，仍然黑得发亮，再加上她不是正式册封，因此，有好事者戏称腾禧殿为"黑老婆殿"。

这个黑老婆，出身歌妓，毫无教养，甚么粗话脏话都朗朗上口，当着臣子的面，都会挨上前去与武宗亲热，甚且一屁股坐在武宗身上撒娇。武宗向来讨厌规矩，对刘美人这鄙俗的新鲜着迷万分，经常两个人公开表演搂搂抱抱，肉麻当成有趣，其大胆的程度，真让宫中人开了眼界。

刘美人是个厉害角色，她晓得自己出身低没身份，必须使些手腕才能确定地位。

没多久，机会来了，有个小宫女犯了错，武宗正在气头上，小宫女哭着向刘美人求救："请刘娘娘帮帮忙，万岁爷一定息怒。"

刘美人原是个黑市美人，被宫女一下子抬成了娘娘，心中欣喜不在话下，她笃定地回答："没问题，包在我身上。"

到了晚上，刘美人向武宗求情，武宗先是不肯。刘美人突然变了脸，用高八度的声音回过去："你让我没面子，我也不理你了。"说着，头一扭，自顾自走了！

想武宗自幼被捧在手中，从来还没有谁对他大声讲话，因此一下子呆住了，又真怕美人万一不理他怎么办，忙不迭哀哀求饶，刘美人这才回嗔（chēn）转喜，用尖尖的长指甲，狠狠戳着武宗的眉心，半带威胁："看你以后还敢不敢。"

武宗的眉心被刺得好痛，这也是他这辈子没尝过的滋味，他并不喜欢被呵斥被责罚，但是因为缺乏被凶的经验，刘美人一发威，他就不由自主完全投降了。

江彬之流发现这种状况，立刻改口唤刘美人为刘娘娘，刘娘娘喊喊就罢了，江彬竟然自称为儿子，刘美人当然更乐了。

花蝶纹金簪，北京定陵出土。

当武宗不在的时候，刘美人与“儿子”江彬打打闹闹，眉来眼去，她出身歌妓，惯常打情骂俏，江彬人又魁伟，刘美人喜欢贴着江彬的脸说悄悄话，江彬先是不敢吃娘娘的豆腐，后来发现刘美人喜欢投怀送抱，也就不吃白不吃了。

宸濠作乱，武宗决定亲征，又割舍不下刘美人在宫中，于是，武宗想了一个办法，他准备把刘美人安置在通州，然后再接到军队里，免得携美出征，大臣们又噜（lū）噜苏苏。

临行之前，刘美人拔下头上的玉簪，亲手藏入武宗的内衣里，娇声娇气道：“这是你我之间的信物，可别弄丢了啊。”

武宗仿佛尝到了小儿女私订终身的甜蜜，觉得十分新鲜。不过，等到快马加鞭一上路，却把玉簪忘得一干二净。因此，当武宗发现之时，急得满头大汗，逼得大军非在卢沟桥找到信物不可。

后来，玉簪找不着，太监去接刘美人，美人硬是不肯动身，太监恨得牙痒痒的，他心想，摆甚么臭架子，又不是真娘娘，气得就想甩刘美人两个巴掌。

但是，武宗就是吃刘美人这一套。为了弥补过失，备了一条小舟就亲自去接美人，除了随身侍从，内外官员一概不知，在中国历史上，如此勇于闯荡江湖的皇帝也是少见。

王阳明巧遇张永

明武宗遗失了刘美人的玉簪，这是他俩之间的信物，因此，武宗撇下军队，乘了一艘小船，赶到通州，把美人接上船。

刘美人好乐，皇帝果然乖乖就范。但是，她还是要故意大发娇嗔，用力掐着武宗的手臂：“万岁爷怎么把信物真的弄丢了？”

明武宗一面嗯嗯啊啊应着，眼睛却盯着对面官船上一瞥而过的倩影。他高声大叫：“快，快让官船停下来。”

对面官船原来是湖广布政司参议林文缵（zuǎn），他发现当今天子竟然在对面小舟上，吓得在船头就跪下了。

明武宗问：“方才朕看见一位美女在船头出现。”

“噢，”林文缵不敢隐瞒：“那是臣新娶的小妾。”

明武宗兴趣来了：“把她叫出来给朕瞧一瞧。”

林文缵知道武宗是个花花皇帝，可是他也不敢不把小妾唤出。这小妾一副小家碧玉模样，清清秀秀，含羞带怯，十分生嫩，与刘美人的成熟艳丽大不相同，各有各的特色。武宗愈看愈喜欢，当下便对林文缵说：“你这个小妾朕要了。”

林文缵好生不舍，直懊恼运气不佳，早知如此一定把小妾藏在船舱里，不让她出来露面的。事已至此，没有二话，只得把小妾送到明武宗的小舟上。

刘美人正在得意，不料自天而降一个情敌，醋意大发，气得哇啦哇啦乱叫。不过，明武宗不予以理会，到底他是皇帝，到底一切由他作主。

明武宗带着刘美人，以及新抢到手的小妾回到了临清。过了没两天，觉得一切索然无味。他是皇帝，要甚么就有甚么，正因为如此，所有一切都不珍惜，既然不珍惜，得来容易，也就不容易带来快乐与满足。

武宗无聊地走过来逛过去，没精打采，呵欠连连，他把这一切全都怪到王阳明身上去，大老远跑来亲征，结果王阳明已经把宸濠给俘虏了，扫兴之至。

明武宗踢着石头生闷气："从京师出征，就是要去活捉一个俘虏，那才好玩。"

江彬立刻顺着武宗的话："这才能显现大将军神威。"武宗欢喜人们称他为大将军。

江彬眼珠子一转，突然兴奋莫名："不如命令王阳明，把宸濠放回鄱阳湖。"

这种荒唐可笑的主意，亏得江彬想得出来，但是，明武宗认为这个主意挺不错的，于是下令张忠、许泰率领禁军前往江西，以大将军的"钧帖"通知王阳明，把宸濠放回鄱阳湖，静候皇帝亲征。

尽管王阳明是个修养深厚的思想家，听到如此荒诞的消息也不免气得胃痛，当今天子显然完完全全不以天下百姓为念，他说得轻松，先放了再捉嘛，这放虎归山，未必能够再捉得回来，更何况如此一来，又有多少苍生受罪。

王阳明决定，他不能接受如此荒唐的命令。于是，他带着宸濠，取道浙江，转往南京，在南京巧遇明武宗派来的先遣部队统领——太监张永。张永也就是当年与杨一清合谋除掉刘瑾的人。

王阳明认为，张永是个有良心的太监，因此诚恳地请求张永："张公公，江西的百姓全靠你了。"

"哪儿的百姓都苦。"张永叹一口气。

“假如放出宸濠，百姓活不下去，只好逃到深山作乱，天下从此不宁，再说放虎易擒虎难啊。”王阳明十分恳切地分析道，并且表示：“公公中流砥柱，人所钦佩。”

张永摇摇头：“王先生过奖了，张忠、许泰不到南昌一行，恐怕是不可能啊。”

王阳明也了解，南昌再次浩劫是免不了的，“不过，”王阳明试探道：“那么，宸濠可否交给公公，我这就赶回南昌。”

“这……”张永迟疑了，转念一想，王阳明把如此重要人犯交到自己手中，可见得王阳明对自己的信任。

张永与王阳明素昧平生，初次相见，王阳明如此推心置腹，张永不得不打心里感动，也挑起了心中一股正义之气，他很够意思地一拍胸脯：“好，我就答应王先生。”

就这样，王阳明把宸濠交给了张永，为国家免去一场大灾难，却也为自己带来了另一场危机。

小哑巴变小神童

王阳明平了宸濠之乱，明武宗非但不高兴，反而嫌王阳明坏了他御驾亲征的好兴致，命令王阳明把宸濠给放了。王阳明思前想后，不能放虎归山，因此，把宸濠交给了有良心的太监张永，让张永去处理。

王阳明深知，明武宗身边有一批小人，怂恿武宗亲抓宸濠，抓不抓得到没有关系，他们小人可以趁火打劫，在旁边捞一些好处。王阳明忤背皇上的意思，又得罪了皇上身边的权臣太监，前程坎坷不在话下，王阳明清清楚楚知道自己在做甚么，他也坦坦然然接受未来的灾难。

自小，王阳明就是胸怀大志、不同流俗的人。

王阳明是明朝了不起的思想家、军事家、教育家，立德、立功又立言，台湾的草山改名为阳明山，目的也是纪念王阳明。

王阳明，名守仁，字伯安，因为他曾经在浙江四明山的阳明洞筑室读书，自号为“阳明子”，所以世人尊称为阳明先生，他生于明宪宗成化八年（1472 年），浙江余姚人。

王阳明的诞生，有一段奇异的传说：据说王阳明的母亲郑氏怀胎十个月，迟迟未临盆，家中都很着急，恐怕会难产。郑氏一直拖，拖到了十四个月，有一天晚上，王阳明的祖母做了个奇特的梦：她梦到一片雾茫茫的云海，忽然响起了冬冬的击鼓声，接着，云端走下了一位身穿红衣、白发苍苍的老神仙，神仙手中抱着白白胖胖的小男婴。

王阳明的祖母吓得一下惊醒过来，正准备把梦讲给身旁的祖父听，突然之间，小婴儿的哭声划破了黎明的清静，祖母不禁大呼："天啊！这是神仙交来的男婴啊！"

王阳明的祖父竹轩公赶过去一看，原来是媳妇生了一个小男孩，由于时间太凑巧，家中上上下下都深信，这个小男孩定是神仙送来的圣婴，不可以等闲视之。

竹轩公本名王天叙，他的先人是晋代光禄大夫王贤，晋元帝时的名相王导、大将军王敦都是王贤的孙子，大书法家王羲之则是王贤的曾孙。所谓"旧时王谢堂前燕，飞入寻常百姓家"。王谢两家，在晋朝可是响叮当的世家大族。以后，王家在仕途上虽然没落，却仍然是书香门第，在社会上享有清望。

竹轩公性情淡泊，最崇拜陶渊明，向往云淡风清、潇洒自然的人生观。他对这个新生的小孙子非常疼爱，取名为王云，纪念他是自云端神仙手中交付的婴儿，并且把小婴儿降生的楼命名为"瑞云楼"，竹轩公还亲自用漂亮的书法写了一个匾额，把"瑞云楼"三个字挂在门楣上面。

乡里好事之徒，经过"瑞云楼"，少不得指指点点，叙述一遍这一段奇异的神话。

小婴儿慢慢长大了，生得眉清目秀，非常可爱，非常乖巧。可是，说来也奇怪，他一张小嘴始终闭得紧紧的，通常小婴儿长到两三岁，开始牙牙学语，可是王阳明就是不开口。

王阳明的母亲郑氏十分着急，担心他是不是哑巴。竹轩公说："不会的，你们瞧小家伙一脸聪明模样，不可能不会讲话的。"竹轩公继续教王阳明说话，不过，始终没有任何效果。

王阳明长到五岁都没有开口讲话，所以大家都认为他是个小哑巴。

有一天，王阳明与一群小朋友在门前嬉戏，突然来了一个和尚。和尚见到王阳明，竟然呆住了，他问王阳明：“小朋友，你叫甚么名字？”

王阳明依然不开口。

旁边的小朋友说：“他叫王云，他不会讲话。”

和尚走过来，摸摸王阳明的头，“唉”地叹了一声：“好一个小孩儿，可惜被说破了。”说完，和尚就走了。

竹轩公一听，仿佛当头棒喝：“莫不是不该说出云儿来自云端？”于是，竹轩公当下把王云改名为王守仁。

说也奇怪，第二天，王阳明开始讲话，他不但会讲一般用语，竟然还朗声背诵：“归去来兮，田园将芜，胡不归。”把家人都吓坏了，真是不鸣则已，一鸣惊人。

竹轩公又惊又喜：“这是陶渊明的《归去来辞》，谁教你的？”

王阳明回答：“咦，这不是爷爷你常常念的吗？”

竹轩公更讶异了：“你都记住了？”

“对啊，爷爷读时，我就默默记着了。”

原来，竹轩公常把小王阳明抱在膝上，自己捧着一本书在念，不想这个小哑巴，居然是个小神童，竹轩公乐坏了，抱着王阳明的小脸猛亲，王阳明怕痒，一直在躲闪，大伙全笑开了。

王阳明扮小将军

王阳明出生以后，一直到五岁大，还不曾开口说话，家人都担心他是个小哑巴。不料，王阳明的祖父竹轩公将他改名为守仁之后，他不但能说会讲，甚且能够背诵祖父平日朗读的诗书，实为不可多得的小神童。

竹轩公常常拉着王阳明的小手，走到“瑞云楼”下面，对他叮咛：“你可是神仙从云里交给王家的小孩儿，你的命与一般人不一样喔。”

“是的。”王阳明点点头。从他还被人误以为是小哑巴的时候，他已经听了太多大人重复这一段奇事，因此，他自幼期许，长大以后一定要做番不寻常的事业。

竹轩公也认为，他不能辜负神仙的美意，所以，他不是含饴弄孙，而是非常认真的教导王阳明，王阳明极有慧根，祖孙二人一个教一个学，忙得不亦乐乎。

王阳明十一岁那一年，因为父亲王华在京师做官，把祖孙二人接过去，祖孙二人便开开心心上路了，经过镇江金山寺，竹轩公与路人对饮赋诗，竹轩公兴致极高，朋友便以金山寺为题吟了一首诗，请竹轩公和诗，竹轩公一时之间和不出来，正在皱眉苦思，小阳明一旁看了着急，竟然脱口而出：

“金山一点大如拳，打破维阳水底天。

醉绮妙高台上月，玉箫吹彻洞龙眠。”

中国人一向认为，小孩子有耳无嘴，事实上，王阳明这个小朋友原本也是静静的、乖乖的一旁吃饭，谁也料不到他会突然开口作诗，吓得大家都停下了筷子，狐疑地望着他，其中有一位客人用力拍了一下脑袋，用不敢置信的口吻说："各位，我是不是多喝了酒，我怎么看到这个小孩对诗?"

竹轩公这下可露了脸，他摸摸王阳明的头道："没错，我的乖孙可解了爷爷的围了。"

旁边另一位大胡子用权威的口吻道："没甚么奇怪，不过是小朋友随便背了一首过去人家教他的诗，他才……"说着大胡子回头问王阳明："你几岁？"

"十一岁。"

大胡子笑道："我都五十一岁了，我都不会作诗，假如他行，就再来一首吧。"

"对，对！"众人七嘴八舌，非要王阳明出丑不可。

大胡子作主道："为了避免他又背诗，咱们不妨就以寺中的'蔽月山房'为题，各位看如何？"

这时，附近的人都围拢过来，看王阳明究竟有无能耐。王阳明闭起眼睛，稍稍沉思，立刻朗声道：

"山近月远觉月小，便道此山大于月。
若人有眼大如天，还见山小月更阔。"

王阳明的反应是如此迅捷，这首诗的境界是如此辽阔，众人皆目瞪口呆，不敢相信自己的眼睛，纷纷报以最响亮的掌声，并且竖起大拇指道："真是不简单啊，小娃儿长大必成大器。"

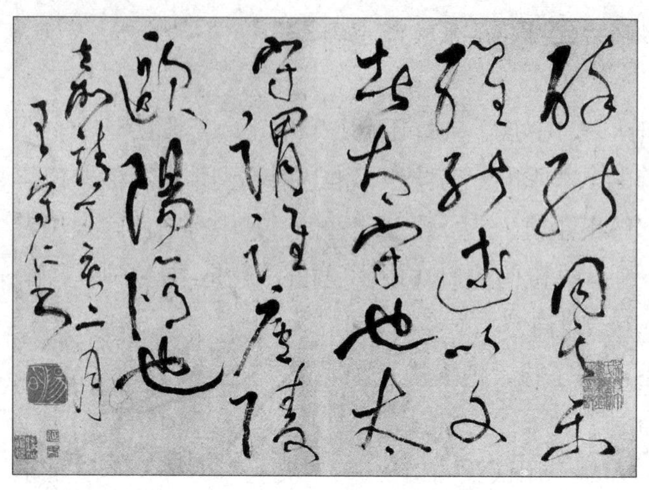
王阳明书法。

竹轩公听了是心花怒放，但是，他也立刻板着脸提醒王阳明："小时了了，大未必佳；为学读书，最怕骄傲。"

祖孙二人有说有笑到达了京师，王阳明正式入私塾读书，私塾老师是一位冬烘（hōng）先生，拿着一把戒尺，摇头晃脑在念："人之初，性本善……"

这些课文，王阳明老早念过了，读得实在没有意思。于是，他常趁着老师不注意，偷偷溜出去玩耍。

王阳明最喜欢扮将军，他找来许多五彩色纸，剪成大大小小的旗帜，上面插一根竹竿，交给街上的小朋友高举，这些都是他手下的部队。

然后，他再剪了一张最大的旗帜，上面写一个大大的"王"字，代表是王将军率的王家军。王阳明手舞大旗，发号施令，其他小朋友跟着左旋右转，前进后退，不时还假想敌军前来攻击，我方如何接应，忙得是煞有介事。

王阳明很有领导才能，他登高一呼，说也奇怪，小朋友就自动跟着他，即使是比他大的孩子，也乐于接受王阳明的统帅，王阳明对于孩子们的争执，也有一套排难解纷的办法，是个颇能服众的孩子王。

有一天，他又在指挥阵仗，突然，老师出现了，怒不可遏问他：“你们家世代显达，难道你不希望成就天下第一等事？”

“甚么是天下第一等事？”王阳明不解地问老师。

老师立刻俗不可耐的回答：“咦，就是读好书考状元，和你爸爸一样嘛。”

王阳明不以为然地哼了哼鼻子：“不对吧，考状元怎会是天下第一等事？学做圣贤才是天下第一等事。”

这一年，王阳明只有十二岁，他已经立志要做天下第一等事了。